화산진도 1
참마도 新무협 판타지 소설

초판 1쇄 찍은 날 § 2006년 9월 13일
초판 1쇄 펴낸 날 § 2006년 9월 20일

지은이 § 참마도
펴낸이 § 서경석

편집장 § 문혜영
편집책임 § 김민정
편집 § 이재권 · 유경화

펴낸곳 § 도서출판 청어람
등록번호 § 제1081-1-89호
등록일자 § 1999. 5. 31
어람번호 § 제2-1004호

주소 § 경기도 부천시 원미구 심곡1동 350-1 남성B/D 3F (우) 420-011
전화 § 032-656-4452 팩스 § 032-656-4453
http://www.chungeoram.com
E-mail § eoram99@chollian.net

ⓒ 참마도, 2006

ISBN 89-251-0309-5 04810
ISBN 89-251-0308-7 (세트)

※ 파본은 본사나 구입하신 서점에서 교환하여 드립니다.
※ 저자와 협의하여 인지를 붙이지 않습니다.

華山大刀

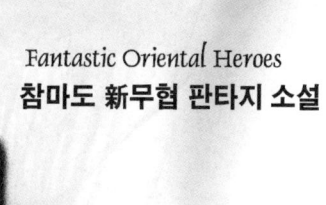

Fantastic Oriental Heroes
참마도 新무협 판타지 소설

귀향(歸鄕)

도서출판 청어람

목차

작가 서문 / 6

序 / 9

第一章 떠나는 자 / 13

第二章 불청객 / 49

第三章 각간 사다암 / 89

第四章 중원 입성 / 131

第五章 중원 / 163

第六章 이도와 오유 / 205

第七章 악연의 시작 (1) / 247

第八章 악연의 시작 (2) / 287

第九章 화산의 품에… / 329

《작가 서문》

  한 '사람'의 이야기를 쓰려 합니다. 잘생기지도 못나지도 않은 그냥 흔히 보는 그런 사람의 이야기입니다.
  사람을 이야기할 때 참 많은 기준을 가지고 이야기합니다. 그 사람의 외모를 기준으로 삼을 수도 있고 내면적인 성격을 가지고 이야기할 수도 있습니다. 하나 우리가 보는 사람의 모습은 결국 그 겉모습뿐입니다.
  이 이야기에 나타나는 주인공 역시 보이는 것은 겉모습뿐입니다. 하지만 그 속에서 한 가지를 더 엿보게 될 것입니다. 주인공이 처한 환경이라는 것을 말입니다.
  살면서 만나고 헤어지는 군상들의 이야기, 언제나 제가 꿈꾸는 이야기이면서 참으로 쓰기 힘든 이야기입니다. 이번 글 역시 그러한 측면에 초점을 맞추어 이야기를 풀어보려 합니다.

　못나지는 않았지만 잘난 구석도 없는 주인공입니다. 그 주인공이 세상을 주유하는 이야기를 이제 풀어보려 합니다.

　사족이지만 이 책에 등장하는 지명 등은 어느 정도 사실과 맞추려 노력했습니다만 부득이하게 지형이나 풍속 등을 변경할 수밖에 없었음을 미리 알려 드리겠습니다.

　더운 여름이 지나가고 선선한 바람이 불어올 계절입니다. 결실의 계절이란 이름에 걸맞게 독자제현 여러분의 건승을 기원합니다.

序

피이잇! 투투툭!

번뜩이는 도신이 휘둘러지자 도신에 머금어 있던 붉은 피가 점점이 떨어진다. 떨리는 검을 뒤로한 채 사내는 눈을 들어 주위를 바라보기 시작했다.

사위를 둘러보는 그의 눈은 야차인지 귀신인지 알 수가 없을 정도로 사람의 마음을 섬뜩하게 하고 있었다. 잠시의 시간이 흐른 뒤 더 이상 움직이는 그 어떤 것도 느껴지지 않자 야수의 눈은 점차 정상인으로 변해갔다.

시이잉! 딸깍!

도를 도집으로 돌려보낸 사내의 눈은 더 이상 야수나 귀신의 눈이 아니었다. 그저 어디서나 볼 수 있는 평범한 사내의 눈이었다.

문득 그가 뒤로 신형을 돌렸다. 돌아선 사내의 입에선 좀 전까지 야수의 눈을 가졌었다고는 생각지도 못할 담담한 음성이 흘러나왔다.

"더 이상 적은 없는 것 같습니다. 안심하셔도 될 것입니다."

"음, 고맙네. 과연 전호(戰護)일세. 이 많은 적을 모두 고혼으로 만들다니……."

사내의 뒤쪽에서 나타난 이는 멋들어진 갑주를 입고 있는 자였다. 그는 슬쩍 주위를 둘러보며 입을 열었는데 땅바닥엔 붉은 피가 흥건했다. 한두 사람이 아니라 근 사십여 명이 쏟아낸 피였기에 마치 비가 온 듯 땅은 질척거리고 있었다.

전호라 불린 사내는 그저 쓴웃음만 지을 뿐이었다. 눈앞의 도를 도집에 넣은 사람은 친근감이 느껴지는 모습은 아니었다. 그저 어디서나 볼 수 있는 평범한 사내 같은 모습이었고 조금 전까지 근 사십여 명의 사람을 모두 죽인 사람 같지 않았는데, 갑주를 입은 사내는 그 모습이 신기한 듯 전호의 앞에서 다시 입을 열었다.

"영락없는 문사 같은 사람인데 어찌 도만 들면 그리 달라지는지… 허참, 신기하네그려."

"왕야께서도 이 살육의 전장에서 눈 하나 깜짝하지 않으신 것을 보면 신기한 것은 매한가지입니다. 그래도 전 무림인 아닙니까?"

두 사람은 상당히 친밀한 듯 격의없는 대화를 나누고 있었다. 한 사람이 왕야임에도 이렇게 이야기를 한다는 것은 보통 사이가 아님을 짐작하게 했다.

"그거야 이 전쟁 같지도 않은 곳에서 오래 있었으니 당연한 일이지. 한데 자넨 여기 온 지 얼마나 되었지?"

"……"

왕야의 물음에 전호는 잠시 눈을 감았다. 언제나 후텁지근한 이 밀림 속에서 보낸 시간이라…….

"십 년… 십 년이 조금 넘은 듯하군요."

"십 년이라……. 그리 짧은 기간은 아니군."

짧은 기간이 아니라 상당한 기간을 이곳에서 보낸 셈이다. 이 척박하고 말도 안 통하는 곳에서 말이다.

"그래서 하는 말이네만, 이번 일이 끝나면 자네는 군을 떠나도 좋네. 이건 황제 폐하의 뜻이야."

"…예?"

전호는 잠시 멍한 표정을 지었다. 갑자기 군을 떠나라는 이야기가 나올 줄은 생각도 못했던 것이다.

"말 그대로일세. 과거 자네와 같이 왔던 아홉 명의 무림인은 이젠 다 고혼이 되고 자네 혼자만 남았네. 이 지리한 전쟁도 이젠 소강상태이니 더 이상 자네가 있을 필요가 없다는 말일세."

"……."

전호는 잠시 그의 말이 이해가 되질 않았다. 그러나 이내 그 말뜻을 알 수 있었다. 이젠 자유가 된 것이다.

물론 그는 억압된 상황에 놓인 것은 아니었다. 십 년이 훨씬 넘은 과거에 그는 다른 구파일방의 사람들과 함께 이곳에 왔었다. 그리고 그들은 모두 죽고 이젠 그 혼자만 남았다.

"한데 자네… 어디로 갈 것인가? 어느 파에서 왔다고 했지?"

다시 들려오는 왕야의 목소리에 전호는 퍼뜩 정신이 들었다. 그는 고개를 돌리며 작은 목소리로 답했다.

"화산… 화산파의 사람입니다."

第一章

떠나는 자

1

비링… 비링비링…….

매일 아침 듣는 소리지만 언제나 거슬렸다. 아직 그 이름도 알지 못하는 새들이 여기저기서 울고 있는 광경에 사내는 언제나 얼굴을 살짝 찌푸리며 하루를 시작했었다.

그러나 오늘은 좀 달랐다. 그 이상한 소리를 내는 저 새소리가 귓가에 전혀 들려오고 있지 않았다. 다른 곳에 신경을 쓰기엔 너무 많은 생각들이 머릿속을 휘돌고 있었던 것이다.

귀향. 언제나 머릿속에 떠오르던 단어지만 막상 그 단어를 떠올리자 그는 너무 낯설게만 느껴졌다. 하긴 중원을 떠나오면서 이젠 자신의 이름조차 정확히 부르는 사람이 없는 곳이다.

현백(玄白). 그것이 그의 이름이었다. 강호에서 다른 문파의 사람들과 이곳으로 올 때까지만 해도 익히 들을 수 있었던 이름이다. 아니, 마지막 일행이었던 소림의 범평(凡平)이 살아 있을 때만 해도 간간이 들을 수 있었던 이름이다.

한데 그것이 벌써 삼 년 전의 일이다. 지난 삼 년 동안 그는 현백이라는 그의 이름 대신 전호라는 이름으로 불리었고, 현백 역시 그것을 당연시 여겼다. 누군가 이 피가 튀는 전장에서 자신의 이름을 부르는 것을 스스로 원치 않았던 것이다.

시익, 쫘아아악!

습관적으로 현백은 왼손을 허리춤에 대고 도끈을 꽉 잡아당겼다. 그러자 엉덩이 뒤쪽 아래에 처져 있던 그의 도가 위로 쭉 끌려 올라왔는데, 현백은 오른손잡이이면서도 오른 허리춤에 도병을 놓고 있었다. 도파는 엉덩이 바로 위쪽에 올려놓고 말이다.

허리까지 올라온 도를 확인한 그는 다시금 자신의 모습을 살폈다. 동경이라도 있으면 어찌어찌 확인해 볼 수 있겠지만 이 운남의 오지에서 그런 사치를 바랄 수는 없었다. 그저 눈을 돌려 자신의 모습을 바라볼 뿐이었다.

그는 평상시에 입던 그 피색 붉게 물든 낡은 전투복이 아니었다. 그에게 현백이란 이름 대신 전호라 불리게 만들었던 가죽으로 만든 경장 갑주를 벗고 새하얀 백의를 입고 있었다.

언젠가 돌아갈 때 입고 가겠다던 그 옷을 꺼내 입은 것인데 왠지 조금 꽉 조이는 듯한 느낌이 들었다. 그간 이곳에 십 년 넘게 있으면서 몸에 근육이 상당히 붙었던 것이다.

어쨌든 새하얀 백의 장삼을 입은 채 그는 이곳저곳 둘러보다 자신의 팔소매에서 시선을 멈추었다. 그리고 그 소매에 새겨진 작은 매화나무 가지를 손가락으로 살짝 매만졌다.

"……."

만감이 교차했다. 이제 떠나온 화산을 향해 간다는 기쁨과 함께 왠지 모를 기이한 감정이 같이 느껴지고 있었다. 알 수 없는 이질감이 느껴지고 있었던 것이다.

물론 자신은 확실한 화산의 제자였다. 그는 화산을 떠나오기 전 이 매화꽃이 수놓아진 옷을 장문인에게 직접 하사받았다. 돌아오는 날 이 옷을 입으라면서 말이다.

소매에 새겨진 매화꽃은 일반인들은 그냥 그런가 보다 하겠지만 화산에 적을 둔 사람에겐 각별했다. 이 매화꽃 하나는 바로 화산의 일대제자를 상징하는 것이니 말이다.

말이 좋아 일대제자지 그냥 일대제자가 되는 것은 아니었다. 이 매화꽃 하나를 달기 위해 수많은 세월 동안 화산의 무인들 모두가 그야말로 뼈를 깎는 고련을 하고 있었다.

이 매화꽃이 없다면 화산의 무인들은 산문을 벗어나지도

못한다. 최소한 일대제자 정도는 되어야 화산에서 인정한 실력을 갖추었다는 표식이니 말이다. 물론 일대제자가 되기 위해선 넘어야 할 산이 엄청났다.

근 삼사십여 명의 동년배 중 일대제자가 되는 것은 많아야 이십여 명. 나머지는 내년을 기약할 수밖에 없다. 다른 문파와는 달리 화산은 그 기준이 상당히 엄격했던 것이다.

따지고 보면 현백 같은 경우, 그냥 시간이 지나 이 매화꽃을 단 셈이었다. 그 때문에 이상한 기분이 이렇게 괜스레 솟아나는 듯했다.

그때, 그의 상념을 깨는 소리가 문밖에서 들려왔다.

"전호님, 전호님 계십니까?"

"…무슨 일이냐?"

문밖에서 들려오는 목소리는 전령의 목소리였다. 이곳 남만 지역의 총책임자로 부임한 왕야 주완산(朱完傘)의 전령이었는데 그가 왜 왔는지는 이미 잘 알고 있었다.

"왕야께서 기다리고 계십니다. 어서 주청으로 드시지요."

"알겠다. 곧 간다고 말씀드리거라."

"예, 전호님."

문에서 멀어져 가는 발걸음 소리를 들으며 현백은 가슴을 쭉 폈다. 어쨌든 이젠 떠나야 할 시간이었다. 왜 이곳에 왔고 그간 어떻게 살아왔는지는 그리 중요한 것이 아니었다. 이젠 앞만 보고 가야 할 때가 온 것이다.
 덜컥!
 문으로 걸어가 문고리를 잡자 언제나 듣던 소리가 들려왔다. 이곳에 지천으로 널려 있는 커다란 나무를 통째로 베어 만든 익숙한 문이지만 왠지 오늘은 새롭게 느껴졌다.
 이제 이 문을 열면 그는 다른 세계로 향하게 된다. 십여 년 전이라면 이곳이 다른 곳이겠지만 이젠 저 밖이 다른 세계였다. 강호라는 이름을 가진 세계가 말이다.
 끼이이이이!
 두터운 문의 신음 소리를 들으며 현백은 발걸음을 옮겼다. 이제 그가 가야 할 곳은 단 한 군데. 이 토벌대를 이끌고 있는 사람인 왕야를 향해서였다.

 "훗, 그렇게 입으니 상당히 멋진 사람이었군 그래. 이거 밖에서 보면 알아보기 힘들겠는데?"
 "왕야도 그렇습니다. 비단 장삼을 걸치신 모습은 처음 보는 것 같습니다만……."
 두 사람은 작은 다탁을 사이에 두고 덕담 아닌 덕담(?)을 나누고 있었다. 잠시 현백은 주위로 눈을 돌려 왕야의 처소를 살펴보았다.
 생각보다 아주 단출한 형태였다. 일견하기에 누추해 보일 정도였는데 왕야의 성격이 이러한 것을 좋아했다. 화려함과는 전혀 거리가 먼 사람이었던 것이다.

"이상한가? 하지만 뭔가 번쩍이는 것을 그리 좋아하지 않아서 말이지. 자네 취향도 비슷한 것 같은데?"

"예, 맞습니다. 하긴 이곳에 있는 사람들 모두가 다 그럴 테지요. 하나 왕야께서도 비슷할지는 몰랐습니다."

"번잡한 것이 싫어 이곳으로 자청해 온 사람이니 당연한 일이지. 하나 그것도 많이 남지 않았다네. 곧 나도 이곳을 떠나 자금성으로 돌아가야 할 것 같네그려."

단단한 얼굴을 살짝 찡그리며 하는 그의 말에 현백은 잠시 그의 모습을 살펴보았다. 확실히 왕야라고 불리기엔 비단옷을 제외하고는 전혀 왕야다운 구석이 보이지 않는 사람이었다.

이 주완산은 황실에서도 독특한 인물로 통했다. 현 황제의 아홉 명의 왕자 중 다섯 번째로 오왕야라 불리는데 어릴 때부터 황부의 딱딱한 분위기를 싫어했다고 한다.

밖으로 나돌면서 그는 자연스럽게 무공을 접하게 되었고, 나이가 들수록 군부에 적성을 가지고 결국 이렇게 머나먼 타국 접경에 위치한 정벌대의 수장을 맡게 된 것이었다.

"자네가 이곳에 온 지 십 년, 아니, 물어보니 십이 년째가 된다 하더군. 과연 아직도 강호는 자네들을 기억할지……. 충무대라는 것을 기억하는 사람은 없지 않을까?"

쪼로로록.

미리 준비되어 있던 잔에 맑은 술을 따르며 오왕야가 입을 열자 현백의 얼굴이 조금 어두워졌다. 확실히 강호에 돌아가면 그 이름을 아는 사람은 거의 없을 것으로 생각되었다. 충무대는 구파일방의 한 단체였다. 영토 확장에 유난히 집착을 보였던 소천(素天) 황제가 무림에 정식으로 요청한 것이 바로 이 충무대였던 것이다.

당시 소천 황제는 영토 확장에 너무나 강한 미련을 가지고 있었고, 이는 정치적인 이유와도 맞물렸다. 하나 조정 대신들은 영토 확장 대신 내정에 더 힘쓰기를 원했다.

그 대신들이 물고 나온 것이 무림에 관한 것이었다. 해서 소천 황제는 이에 무림을 대표하는 구파일방으로 하여금 이번 남만 정벌에 참여하도록 했던 것이다.

물론 형식적인 것이었고, 그러하기에 열 사람만 차출되었다. 그런데 그 차출이 결과적으로는 군에 엄청난 이득이 되었다.

운남군을 흔히 야만족이라 말하면서 한족들은 무시하지만 실상 그들의 무력은 상당했다. 특히 철갑주를 입은 완전무장을 한 그들의 철기군은 상당한 위력을 보였다.

명군의 주력은 일반적인 경보병뿐이었다. 남만의 우거진 밀림을 생각해 그렇게 한 것이었는데 그러다 보니 명군이 엄청나게 밀리는 결과를 가져오고 말았다.

한데 그 속에서도 꿋꿋하게 제 몫을 하는 사람들이 있었으니 그들이 바로 열 명의 충무대였다. 그들이 없었다면 전세를 이렇게 백중세로 가져갈 수도 없었을 것이다.

하지만 열 명으로 수만의 군대를 막아낼 수는 없었다. 애당초 영토 확장을 위한 전쟁이긴 하지만 대신들의 반대가 심했기에 명군의 숫자는 채 만 명이 되질 않았다. 그런 그들의 목숨을 돌보며 하나하나 죽어갔던 것이다.

"더욱이 요즘 강호의 정세가 심상치 않다고 하더군. 이유는 알 수 없지만 강호인들끼리 서로 죽고 죽이는 일이 비일비재하게 일어난다는 소리를 들었네. 이런 상황에서 설사 자네를 기억하는 사람들이 있다 한들 과연 얼마나 자네에게 신경을 써줄지 의문이군."

"……"

불안정한 강호 정세라……. 그 말이 맞다면 확실히 돌아갈 곳의 상황 또한 좋지 않을 것이다. 그러나 그렇다고 이곳에 있을 수도 없었다. 그가 있어야할 곳은 바로 화산, 그곳이었으니 말이다.

"솔직히 지금은 자네를 붙잡고 싶어 이런 이야기를 하는 것일세. 전호라는 이름을 얻은 사내를 그냥 보내기란 정말 쉽지 않은 일이거든."

"하나 전 가야 합니다. 그것이 약속이었고, 지키기 위해 이 자리를 마련하신 것이 아니신지요?"

"물론 그렇네. 다 나의 헛욕심이겠지. 그건 그렇고, 내 개

인적인 질문 하나 하겠네. 혹 대답해 줄 수 있겠는가?"

오왕야는 살짝 장난스러운 미소를 지으며 다시 입을 열었다. 현백은 왕야답지 않는 표정에 무슨 일인지 궁금했는데 이어 들린 왕야의 질문은 사실 미소를 지으며 말하기엔 무거운 내용이었다.

"내가 듣기로 화산은 검종을 따른다고 알고 있네. 한데 어찌해서 자네는 그 도를 들고 다니는지 알 수가 없군. 화산에서 도를 익혔었나?"

"……."

그의 질문에 현백은 살짝 눈을 감았다. 지금까지 내내 가슴속에 걸리는 것이 바로 그 점이었다. 현백은 화산에서 도는커녕 무공조차 익힌 적이 없었던 것이다.

그가 무공과 함께 도를 익힌 것은 이곳에서였다. 화산에서 익힌 것이 아니라 바로 이 전장에서 익힌 것으로 물론 살기 위해서였다.

"아무래도 난감한 질문을 한 것 같구먼. 잊어버리게나. 이제 본론을 얘기하겠네. 자네는 여기서 나가 상단과 같이 중원으로 들어가게 된다네. 마침 중원의 표국 하나가 이곳과 교역을 하고 있는 모양인데 그들이 호위무사를 요구해 왔네. 우리로선 그들이 가지고 있는 물자가 필요한 상황이지."

"그렇군요."

더 듣지 않아도 그는 오왕야의 말을 알아들을 수 있었다. 중원으로 가긴 가는데 그냥 가는 것이 아니었다. 이곳에 남아 있는 병력을 위해 좋은 일 한 번 해주고 가는 것이었다.

물론 거절할 만한 상황은 아니었다. 그리고 그 정도의 일이라면 언제든 할 수 있었고 말이다.

"해서 내 한 사람을 불렀네. 그쪽 친구인데 꼭 같이 갈 사람을 보겠다고 해서 말이야. 들어오게나."

"……"

그의 목소리에 오른편 휘장을 젖히고 한 사람이 들어왔다. 한눈에도 장사치 같지는 않아 보였고, 아무래도 표국의 사람인 듯싶었다.

간편한 편의 무복에 장검 하나를 허리춤에 찬 그는 다탁 가까이 와 오왕야를 향해 허리를 깊숙이 숙였다.

"미거한 무부가 왕야를 뵙습니다."

"허허허, 딱딱한 격식은 때려치웁시다. 이런 궁벽한 곳에서 무슨 예법이오?"

사람 좋은 미소와 함께 오왕야는 새로 나타난 사내에게도 술을 권했다. 사내는 살짝 입술을 축이며 바로 내려놓았다.

"진평표국의 하추평이라 합니다. 전호라 불리시는 분이군요."

"…현백이라 합니다."

담담한 현백의 목소리에 스스로를 하추평이라 밝힌 사내는 살짝 눈을 흘려 그를 바라보았다. 아무리 봐도 차림이 무사는 아니었던 것이다.
　하추평이 보는 현백은 그야말로 문사. 이 척박한 땅과는 전혀 어울리지 않는, 백의를 곱게 입은 채 긴 머리를 단정하게 묶은 사내일 뿐이었다.
　자신처럼 관 같은 것도 쓰지 않은 채 무명 끈으로 질끈 묶어 내린 머리만 조금 인상적일 뿐 그 외에는 어떤 것도 달라 보이지 않았다.
　얼굴은 그저 평범한 외모에 눈동자는 보통 사람보다 조금 맑은 편에 속하고 있었다. 상당한 내력을 지녔다면 꽤나 맑은 눈을 지니고 있을 텐데 그것도 아니었다.
　그나마 허리춤의 도 한 자루가 무림인임을 알려주고 있었다. 그것 외에 그의 눈을 잡는 것이 하나 더 있기는 했다.
　"아니, 화산의 일대제자이셨습니까?"
　"……."
　하추평의 놀라는 말에 현백은 또 한 번 쓴웃음을 지었다. 언젠가 이런 상황을 생각하긴 했는데 설마 이렇게 빨리 그 순간이 올지 몰랐던 것이다.
　하지만 딱히 해줄 말도 없었기에 현백은 그냥 말을 얼버무려 버렸다.
　"화산의 사람인 것은 맞으나 일대제자라는 것은 나도 잘 모르겠소이다."

"예? 아, 그렇군요."

뭐가 그렇다는 것인지 모르지만 오히려 현백이 황당한 기분이 되었다. 아무래도 이 하추평이란 자가 좀 오해를 하는 듯이 보였던 것이다.

그러나 그가 오해를 하든 말든 그건 중요한 일이 아니었다. 이젠 이곳을 떠난다는 것이 더 중요하니 현백으로서는 더 말할 것이 없었던 것이다.

"허허, 이 사람이 화산의 사람이고 그쪽의 일대제자인지 아닌지 그건 내가 공증할 수 없지만 확실한 것은 있소이다. 이 지옥 같은 곳에서 십여 년의 지난 세월을 살아남았다는 것, 그것은 확실하오."

"왕야의 생각이 그렇다면 저로서는 고마운 일입니다. 요즘 이곳에서 떠나는 표행이 그리 좋지 않으니 말입니다. 천군만마를 얻은 기분입니다."

듣기 좋은 말만 골라 하는 하추평이지만 그의 표정에서 진심이 아님을 아는 것은 그리 어려운 일이 아니었다. 현백은 손을 뻗어 탁자 위에 놓인 술잔을 들고는 그대로 쭉 마셨다.

"이제 갈 생각을 하는 것인가? 이렇게나 빨리?"

"더 있어봤자 다른 생각만 할 것 같습니다. 이젠 떠나야겠지요."

자리에서 일어나며 현백은 입가에 살짝 미소를 띠었다. 오왕야 역시 작은 미소를 지으며 그에 화답했는데 돌아서는 현백의 뒤로 오왕야의 목소리가 들려왔다.

"그 미소가 언제나 함께하길 바라겠네, 현백."

"…왕야께서도."

차분한 한마디와 함께 현백은 단출한 방에 어울리지 않는 육중한 방문을 넘어 그렇게 사라져 갔다.

"하면 왕야, 저도 그만 움직이겠습니다."

"그리하시게."

하추평까지 인사를 하고 물러갔다. 두 사람이 모두 떠난 후 오왕야는 홀로 술을 마시기 시작했다. 그런 그의 곁에 한 사람이 나타났다.

"왕야, 그만 들어가시지요."

차분하게 이야기하는 사람은 현백을 불러왔던 그의 전령이었다. 백간이라는 이름을 가진 그 사내를 보며 오왕야는 입을 열었다.

"어떤가, 백간? 저 친구, 중원에서도 잘해낼 것 같지 않은가?"

"저야 잘 모르지요. 다만 운 하나만큼은 최고라고 생각합니다. 이곳에서 십 년이 넘었다는 사실이 그것을 증명하지요."

백간의 말에 오왕야는 살짝 고개를 끄덕였다. 운이 좋다는 사실은 확실히 맞는 이야기였다. 하나 현백에겐 그 이상의 무엇이 있었다.

"혹 자네 아나? 그가 열 명의 충무대원 중 가장 약했었다는 사실을?"

"예?"

백간은 의외라는 듯 눈을 동그랗게 뜨며 물어왔다. 한데 어째서 그가 살아남았는지 이해가 되질 않았는데 오왕야는 여전히 웃음을 지우지 않으며 다시 입을 열었다.

"다른 친구들에 비해 그의 무공은 아주 미천했네. 그들이 현백을 지켜주지 않았으면 현백은 이미 죽었겠지. 그런데 결국 현백만이 살아남았다. 어떻게 그렇게 되었는지 알 수 있겠나?"

"……."

백간은 할 말이 없었다. 당최 어떻게 생각해야 할지 알 수가 없었는데 그런 백간의 귓가에 오왕야의 목소리가 들려왔다.

"그만의 발전이 있었다. 스스로 쓸 줄도 모르는 검을 버리고 도를 들면서 그는 강해지기 시작했지. 그런 그의 발전이 어느 정도인지 나도 짐작이 가질 않아. 그러나 철갑병을 상대로 갑주와 살갗을 한꺼번에 베어버리는 실력을 보자면……."

오왕야는 잠시 말을 끊었다. 자신의 술잔에 다시금 술을 채운 후 그는 입을 열었다.

"중원에서도 그를 해할 수 있는 사람은 많지 않을 것이다. 정말 손에 꼽을 정도일 것이야."

"…그 정도의 실력입니까?"

새로운 사실을 알았다는 듯 백간은 눈을 동그랗게 뜨고 물었는데 오왕야는 그저 묵묵히 술만 마실 뿐이었다. 웬일인지 모르지만 허공을 바라보는 그의 두 눈은 낮게 가라앉아 있었다.

2

운남에서 중원으로…….

중원이라는 단어 때문에 가슴이 뛰기는 하지만 그 앞에 붙은 운남이란 단어는 절로 미간을 찌푸리게 만들었다.

바로 달려가면 귀주가 가까운 것이 사실이지만 문제는 그 귀주로 가는 길이었다. 아무리 적게 잡아도 근 한 달여의 시간이 걸렸던 것이다.

그 한 달의 시간 동안 무슨 일이 일어날지는 아무도 몰랐다. 더욱이 그 중앙을 가로질러 만나게 될 세 개의 나라와 수많은 부족까지 생각하면 차라리 생각하지 않는 것이 속 편했던 것이다.

하나 이미 하기로 한 원행이라면 해야만 하는 것이 표국의 입장이니 안 갈 수는 없었다. 그 일행이 너무 큰 것이 문제이긴 하지만 말이다.

"형님, 대체 뭐가 어떻게 된 겁니까? 갑자기 우리 원행의 일행이 어째서 이렇게 불어난 것이죠?"

원행에서 부표두의 직책을 맡고 있는 사마종은 눈살을 찌푸리며 입을 열었다. 등 뒤에 커다란 도를 걸쳐 멘 그는 일견하기에도 신력을 지닌 듯이 보였는데 근육이 우람한 것은 아니었지만 커다란 덩치는 확실히 위협적이었다.

오죽하면 타고 있는 말이 불쌍해 보일 정도이지만 그는 그런 것보다 뒤를 따르는 행렬이 더 불만인 듯 보였다. 아닌 게 아니라 그의 뒤를 따르는 행렬은 상당한 길이였다.

원래 그들이 원하는 물건을 실은 마차는 한 대뿐이지만 그 뒤에 근 대여섯 대의 마차가 같이 따라오고 있었다. 한데 그 마차들은 이번 원행과는 다른 마차였던 것이다.

"같은 길이니 동행하는 것일 뿐이다. 너무 크게 생각할 것도 없어. 그냥 가면 된다."

표두를 맡은 하추평은 아무것도 아닌 듯 얼버무렸지만 사실 그도 신경 쓰이기는 마찬가지였다. 이러다 진짜 산도적이라도 만나면 큰일이니 말이다.

작은 원행이라면 선두에 선 하추평과 사마종이 처리할 수 있었다. 멋모르고 그냥 달려드는 도적배들에 불과하니 말이다.

그런데 이런 큰 행렬에 달려드는 자들은 철저히 준비해 온 자들이 분명하다. 그럼 그만큼 강한 자들이 왔다는 것이고, 원행이 위험할 경우가 많았던 것이다.

"거참, 무조건 달려드는 떼거지들을 챙기고 와야 하니 원. 그나저나 저자는 대체 왜 같이 가는 겁니까?"

"오왕야의 부탁이니 어쩔 수가 없지. 그의 눈 밖에 난다면 이 원행도 끝이야. 가장 이문이 많은 장사를 포기할 수는 없지 않나?"

두 사람이 곱지 않은 시선을 보내는 곳에 현백이 있었다. 그는 지금 자신들이 원래 책임지는 마차 주위에서 한가롭게 말을 타고 있었는데 아무래도 새로운 일행이 와서 그런지 원행원이 모두 그와 정겹게 이야기를 나누고 있었다.

"그냥 놔두라고. 보니 그냥 화산 무인인 척하는 양아치인가 본데 별 도움될 일은 없을 것이야."

"그래도 전호라고 불렸다 하던데 그게 아닌가요?"

"훗, 전쟁에서 잘해봤자 뭘 얼마나 했겠나? 무공으로 따진다면 삼류급도 안 될 놈 같아. 그냥 가자고."

두 사람은 그렇게 현백을 결론짓고는 앞을 향해 움직이기 시작했다. 그렇게 일행은 작은 고개를 넘어서고 있었다.

"와! 그럼 많은 사람들을 구해주었겠네요? 전호라 불렀다면서요?"

"전쟁에 그런 것이 어디 있겠냐? 그냥 내 한 몸 간수하다

보니 그렇게 되었다."

쓴웃음을 지으며 현백이 대답하자 물어본 아이는 입술을 비죽 내밀었다.

왠지 이 원행에는 어울리지 않는 어린아이가 한 명 있었다.

"쓸데없는 소리 말고 무사님 그만 귀찮게 하지 못하겠니? 소명(小名) 네 녀석이 몰래 따라온 것만으로도 이 어미는 지금 쥐구멍이라도 들어가고 싶은 심정이야."

한 여인이 아이에게 면박을 주며 현백에게 난감한 미소를 지어 보였다. 중년의 후덕한 모습의 여인이었는데 보통 원행에 여인이 참여하지 않는 것을 생각하면 참 특이한 일이었다.

하나 이 원행의 특수성을 생각한다면 이해가 가기도 했다. 워낙에 긴 여행이고 또 중원에서처럼 주막이 잘된 것도 아닌 곳인지라 음식이 문제였던 것이다.

아마도 식사 때문에 같이 오게 된 여인 같은데 문젠 그 여인의 아들이 같이 따라왔다는 데 있었다. 몰래 따라와 버려 어떻게 돌려보낼 수도 없는 상황이 되어버린 것이다.

"큭큭, 그래도 이놈이 있어 얼마나 좋은지 모릅니다. 아주머님은 너무 구박 마세요."

"아이고, 지 대협께서 계속 그렇게 이 녀석을 감싸니 이놈이 더 기고만장입니다."

"아이씨, 내가 뭐 어쨌다고……."

꼬마는 마차 위에서 툴툴대며 입을 열었는데, 그 옆의 커다란 덩치를 가진 사내는 그저 웃을 뿐이었다.

등 뒤에 두터운 박도 하나와 방패를 차고 있는 그는 마냥 어린아이가 좋은 모양이었다. 우락부락한 생김새와는 달리 아이들을 많이 좋아하는 사람인 듯 보였다.

사내의 이름은 지충표(地忠彪). 뭐 하는 사람인지 모르지만 확실한 것은 예사 사람은 아니었다. 일견하기에도 상당한 내공을 가진 듯이 보였는데, 외공을 익힌 흔적이 있기는 해도 외공만 하는 사람은 아니었다. 몸 이곳저곳에 내력을 익힌 듯한 흔적이 보였다.

한데 이 친구는 아무래도 표국 소속이 아닌 것 같았다. 표국 소속이라면 이들 쟁자수가 아니라 저 앞쪽의 무사들 쪽으로 가 있어야 했다. 한데 그는 이곳에서 어울리고 있었다. 아마도 용병처럼 표국에서 고용한 사람인 듯싶었다.

그때 갑자기 그가 고개를 돌리면서 현백을 향해 입을 열었다.

"어쨌든 이 지옥 같은 곳에서 십 년이 넘게 살아남았다니 충분히 그렇게 불릴 만하겠지. 듣자 하니 이쪽 운남의 철갑병이 장난이 아니라던데?"

"…무시할 만한 사람들은 아니지."

언뜻 보기에 두 사람은 그리 나이 차이가 나지 않는 듯 보였다. 얼굴이야 평범하게 생긴 현백이 훨씬 나았지만 잘 뜯어보면 지충표도 그리 나이가 많은 듯 보이는 사람은 아니었다.

서로가 그 점을 느끼고 있었는지 만나자마자 서로 반말이었지만 두 사람 다 그리 기분 나쁜 표정은 아니었다. 그래서 움직이는 내내 같이 가게 되었던 것이다.

"그나저나 저 뒤편에 오는 사람들, 아무래도 심상치 않은데? 아무리 봐도 중원인들 같지 않고… 그렇다고 상인들 같지도 않아."

갑자기 화제를 돌리는 지충표의 목소리에 현백도 눈길을 돌렸다. 마차 뒤에 자그마치 여섯 대나 따라오는 마차를 보고 있었는데 그야말로 황당한 노릇이었다. 본진보다 뒤따라오는 자들이 더 많으니 말이다.

대관절 뭘 실어가는지 모르지만 상당한 행렬이었다. 그런데 이상한 것은 지키는 사람들이 별로 없었다.

"개념이 없는 것인지, 아니면 자신이 있는 것인지 모르지만 저만한 것이라면 내가 도적이라도 가만두지 않겠어. 내가 보기에 이 진평표국의 무사들은 그리 강해 보이지 않는데… 왜 그래?"

"……."

한참을 떠들던 지충표는 갑자기 변한 현백의 표정에 그에게 물어왔다. 현백이 저 앞쪽을 보면서 눈을 살짝 빛내고 있었던 것이다.

"매복하기에 딱 좋은 환경이라서……."

"응?"

현백의 입에서 나온 소리에 지충표는 고개를 들어 앞을 바라보았다. 그러자 그의 말처럼 약간 언덕이 진 지형이었는데 그리 높지도 않으면서 뒤쪽이 보이지 않았다.

고개가 높으면 사람들은 일단 경계를 하게 된다. 그 뒤에 뭐가 있을지 모르는 불안감이 드는 것이 인지상정인지라 미리 선발대를 내보낸다든지 하는데 오히려 이런 작은 고개는 긴장을 풀게 된다.

지금도 그런 것인지 선발대도 없이 선두가 그냥 가고 있었기에 그 모습을 보는 현백의 표정은 그리 좋지 않았다. 문득 현백의 목소리가 들려왔다.

"꼬마야, 어머니랑 이 마차에서 움직이지 마라."

"예?"

현백의 말에 아이는 무슨 소리인가 했는데 그 어머니는 확실히 무슨 뜻인지 알고 있었다. 당장 마부석의 아들을 감싸 안으며 만일의 사태를 대비하고 있었다.

"이봐, 현백. 대체 무슨 일이기……?"

지충표는 현백에게 뭐라고 이야기를 하다 바로 입을 닫았다. 현백이 긴장한 이유가 있었다. 마치 현백의 말소리를 듣기라도 한 듯 고개 너머 누군가 매복하고 있다가 바로 달려나왔던 것이다.

떠나는 자 35

"표물을 지켜라! 마차를 중심으로 원진을 형성해!"

하추평은 고래고래 소리를 지르면서도 재빨리 말을 몰고 뒤로 왔고, 사마종은 커다란 대감도를 치켜든 채 공격에 대비했다. 하추평은 이를 악물면서도 경계를 늦춘 자신을 질책했다.

이제 한 시진 정도만 가면 어느 정도 운남군의 영역을 벗어날 수 있기에 잠시 방심한 순간에 습격이 시작되었다.

달려드는 자들의 면면을 살짝 보니 확실히 산도적 같은 인상들이었다. 가지각색의 무기에 복식을 보니 이 지방의 꽤나 뿌리 깊은 도적들 같았다. 옷이 이곳 고유 민족인 토우야 족의 짧은 복식같이 보였기 때문이다.

그렇다면 일단 안심이었다. 물론 현 상황이 그리 좋지는 않지만 전문적인 도적단이 아니라면 하추평 본인이나 사마종의 무공으로 그들을 해결할 수가 있기 때문이었다.

"이봐, 지충표! 후방을 맡아! 다른 표물은 신경 쓰지 말고 우리 것만 지키라고!"

"그러지 않아도 그럴 생각이야! 앞이나 잘 봐!"

하추평의 목소리에 지충표는 그렇한 목소리를 크게 낸 후 바로 등 뒤의 박도를 꺼냈다. 한데 그는 박도만 꺼낸 것이 아니었다.

"방패? 당신도 군에 있었나?"

현백은 등 뒤에서 박도와 방패를 꺼내 드는 지충표를 향해 입을 열었다. 하지만 지충표는 그냥 씨익 웃을 뿐이었다. 그는 말에서 내려 마차 위 지붕으로 올라가더니 이어 현백을 향해 입을 열었다.

"하나만 부탁하지. 여기 쟁자수들은 모두 무공을 몰라. 이들을 좀 지켜주겠나?"

"……."

뭘 믿고 자신에게 이런 말을 하는지 모르지만 왠지 현백은 그가 밉지 않았다. 우락부락한 얼굴과는 달리 마음 씀씀이가 조금 고와 보여서 그런 것인지 모르지만 일단 그는 고개를 끄덕였다.

"그러지. 밥값은 해야 하니."

"그래, 훌륭한 밥이잖아?"

현백의 말이 맞다는 듯 지충표는 크게 고개를 끄덕였고, 현백은 그 모습에 그냥 씩 웃었다. 왠지 볼 때마다 웃음이 나는 친구였다.

하나 그런 그의 얼굴은 바로 굳어졌다. 매복해 있다가 달려오기 시작한 도적단의 모습을 본 순간 그런 것인데 자신도 모르게 현백은 허리춤의 도파로 손이 가고 있었다.

카라랑!

"흐읍!"

파아앙!

오른손의 장검으로 날아오는 월도(月刀)를 막아낸 후 하추평은 왼손에 장력을 실어 날렸다. 그의 눈앞에 뒤로 힘껏 튕겨지는 한 도적의 모습이 보이고 있었다.

"제길! 이놈들은 대체……!"

하추평은 이를 질끈 깨물었다. 분명 이들은 그냥 이 지방 토호들 같아 보였다. 춘궁기나 흉년이 들었을 때면 마을 사람들 모두가 다 도적 떼로 변하는 것을 어느 정도 알고 있었던 그다.

그래서 이번에도 그럴 줄 알았다. 대부분 이런 경우 강한 힘을 몇 번 보여준다면 모두들 고개를 흔들며 뒤로 도망치는 것이 일반적이었다. 그런데 지금 보이고 있는 이 집착은 일반적인 부족이 아니었다.

더욱이 보여지는 움직임은 일반 농민들이 보일 수 있는 것이 아니었다. 이들의 모습은 흡사 군대의 움직임과도 같았다.

두세 사람이 전방을 막고 좌우로 상당한 몸놀림을 보이는 자들이 계속 치고 빠지고 있었다. 이건 숫자를 우위로 한 차륜전이 분명했다.

척박한 땅에서 농사나 짓던 사람들의 몸놀림이 아니었다. 그렇다면 이건 군대가 위장한 것임이 틀림없었다.

"크아아악!"

"저지선을 뒤로 물려라! 어서!"

한참 잘 버티는 듯하던 표사들이 한순간에 뚫려 버리는 계기가 왔다. 상대편에서 상당한 무위를 가진 사람이 나온 듯싶었다. 이에 하추평은 일갈과 함께 앞으로 나갔다. 아무래도 오늘의 행사는 이자를 꺾어야만 가능할 듯싶었던 것이다.

"현토병(玄討兵)?"

현백의 입에서 작은 소리가 흘러나왔다. 그는 눈을 살짝 좁히며 저 앞의 광경에 눈을 주고 있었는데 변복을 하긴 했지만 틀림없는 현토병이었다.

현토병은 이 지방 토호의 사병이었다. 특히 대부분 피부 색이 검기 때문에 그렇게 부르고 있었는데 힘이 장사인 데다 몸놀림이 대단히 빠른 특징이 있었다.

아직까지 그들이 무공을 익히는 것은 보지 못했지만 그렇다고 해도 충분히 위협적이었다. 커다란 덩치에 강한 힘과 빠른 몸놀림은 무공 이상의 위험함이 보였던 것이다.

게다가 현토병이 철갑만 쓰면 그 유명한 운남의 철갑병이 되었다.

그런 것을 모른다면 이 싸움은 필패였다. 표두를 맡은 하추평이 설마 모를 것 같지는 않았지만 그래도 만일의 경우를 생각해야 했다.

티틱.

엉덩이 부근에 걸친 자신의 도를 살짝 건드리며 현백은 전방을 향해 시선을 고정했다. 그리고는 서서히 낯빛을 굳혔다. 아무래도 하추평은 저 현토병을 잘 모르는 것처럼 보였던 것이다.

쩌어어엉!

"흡!"

하추평은 짧은 기합성을 흘러내었다. 검을 타고 흐르는 강한 압력에 이를 질끈 깨물었는데 완전 상상 이상의 공격이었다. 이 정도의 힘이라면 검이 부러지지 않는 것이 신기할 정도였다.

사내의 무기는 그저 둥근 봉. 하나 그 무게가 보통이 아니었는데 하추평은 한 걸음 뒤로 물러서서 자신의 검을 바라보았다.

"……!"

이가 살짝 나가 있었다. 평범한 공격이라면 이럴 리가 없었다. 게다가 하추평은 무공을 끌어올린 상태였다. 한데 이렇게 검날이 빠져나갈 리가 없었던 것이다.

이런 정도의 힘이라면 그건 상대도 무공을 가졌다는 뜻이다. 그러나 아무리 봐도 눈앞의 사내가 무공을 가진 고수로는 보이지 않기에 하추평은 정말 이해할 수가 없었다.

하지만 그렇다고 해서 맥없이 당할 본인은 절대로 아니었다. 잠시 주위를 훑어본 그는 뒤쪽을 향해 소리쳤다.
"종 소제, 이쪽으로! 먼저 승부를 내야겠네!"
"예, 형님!"
사마종은 대감도를 치켜들고는 바로 앞으로 달려나갔다. 그가 봐도 지금 하추평이 앞에서 상대하는 자가 이들을 인솔하고 온 듯해 보였던 것이다.
"건방진 놈! 누군지는 모르지만 우리가 인솔하는 표물을 노린 것을 후회하게 해주마! 차아아앗!"
사마종은 얼굴 가득 인상을 벅벅 쓰며 달려가고 있었다. 거대한 대감도를 지면과 수평으로 만든 채 그대로 휘두르고 있었는데, 하추평은 달려오는 사마종을 힐끗 본 후 그대로 공중으로 솟구쳤다.
파아앙!
그가 공중으로 올라간 그때 사마종의 대감도가 사내의 허리를 쓸어오고 있었다. 사내는 곤봉을 양손으로 쥔 채 사마종의 대감도를 맞으려 하고 있었다.
"감히 나와 힘을 겨루자 이거냐! 으아아압!"
고오오오!
무거운 대지를 가르며 사마종의 대감도는 그대로 사내의 허리를 쓸어갔고, 이윽고 두 개의 병기는 서로 부딪치게 되었다.

쩌어엉!

또 한 번 강렬한 울림과 함께 두 사람은 서로의 병기를 맞부딪쳤는데, 사마종은 눈을 크게 뜰 수밖에 없었다. 단봉을 든 사내는 뒤로 물러나지 않고 있었던 것이다.

사마종은 무명이 아니었다. 물론 그가 의형으로 모시는 하추평 역시 무명이 아니었는데 두 사람은 강호에서 이전일수(二傳一手)라는 독특한 별호를 가지고 있었다.

진평표국 자체가 소림의 힘을 업은 곳이기에 두 사람은 자연스럽게 소림의 무공을 접하게 되었는데, 비록 정식으로 인가를 받은 속가제자는 아니었어도 두 사람의 무공은 절대로 허투루 볼 수 없는 것이었다.

한데 그런 두 사람의 일격을 모두 받아낸 자이기에 사마종은 경악을 금치 못했다. 여태껏 원행을 하면서 이런 자는 한 번도 만나보지 못한 그였다.

"크흑! 나름대로 한 수 한다 이거구먼! 하압!"

카카칵! 피이잉!

사마종은 양 팔뚝에 핏줄이 불끈 돋을 정도로 강하게 힘을 주며 상대를 밀어내었다. 온 힘을 다해 밀어내 약 이 척여의 공간을 만들어낸 후 사마종은 오른발로 땅을 찼다.

스슷……

덩치에 어울리지 않게 빠른 몸놀림으로 그가 뒤로 빠져나가자 단봉을 쥔 사내는 멈칫하며 상황을 살폈는데 사마종은 그 모습에 입가에 미소를 지었다. 이건 그의 의형인 하추평과 수많은 시간 동안 맞추고 있었던 것이다.

단봉을 쥔 사내는 잠시 멈칫하다 그대로 단봉을 위로 들어 올렸다. 사마종이 아니라 하추평의 공격이 시작된 것인데 바로 머리 위에서였다.

까랑!

공중에 떠오른 하추평이 내려오면서 그대로 검을 쳐 내린 것인데 왠지 소리가 조금 이상했다. 그건 검날이 아니라 검면이 봉에 부딪치는 소리였는데, 검은 크게 휘어지며 그대로 밑으로 뚝 떨어졌다.

"차압!"

피링!

검날이 봉을 스치며 날아오자마자 하추평은 손목을 빙글 돌렸다. 그리고는 날을 바로 세워 그대로 사내의 몸을 훑어 내렸다. 한데,

까라라라랑!

"……!"

사람의 몸과 검날이 만났는데 피가 아니라 불꽃이 일고 있었다. 그리고 그 모습에 하추평은 뒷목이 뻣뻣하게 서는 느낌을 받았다.

"…철갑주? 설마……!"

하추평은 왠지 불길한 느낌에 오른발을 들었고, 그대로 갑

주를 입은 사내의 몸을 후려쳤다. 갑주를 입었지만 그렇다고 해서 충격이 없는 것은 아니었기에 하추평의 공격은 그대로 먹혔다.

퍼어어억! 쿠우웅!

뒤로 쓰러지면서 빙빙 감았던 머릿수건이 벗겨지고 그자의 얼굴이 드러났다. 검은 얼굴을 한 그를 보며 하추평은 이를 악물었다.

"현토병! 어째서 이들이… 아차!"

하추평은 신형을 돌려 표물이 실린 마차를 바라보았다. 상대가 이 정도의 사람들이라면 이들의 움직임 정도는 예측할 수 있었다. 자신들을 표물에서 떼어놓고 한순간 표물을 노릴 것이 뻔했다. 그리고 그 순간 하늘에서 검은 비가 쏟아지기 시작했다.

"이봐, 현백! 움직이지 말고 내 뒤로 와!"

지충표는 그러한 목소리를 내며 방패를 가슴께로 들어올렸다. 그의 눈은 하늘을 향하고 있었는데 검은 비는 바로 화살이었다. 방패로 이를 막아내려 하고 있었던 것이다.

화살의 궤적을 보면서 떨어지기 직전에 방패로 막아야 가능하다. 화살은 바람의 영향을 많이 받기에 어느 쪽으로 움직일지 몰랐던 것이다.

"……."

하지만 현백은 그저 조용히 바라보기만 할 뿐이었다. 그저 마차 옆에서 조용히 있기만 했는데 한순간 현백의 입에서 커다란 소리가 터져 나왔다.

"소명아! 어머니와 마차에서 나와라! 어서!"

"예?"

현백의 목소리에 소명은 눈을 동그랗게 뜬 채 마차에서 고개를 내밀었는데 현백은 더 이야기를 하지 않았다. 대신 앞으로 나가며 마차에서 고개를 내민 소명의 멱살을 잡아 빼었다.

"아니, 무사님! 왜 이러십니까? 어서 그 아이를 놓아주세요!"

"현백, 무슨 짓이야?"

뜻밖의 행동에 소명의 어머니뿐만이 아니라 지충표도 굵은 눈썹을 꿈틀거리며 소리쳤지만 현백의 얼굴은 변화가 없었다. 소명의 어머니가 막 마차에서 달려나와 현백의 손아귀에서 소명을 잡아챌 때였다.

"지충표, 정면에서 막지 마라! 방패를 기울여 흘려! 안 그러면 뚫린다!"

"뭐?"

아무리 화살 공격이 무섭다고는 하지만 지금 현백의 말은 이해하기 힘들었다. 제아무리 날고 기어봤자 결국 화살일 뿐인 것이다.

그의 방패는 일반적인 가공 방법으로 만들어진 것이 아니었다. 잘 말린 물푸레나무를 아주 세밀히 말아 만든 일반적인 방법에다 한 가지를 더한 것이 그의 방패였다. 나무 뒤편에 철편이 빽빽이 박혀 있었던 것이다.

그러니 당연히 뚫릴 이유는 없었다. 하나 현백이 거짓말을 하는 것 같지는 않았다. 지충표는 마차 위에서 방패를 머리 위로 들어올리며 살짝 각도를 주며 뉘었다.

시시시싱! 콰가가가각! 터터터텅!

"크으윽!"

왼팔에 전해지는 극렬한 통증에 지충표는 하마터면 왼손이 꺾일 뻔했다. 한차례 검은 비가 다 떨어지자 지충표는 고개를 돌렸다. 그리고는 두 눈을 크게 떠야만 했다.

"이게 대체 무슨······?"

아무리 그렇다고 해도 마차로 떨어지는 모든 화살을 막을 수는 없었기에 마차는 여기저기 화살의 공격을 고스란히 받은 상태였다. 한데 그 모습이 일반적인 것이 아니었다.

구멍이 숭숭 나 있었는데 주먹만 한 크기로 뚫려 있었다. 지충표는 무의식적으로 자신의 방패에 눈길을 던졌다.

"헛!"

그는 헛바람을 들이켤 수밖에 없었다. 방패엔 거친 흔적이 수도 없이 나 있었다. 정말 제대로 막았다면 그대로 뚫릴 만한 일격이었던 것이다.

"제길! 그럼 말은 다 죽……!"

갑자기 마차를 끌던 말에게로 생각이 미쳐 고개를 돌려 앞을 본 지충표는 두 눈을 휘둥그렇게 뜨고 말았다.

두 필의 말은 죽지 않았다. 말 아래에 잘려진 화살이 십여 개 이상 보이고 있었고, 그 앞에 한 사내가 서 있었다.

현백.

어느새 도를 빼어 든 그가 저 멀리 밀림 한가운데를 노려보며 서 있었다. 지충표는 자연스럽게 그의 도를 향해 눈길을 던졌다.

길이는 이 척이 조금 넘는 크기에 폭은 네 치 정도 되어 보였다. 일반적인 박도와 별로 다를 것이 없었는데 왠지 모를 이질감이 드는 기형도였다.

무엇보다 두께가 좀 이상했다. 얇은 일반적인 도의 두께가 아니라 근 한 치가 넘는 두께를 가지고 있었다. 상당히 두꺼운 데다 도첨 부근이 일반적인 것과 달랐다. 찌르는 용도로는 사용하지 않은 듯 뾰족한 모양새가 아니었던 것이다.

그냥 살짝 휘어진 사각의 쇳덩이를 생각하면 될 것이다. 한쪽 면만 잘 갈린 형태였다.

"…쇠로 쇠를 벤 건가?"

바닥에 떨어져 있는 화살촉으로 눈길을 돌리며 지충표는 놀랄 수밖에 없었다. 한 뼘이 넘는 상당한 크기의 화살촉이 모두 잘려져 있었다. 저 둔탁한 검으로 이렇게 매끈하게 자른 것이 이해가 되지 않았다.

"지충표, 말을 몰아라! 이곳을 빠져나간다!"

"…알았어!"

은연중에 하대를 시작한 현백이지만 지충표는 왠지 그런 것에 신경 쓰이지 않았다. 오히려 너무나 자연스럽게 느껴지고 있었던 것이다. 그는 마부석으로 이동해 재빨리 고삐를 틀어 잡았다.

"어머니와 함께 어서 타라, 소명! 여기 있다간 죽음을 면치 못해!"

"아, 예, 무사님!"

소명은 재빨리 어머니와 마차에 올랐고, 현백도 지충표가 타던 말에 올라탄 후 앞으로 나섰다. 제일 선두를 향해 말을 달리는 현백의 두 눈에 서서히 신광이 피어오르고 있었다.

第二章

불청객

1

"무슨 짓이냐!"
 하추평은 일갈을 내질렀다. 이렇게 방어진을 구축하고 있는데 지켜야 할 표물이 움직여 버린다면 방어진이 다 망가져 버릴 터다.
 "이 빌어먹을 놈이! 당장 돌아가지 못해!"
 사마종까지 두 눈을 부라리며 소리쳤지만 마차는 멈추지 않았고, 오히려 서서히 속력을 내기 시작하고 있었다. 이러다간 두 사람을 제치고 멀리 나가 버릴 것만 같았다.
 "멈추라 말하지 않……!"
 하추평은 소리치다 바로 신형을 확 돌렸다. 그의 눈앞에 뒤로 물러섰던 현토병이 보이고 있었는데, 어느새 곤봉을 높이 쳐들며 달려오고 있었다.

"이런!"

위험한 순간이었다. 이미 저쪽은 탄력을 받아 달려오고 있었고, 이쪽은 제대로 내력조차 올리지 못하고 있었다. 이러다 간 정말 큰일이 날 상황이었던 것이다.

결국 그가 생각한 것은 살을 주고 뼈를 깎는 것뿐이었다. 그는 왼손을 올려 곤봉을 막아내며 그대로 오른손의 검을 찔러 넣으려 했다. 한데,

타탓… 스스스…….

"……!"

누군가 그의 신형 앞에 나타나 있었다. 마치 유령처럼, 아니, 한줄기 환영이었다. 그리고 그 환영에서 백광이 솟아오르고 있었다.

파아아앗!

백광은 단번에 한 사람의 가슴으로 쏟아지고 있었다. 현토병의 오른쪽 허리춤에서 왼쪽 가슴 쪽으로 긴 백광이 닿는 그 순간 하추평은 두 눈을 크게 뜰 수밖에 없었다.

촤촤촤!

붉은 피가 허공에 떠오르고 있었다. 단 한 번의 공격에 애를 먹던 현토병이 뒤로 쓰러지고 있었던 것이다.

"갑주까지… 벤 것인가?"

하추평은 등골에 한기가 이는 것을 느꼈다. 순간 그의 눈이 백광을 흘린 사내의 얼굴에 고정되었다.

"현백!"

불어오는 바람에 온전히 묶여지지 않은 몇 개의 긴 머리칼을 날리는 그는 바로 현백이었다. 문득 그의 목소리가 들려왔다.

"죽고 싶지 않으면 움직여! 이대로 가면 죽음뿐이다!"

"……!"

현백의 목소리와 함께 보인 것은 그의 눈이었다. 그건 분명 사람의 눈이지만 그 눈빛은 인간의 그것이 아니었다. 차가운 짐승의 눈이었다.

타탓! 파아아앙!

한순간 다시 현백은 공중으로 비약하고 있었다. 벌써 일 장여 앞으로 달리고 있는 말 위로 재빨리 올라 다시 마차를 따르고 있었던 것이다.

"……."

하추평은 그저 이를 꽉 다물 뿐이었다. 화산 무인 행세를 하는 양아치인 줄 알았건만 그것이 아니었다. 진짜 대단한 무위를 지니고 있었던 것이다.

"혀, 형님, 이게 무슨……."

"긴말할 것 없다! 어서 움직이자! 저자의 말처럼 여기에 더 있다간 당한다!"

차가운 목소리와 함께 하추평은 달리기 시작했다. 그리고 그를 필두로 표국의 무사 모두가 달리는 그의 뒤를 따랐다.

"…테루가 쓰러진 건가?"
"죄송합니다, 각간 어른. 설마 저곳에 전호가 있을 줄은 몰랐습니다."
이제 막 언덕을 넘어가는 마차를 바라보며 한 사내가 입을 꽉 다물고 있었다. 검은 갑주를 쓴 채 말 위에 올라탄 그의 뒤엔 상당한 수의 철갑병이 모여 있었다.
"그건 나도 예상치 못했던 일이다. 하나 전호가 있다고 해도 그냥 있을 수는 없지. 정말로 돈호이가 명나라로 들어가게 된다면 그땐 전쟁뿐이니……"
사내는 칙칙한 목소리를 내면서도 달리는 마차에서 시선을 떼지 않았다. 그렇게 한참을 노려보던 사내는 뒤쪽을 향해 입을 열었다.
"어쨌든 움직인다. 본국을 벗어나기 전에 해결해야 할 일이니 어서 움직이도록."
"알겠습니다, 대장군."
사내들의 작은 목소리가 울리고, 모두의 신형이 움직이기 시작했다. 점점 어두워오는 하늘 아래는 작은 빗줄기가 한두 방울씩 떨어지고 있었다.

쏴아아아아!

운남국의 날씨는 정말 변화무쌍했다. 조금 전까지만 해도 화창한 하늘이었지만 언제 그랬냐는 듯이 비가 억수같이 쏟아지고 있었다. 진평표국 일행은 그 빗속을 뚫고 내리 달리다 이윽고 멈추게 되었다.

이유는 모르지만 습격자들이 더 이상 추격을 해오고 있지 않았는데 이런 상황이라면 한숨 돌릴 수가 있었다. 그래서 하추평은 그 자신이 원행을 하면서 알고 있는 쉴 곳으로 마차를 몰았다.

그가 선택한 곳은 작은 농가였다. 한데 사람이 없는 것이 오래된 폐가인 것 같았는데 이상하게도 그 규모는 컸다. 같이 온 표물을 운송하는 마차까지 안으로 들어올 정도였던 것이다.

"이곳에서 잠시 쉰다! 시간이 없으니 잠깐밖에 휴식은 없다! 모두들 긴장의 끈을 늦추지 마라!"

하추평은 커다랗게 소리를 지른 후 시선을 문밖으로 돌렸다. 억수같이 쏟아지는 빗속에서도 그들을 따라온 마차들은 안쪽으로 들어올 생각을 하지 않고 있었다. 싸울 때는 어디에 있었는지 얼굴조차 보이지 않던 그들인데 어느새 다시 붙어 있었던 것이다.

그들이 무슨 의도이고 어떤 자들인지 그는 더 이상 신경 쓰고 싶지가 않았다. 당장 중요한 것은 일단 원행을 추스르는 일이었다.

원행을 맡은 무사들은 모두 이십여 명. 그중 반수 정도가 죽거나 부상당했다. 죽은 사람은 세 명 정도밖에 되지 않았지만 하추평은 입술을 질끈 깨물었다. 그들 역시 이 진평표국의 한 식구이니 그들의 가족을 볼 낯이 없었던 것이다.

 잠시 그렇게 상황을 바라보던 하추평의 눈에 한 사람의 얼굴이 보였다. 표물이 실려 있는 표차 쪽으로 움직이고 있는 그는 바로 현백이었다. 흠뻑 젖은 옷을 말릴 생각도 하지 않은 채 그는 마차 쪽으로 움직이더니 손을 내밀고 있었다.

 빠작!

 그가 손에 든 것은 부러진 화살이었다. 일반적인 화살보다도 반 치 정도 더 컸는데 앞의 촉 모양이 기이한 형상이었다. 세 개의 강선이 나 있는데 그 강선은 좌측으로 빙글 말려 있는 형상으로 독특한 모양을 이루고 있었다.

 "기이하군. 도대체 표물이 얼마나 대단한 것이기에 이런 짓까지 하는 것이지?"

 "…무슨 짓인가?"

 현백은 표차를 열어보려 하고 있었다. 하추평은 두 눈을 부라리며 표차를 향해 달렸고, 그건 사마종과 살아남은 표사들도 마찬가지였다. 저 표차에 붙은 봉인이 떨어지기라도 한다면 이번 원행은 하지 않은 것만 못했다. 어디까지나 표물이 무엇인지 보지 않는 것은 표행의 기본이니 말이다.

시링…….

"이놈! 당장 떨어지지 못할까! 네놈이 서푼 재주가 있다고 기고만장이구나!"

사마종의 입에서 불벼락이 떨어지고 있었다. 등 뒤의 대감도를 꺼내 현백의 목을 겨누었다.

그때였다. 뒤편에서 굵직한 목소리가 들려왔다.

"젠장! 이놈의 세상, 뭐가 어떻게 돌아가는 거야! 어떻게 무림에서 산다는 놈들이 은혜를 원수로 갚는 것이야? 누구 때문에 지금 이렇게 숨을 쉬고 있는데!"

지충표의 걸걸한 목소리였다. 두 눈 가득 신광을 담아낸 채 사마종에게 소리치고 있었기에 사마종은 순간 움찔했다. 다른 사람은 몰라도 지충표는 그리 녹록한 상대가 아니었던 것이다.

지충표는 낭인이었다. 하나 낭인 중에서도 아주 특별한 낭인이었는데, 낭곤도(狼棍刀)라는 별호까지 있었다. 이번 원행에 특별히 초청해 온 사람이었던 것이다.

한 개의 도와 방패로 뿜어내는 그의 무공은 곤마평법(棍磨平法)이라 불리는데, 이름 그대로 상당한 수련을 요하는 공격과 수비가 잘 조화된 무공이었다.

"그만두게, 종 소제. 지 대협의 말이 맞으이. 그가 없었다면 오늘 이렇게 살아 있지 못할 것이네. 하나 당신도 명심하시오. 우리는 표국의 사람이고, 그렇기에 표국의 도리를 지켜

불청객 57

야 하오. 표물에 손댈 수는 없소이다."

하추평은 낮은 목소리를 내었고, 그것으로 할 말은 다 했다는 듯 입을 꽉 닫았다. 하나 현백은 더 할 말이 있는 것 같았다.

"그 표물을 노리는 것이 일개 도적단 정도라면 충분히 그럴 수 있지. 그러나 이 화살을 보고서도 그런 말이 나오시오?"

현백은 손을 들어 하추평의 눈앞에 화살촉을 들이대었다. 그러나 하추평은 오늘 처음 본 것이라 할 말이 없었다. 현백은 그런 하추평의 마음을 눈치라도 챘는지 바로 말을 이었다.

"얼굴을 보니 오늘 처음 봤다는 표정이군. 이건 와룡시(渦龍矢)요. 일개 도적들이 쓸 물건이 아니라 군에서 사용되는 물건이오. 그것도 운남국 제일의 군대라 불리는 철갑병 현토군단의 병기요. 그래도 모르겠소?"

"…와룡시! 현토군이 우릴 노린단 말이오?"

하추평은 얼굴을 확 굳히며 현백에게 물어왔고, 현백은 차분히 고개를 끄덕였다. 다른 사람은 몰라도 현백은 이 와룡시를 너무나 잘 알고 있었다. 바로 며칠 전만 해도 이 와룡시를 날리는 자들과 싸워왔던 것이다.

와룡시는 일반적인 화살의 목적인 살상을 주로 하는 것이지만 특히 살상이란 역할을 극대화한 무기였다. 허공을 가르며 날아오는 화살은 화살촉의 무게에 엄청난 회전력까지 같이 가지게 되어 그 위력이 상상을 초월했다.

그나마 발명된 것이 얼마 되지 않아 명군의 피해가 거의 없다시피 했지만 위력만큼은 정말 가공스러웠다. 명군이 가지고 있는 방패 따윈 한순간에 박살 내버렸던 것이다.

철갑군단인 현토군단이 오기 전 이 와룡시가 떨어지고 그 후 현토군이 오는 것이 운남국의 기본 전술이 될 정도로 이 와룡시는 중요한 것이었다. 한데 그것을 오늘 다시 보게 된 것이다.

"운남국의 야철 수준이 어느 정도인지 모르나 이 정도라면 중원에서도 쉽게 만든다고 장담할 수 없을 것이오. 그런데 그 와룡시를 한꺼번에 이 표차에 퍼부었소. 일개 표물을 노리는 것으로 생각할 수 있겠소?"

"……"

현백의 목소리에 하추평의 얼굴은 점점 흙빛이 되어가고 있었다. 현백의 말이 사실이라면 자신들의 표물에 뭔가 중대한 결함, 혹은 이상한 것이 있다는 뜻이다. 그럼 추격이 멈추지 않을 것이라는 것은 불을 보듯 뻔했다.

"형님, 이 안엔 오왕야께서 부탁한 것이 있지 않습니까? 혹 그것이 아닐까요?"

"…전리품 말이더냐?"

하추평의 말에 사마종이 고개를 끄덕였다. 작별을 고하고 돌아올 때 오왕야가 부탁한 것을 실어왔는데 아무래도 그것이 마음에 걸린 모양이었다.

"전리품? 오왕야가 전리품을 맡겼다고?"

현백은 눈을 가늘게 뜨며 입을 열었다. 그가 아는 오왕야가 전리품을 가지고 있었다는 것이 이해할 수 없다는 표정이었는데, 이어 그는 앞으로 한 걸음 나서며 입을 열었다.

"십 년 동안 봐온 오왕야는 말이지……"

현백의 왼손이 허공으로 올라가고 있었다. 하추평이나 사마종이 채 막기도 전에 그의 손은 이미 표차에 대어지고 있었다.

"전리품 따위는 가지고 있을 사람이 아니야!"

콰직! 우드드득!

"무슨……!"

마차의 벽면을 움켜쥐며 봉인과 함께 한쪽 벽이 통째로 뜯겨 나가자 하추평은 비명과도 같은 소리를 질렀다. 현백의 동작이 너무 빨라서 어떻게 제지할 도리가 없었던 것이다.

그러나 이내 그는 또 다른 사실에 놀랄 수밖에 없었다. 뜯겨진 마차엔 분명 표물이 실려 있었다. 자신이 가지고 온 교역물이 실려 있는 것이 확실했는데, 문제는 그 위에 올려져 있는 것이었다. 물건이 아니었던 것이다.

"…아무래도 이야기가 좀 필요한 것 같군. 당신은 누구요?"

현백의 담담한 목소리가 울려 퍼지고, 사람들의 시선이 모두 뜯겨진 표차로 향했다. 그 안에 있는 것은 한 여인이었다. 놀란 눈을 동그랗게 뜬 채 현백을 바라보는 묘령의 여인.

 "그럼 지금 표국의 사람들을 보표로 사용했다는 것입니까? 저만한 사람들을 모두 놔둔 채 말이오?"
 사마종의 입에서 좋은 소리가 흘러나올 리 없었다. 이번 일로 세 명의 표사가 죽었고 열 명이 다쳤다. 남아 있는 표사라고 해봤자 예닐곱 명이 전부였다.
 그나마 무공을 좀 아는 사람들이 다쳐 버렸으니 앞으로의 표행이 순탄할 리 없었던 것이다.
 "죄송합니다. 하나 피치 못할 사정 때문이니 이해해 주시길 바라겠습니다."
 이국의 여인은 또렷한 한어를 사용하며 하추평을 향해 입을 열었다. 아마도 숨어서 동향을 본 듯한데 그렇지 않았다면 하추평이 표두라는 것을 알 리 없었다.
 "……"
 하추평은 그저 말 한마디 못하고 어이없다는 표정을 지을 수밖에 없었다. 비록 이족에 오랑캐의 피를 받은 여인이지만 이 여인의 신분은 그리 녹록한 것이 아니었던 것이다.
 여인의 이름은 돈호이. 중원의 이름으로 한다면 미호(美好)

라고 불리는 여인인데 바로 운남의 제왕 만소왕(萬素王)의 셋째 여식이었다.

무슨 일인지 모르지만 그녀는 조용히 중원으로 들어가려 하고 있었고, 그 방법으로 이 표행을 선택한 것이다. 그리고 그녀의 중원행을 막으려 남만의 현토병이 출동한 것이고 말이다.

아무래도 남만에 무슨 일이 있는 듯하지만 그건 중요한 것이 아니었다. 중요한 것은 이 여인 때문에 이번 표행이 순탄치가 않다는 것이었다.

"해서 전 진평표국에 한 가지 제의를 하려 합니다. 표물은 저 자신, 저를 북경으로 데리고 가준다면 그만한 보상을 하겠습니다. 물론 그중엔 금전적인 보상도 있습니다."

미호공주가 손을 까딱이자 그동안 마차를 뒤따라오던 사내들 중 몇 명이 궤짝 하나를 들고 왔다. 상당한 무게인 듯 발걸음이 무거웠는데, 사방 한 자 정도의 정방형 궤짝을 땅바닥에 내려놓자 둔탁한 소리가 났다.

쿡!

살짝 비에 젖은 땅이 쑥 들어갈 정도로 무게가 나가는 궤짝. 이내 사내가 그 뚜껑을 열었다. 그러자 보는 사람 모두의 눈이 휘둥그레졌다.

"히유! 이게 다 얼마야? 내 평생 이런 황금은 본 적이 없구먼 그래."

휘파람을 불며 지충표는 황금을 바라보았고, 그 모습에 미호공주의 수하들이 좋지 않은 눈을 했지만 지충표는 전혀 거리낌이 없었다. 미호공주는 살짝 미소를 지으며 다시 입을 열었다.
 "물론 이것은 표국의 것이고 그대와 저 뒤에 계신 전호 분께는 따로이 드릴 것입니다. 두 분께서는 제 호위를 서주시지 않으시겠습니까?"
 왠지 미호공주의 입가에 서린 미소는 사람을 확 끌어당기는 듯한 느낌이 있었다. 순간적으로 요물이란 이름이 머릿속에 드는 것을 느끼는 지충표였는데 아마도 그건 그만의 생각이 아닌 듯했다.
 뒤에 있던 현백 역시 작은 기운을 일으키고 있었고, 그제야 지충표는 이 미호란 여인을 다시 보게 되었다. 무력을 일으켜야 상대할 수 있을 정도로 미호는 미안공(美顔功)을 익힌 듯했다. 그리고 그 생각을 확인시켜 주는 현백의 목소리가 들려왔다.
 "그 정도의 무공을 지니고 있으면서 왜 내 도움이 필요하지? 그대로 뚫고 나가면 되는 것 아닌가?"
 "건방진 놈! 감히 무사 나부랭이가 어찌 공주님께 하대를 하는가! 당장에 목이 달아나고 싶으냐!"
 미호의 뒤쪽에서 한 나이 많은 무사가 추상같은 소리를 질렀다. 호위무사들 중에서도 수장급인 듯했다. 하나 현백은 완전히 그를 무시하고 있었다. 그는 미호를 보며 답을 기다리고 있었던 것이다.

"후, 중원에서 온 명군 중 가장 두려운 자가 바로 전호라 하더니 그 말이 맞는군요. 무공도 무공이지만 상황 판단이 두려울 정도입니다. 맞습니다. 무공으로 따진다면 그렇겠지요. 하나 우리가 익힌 무공을 바로 제 오라버니도 익히고 있습니다. 더구나 오라버니의 무공은 천패공류(天敗功類). 저희들이 기반으로 삼는 미안공부(美顔功夫)와는 질적으로 다릅니다. 만나면 필패지요."

"……"

왠지 모든 것을 순순히 시인하는 그녀를 보며 현백은 눈을 살짝 좁히고 있었다. 그녀의 오라버니라면 이미 잘 알고 있었다. 이 현토병을 키워내고 홀로 남만을 지키는 자. 각간 사다암이었던 것이다.

아마도 왕권을 둘러싼 암투가 진행 중인 듯싶었고, 그 중심에 사다암이 있음은 말하지 않아도 너무나 잘 알 수 있었다. 그리고 이 여인은 사다암을 견제하기 위하여 명군에 도움을 얻기 위해 가고 있는 듯하고 말이다.

상황이 이렇다면 정말 쉽지 않은 일이었다. 이곳에 주둔한 명군을 가장 공포에 떨게 했던 철갑군 현토병을 지휘하는 자가 앞길을 막아선다면 쉽지 않은 길이었다. 그냥 고개를 끄덕인다고 될 일이 아니었던 것이다.

문득 그의 눈길이 옆으로 향했다. 그러자 소명이 큰 눈을 동그랗게 뜨며 자신을 바라보고 있었는데 현백은 그저 웃음이 나왔다. 이 심각한 상황이 소명에게는 흥밋거리 정도였던 것이다.

비단 저 여인을 위해서만이 아니더라도 현백은 나서야 할 것 같았다. 바로 이 눈만 동그란 소명을 위해서 말이다.

"그리 큰돈은 필요없소. 그리고 북경까지 갈 수도 없고. 중원을 들어가기 전까지만 해주지."

"…할 수 없지요. 그럼 부탁드리겠습니다. 이대로 육로를 종단하여 올라갈 터이니 준비해 주십시오."

계속된 하대에 미호의 주변에 있던 호위병들은 모두 얼굴을 단단하게 굳혔지만 미호는 그다지 상관하지 않는 것 같았다. 현백은 그저 고개를 끄덕이며 앞으로 나갔는데 그의 손이 향하는 곳은 열려진 궤짝 쪽이었다.

"무슨 짓을……?"

궤짝을 지키던 사내는 자연스럽게 허리춤에 손을 올렸지만 이내 그의 손은 딱 멈추었다. 이미 현백의 손이 다시 허공으로 들리고 있었던 것이다.

그런데 빈손이 아니었다. 손가락 한 마디만 한 금을 떼어낸 것인데 아무리 무른 금속이라도 금은 흙이 아니었다. 그 한 수에 현백의 무위를 알 수 있었던 것이다.

"이건 계약금 정도로 생각하지. 출발은 한 시진 후. 그때까지 모두 체력을 회복하도록."

차분히 입을 연 후 현백은 등을 돌렸고, 이어 소명의 곁으로 움직였다. 그리곤 마차 바퀴에 비스듬히 기대어 살짝 눈을 감았다.

"저… 현백 무사님."

"응?"

갑자기 들려오는 소명의 목소리에 현백은 다시금 눈을 떴다. 소명은 현백의 눈을 바라보며 심각한 표정을 하고 있었다.

"어떻게든 강해지고 싶은데… 그러려면 어떻게 해야 하나요?"

"……."

갑작스런 아이의 물음에 현백은 그저 싱긋이 웃었다. 강한 것을 동경하는 것이 남자 아이들의 공통적인 특성이긴 하지만 현백이 보는 소명은 목적이 있었다.

그 옆에 있는 어머니. 그녀를 지키기 위해서이리라. 현백은 소명의 머리를 쓰다듬으며 입을 열었다.

"글을 아느냐?"

"예? 아, 아니오."

조금은 겸연쩍은 얼굴로 소명은 말했지만 이런 환경에서 글을 배운다는 것 자체가 무리임을 현백은 잘 알고 있었다. 현백은 여전히 미소를 잃지 않은 채 소명에게 말했다.

"글을 익히거라. 그것이 무공의 시작이란다. 무언가 알게 되는 것, 그것은 문, 무 모두 같은 원리이지."

"아, 예."

조금은 이상한 말이지만 소명은 고개를 끄덕였다. 어쨌든 무공의 시작은 글이라고 하니 믿을 수밖에 없었다. 물론 그건 현백이 소명을 위해 무보다는 문으로 길을 잡아주려 한 말이지만 말이다.

그러나 소명이 보는 현백은 그야말로 무공의 신. 당장 그는 글을 배우고 싶어했고 그러려면 책이 필요했다. 잠시 주위를 두리번거리던 소명의 눈에 열려진 마차의 문이 보였다.

"……."

빽빽하게 놓여진 물건들 사이로 얇은 그 무엇인가가 있었다. 그리고 그것을 바라보는 소명의 눈이 작게 빛나기 시작했다. 형상으로 봐 그것은 작은 책이 분명했던 것이다.

저 정도라면 충분히 넣고 숨길 수 있었다. 남의 물건에 손대는 것이 좋은 것은 아니지만 멈추기엔 소명의 무공에 대한 욕심이 너무도 컸다.

2

쏴아아아아!

비는 멈추지 않았다. 오히려 점점 더 세차게 퍼붓고 있었는데, 하추평은 죽립을 살짝 들어올리며 전방으로 시선을 던졌다.

기껏해야 십여 장이 시계의 전부였다. 어디서 화살이라도 날아오면 몰살당할 것이 뻔한데도 현백은 걸음을 재촉하고 있었다.

물론 그것이 자신들을 위한 것임을 잘 알고 있으나 하추평은 마음에 들지 않았다. 어느새 일행의 수장이 자신이 아닌 현백이 되어 있었으니 말이다.

"젠장! 이봐, 현백! 이런 빗속을 어떻게 뚫고 간다는 거야? 이러다 마차 바퀴라도 빠지면 어쩌려고 이러나?"

참다못한 사마종이 커다란 소리로 입을 열었지만 현백은 들은 체도 하지 않았다. 그는 선두에서 지충표와 함께 주위를 두리번거리고 있었던 것이다.

"이봐, 현백! 내 말이 들……!"

자신을 무시한다고 생각했는지 사마종은 다시 커다랗게 소리를 지르며 앞으로 나오려 했다. 하나 현백의 차가운 눈길이 자신을 향하자 왠지 사마종은 한 걸음도 나설 수가 없었다.

그리 살기를 띤 눈도 아니었다. 그러나 그 차가운 눈길은 사마종으로 하여금 앞으로 나서지 못하게 하고 있었다. 웃기는 일이지만 할 수만 있다면 눈을 살그머니 옆으로 틀고 싶었던 것이다.

한데 그것도 용이하지 않았다. 흡사 뱀 앞에 선 한 마리 생쥐처럼 그는 그렇게 현백의 눈만을 바라보고 있었다.

"두 번 말하지 않겠다. 정확히 반 시진 후 내 뒤를 쫓아와라. 이 앞에 있는 매복을 모두 제거해 놓을 테니 일단 달리기 시작하면 전속력으로 달리도록."

"……."

말과 함께 현백은 신형을 돌렸고, 이내 말을 달려 사라지기 시작했다. 사마종은 그제야 안도의 한숨을 내쉴 수가 있었다.

"흐음, 반 시진이라……. 비록 빗속이긴 하지만 그 정도라면 아주 여유있는 시간인데? 이봐요, 아주머니. 차 한 잔 할 수 있겠어요?"

"예? 아, 예. 물론입니다. 차가운 물에 녹는 찻잎도 가져왔으니까요."

소명의 어머니는 놀란 듯 되묻더니 이내 자신의 봇짐을 뒤지기 시작했다. 지충표는 천천히 앞으로 나가 소명의 옆으로 다가섰다.

"녀석, 걱정 마라. 저 현백이란 친구, 꽤 실력이 좋은 것 같으니 말이야."

"누가 걱정을 해요? 현백 무사님이 아니라 아저씨가 걱정될 뿐이에요. 이 순간에 차 마실 생각이 나요?"

어이가 없다는 듯 소명은 지충표를 향해 눈을 흘겼지만 지충표는 웃을 뿐이었다. 그는 이내 찻잔 하나를 받아 든 후 조용히 입으로 가져가고 있었다.

"카아아! 역시 독한 화주보다 아주머니 차 한 잔이 더 좋습니다. 역시 좋아. 아주 좋아."

뭐가 그리 좋다는 것인지 모르지만 지충표는 연신 찻잔을 들어 입으로 가져가고 있었다. 모든 사람들이 다 황당한 눈으로 지충표를 바라보기 시작했지만 지충표는 아랑곳없었다.

아니, 그뿐만이 아니라 그의 눈은 행동과는 달리 차갑게 가라앉아 있었다. 그의 눈은 뒤쪽에서 표행을 따라오고 있는 미호 일행을 바라보고 있었다.

파아아앗!

섬뜩한 소음과 함께 피가 허공으로 튀었지만 도상을 입은 사내는 비명도 지르지 않았다. 그저 한쪽으로 몸을 누이며 입술을 꽉 깨물고 있을 뿐이었다.

보통 사람이라면 그 독한 모습에 혀를 내두를 만도 하건만 현백은 아무런 감정이 없는 사람처럼 움직이고 있었다. 이곳 운남에 와서 한두 번 본 일이 아니기에 그리 대단할 것도 없었던 것이다.

현토병 대부분이 이와 같은 자들이었다. 이곳은 운남의 국경을 얼마 남겨놓지 않은 곳이었는데 아마도 이들은 마차의 속력을 줄여놓는 역할을 맡은 사람들 같았다.

그럼 본대는 마차의 뒤를 따라오고 있다는 말이었으니 마차가 따라잡히기 전에 길을 열어놔야 했다. 차라리 혼자 가는 편이 나을 듯싶어서 현백은 말을 타고 달린 것이었고, 지금껏 근 반 시진 이상을 치고 달렸으니 이 정도면 마차는 출발했을 터다.

카라랑!

잠시 들어오는 칼날을 오른손의 도를 들어 막은 후 현백은 왼발을 뒤로 빠르게 회전했다. 그 원심력으로 칼날을 힘껏 밀어낸 후 현백은 오른발을 축으로 빠르게 회전했다. 신형을 한껏 숙이며 오른손의 도를 길게 뽑아내자 육중한 파육음이 들렸다.

서걱!

비록 갑주를 입은 사람이 대단한 위력을 발휘하기는 하나 분명 약점은 있었다. 물론 지금 현백의 무공 정도면 갑주까지 베어버릴 수도 있지만 싸움은 이번만 있는 것이 아니었다. 최대한 내력을 아껴야 했던 것이다.

그래서 생각해 낸 것이 가장 취약한 부분을 노리는 것이었다. 바로 철갑끼리 연결하기 힘든 관절 부위를 노리는 것으로 말이다.

파아아앗!

한 병사의 무릎 어림에서 붉은 피가 솟아오르자 현백은 그대로 신형을 곧게 펴 올렸다. 그리고는 왼발을 크게 휘돌려 사내의 목 어림을 무릎 사이에 끼워 넣었다.

콰각! 우두둑!

휘도는 신형의 힘으로 사내의 목을 꺾어버린 후 현백은 신형을 바로 세웠다. 이미 주위에 서 있는 사람은 아무도 없었고, 내리는 빗소리를 빼고는 정적뿐이었다.

피이잇!

도신에 흐르는 핏방울을 털어낸 현백은 신형을 돌렸다. 그리고는 자신의 말에 올라 앞으로 나가기 위해 말고삐를 잡아채려 할 때였다.

"……."

귓가에 울리는 작은 소리에 현백은 눈을 돌렸다. 지면에 튕겨 올려진 물방울이 만든 운무 사이로 들리는 작은 소리는 뭔가가 흐르는 듯한 소리였다.

다각다각!

천천히 말을 몰고 간 그의 눈에 한줄기 강물이 보이고 있었다. 상당한 크기의 강으로 꽤나 내린 비 때문에 이젠 상당히 강물도 불어나 있었는데, 건너편이 보이지 않을 정도로 거대했다.

이런 육로를 택하는 것보다 이 해로를 택하는 것이 더 나을 듯싶을 정도였는데 왜 이런 길을 마다하고 미호는 육로로 가는지 알 수가 없었다.

어쩌면 사다암이 미리 이리로 올 줄 알고 봉쇄하고 있을지도 몰랐다. 그러나 그렇게 준비하기엔 강폭이 너무 넓었고, 비가 와서 그런지 물살도 엄청나게 세져 있었다. 중원 쪽으로 흐르는 강물의 유속이 엄청나기에 사실상 봉쇄는 불가능한 것이다.

기껏 해봤자 쇠사슬로 수심이 얕은 곳을 막는 수밖에 없지만 그건 이런 강한 물살에서는 할 수가 없었다. 쇠사슬을 들고 건너편에 도달할 수가 없었던 것이다.

조금은 이상한 생각이 들었지만 현백은 바로 신형을 돌렸다. 그리고는 다시 육로로 움직이기 시작했다. 꽤나 앞서 오긴 했지만 이 정도로는 아직 안심할 수 없었다. 조금 더 빨리 일행의 앞길을 터야 하기 때문이었다.

"이봐, 당신들! 지금 무슨 짓을 하는 거야? 이대로 육로로 가는 것이 아니었나?"

지충표가 소리를 질렀지만 사람들은 분주히 움직이며 그의 말을 무시하고 있었다. 이들은 지금 강물에 배를 띄워 움직이려 하고 있었던 것이다.

"그쯤 하고 당신도 거들지 그래? 우린 시간이 별로 없거든."

지충표를 무시하는 듯 사마종이 건들거리며 입을 열자 지충표의 표정이 험악하게 변했다. 이들은 지금 현백을 미끼로 사용하려 하고 있었던 것이다.

이들이 이상한 행동을 한 것은 현백이 움직이고 난 직후였다. 갑자기 미호가 하추평을 불러 무엇인가 상의했는데 그 결과가 이것이었다.

움직이는 현백과 달리 해상으로 이동하는 것. 이미 처음부터 생각을 하고 있었는지 숨겨져 있는 배를 손쉽게 찾아낸 그들은 한창 승선 준비를 하고 있었다.

"현 대협께는 죄송스런 일이지만 상황이 우릴 이렇게 만들고 있소이다. 지 대협께서는 너무 고깝게 생각지 말고 저희와 같이 움직이시지요."

"상황이 이리 만들어? 이 작은 표행의 주도권 하나가 그리도 중요한가? 사람의 목숨을 걸 만큼?"

"……."

이미 하추평의 의중을 꿰뚫어 본 지충표는 이를 악물며 으르렁거렸다. 이 일행의 수장을 빼앗긴 것을 내내 가슴속에 담아두고 있었던 것이다.

"무슨 쓸데없는 소리를 하는 것이오! 어서 움직이기나 하는 것이 좋을……!"

사마종은 얼굴이 벌게진 하추평을 대신해 소리치다 얼굴을 확 굳혔다. 그들의 뒤쪽으로 검은 그림자가 하나둘 나타나기 시작한 것이다.

"현토병이다! 모든 동작을 멈추고 어서 배에 올라라!"

하추평은 검을 뽑아 들면서 커다랗게 소리를 질렀고, 그 말에 사람들이 배에 올라타기 시작했다. 하추평과 사마종, 그리고 지충표만이 배에 오르지 않고 적을 막아내고 있었다.

"어이구! 좀 비켜주세요!"

"이봐요, 왜 이러는 것이오?"

세 사람이 병력을 막고 있는 것과 동시에 쟁자수들은 표물을 배 안에 던지다시피 하면서 배에 오르려 했지만 그게 그리 용이하지 않았다. 미리 올라 있었던 미호의 병사들이 그들을 제지했던 것이다.

"건방진 것들이 감히 어딜 오르려 하느냐! 어서 물러나지 못할까!"

병기를 뽑아 들며 소리치는 병사들에 움찔하며 쟁자수들은 모두 옆으로 물러나 주춤거릴 수밖에 없었다. 그들은 고개를 두리번거리며 살길을 찾고 있었지만 그들이 움직일 수 있는 곳은 없었다. 배는 한 척뿐이었던 것이다.

"세 분께선 어서 배에 오르시지요. 더 이상 시간이 없습니다."

배 안쪽에서 미호가 내력을 살짝 실어 외치자 하추평과 사마종은 바로 신형을 공중으로 띄워 배 위로 올랐다. 하나 지충표는 아니었다.

"무슨 짓을! 이 사람들을 다 죽일 셈인가!"

불청객 75

어디로 움직여야 할지 모르는 쟁자수들을 돌아보며 지충표는 소리쳤지만 배는 이미 강 중심을 향해 움직이고 있었다. 하추평과 사마종은 뒤도 돌아보지 않은 채 그저 물길만 바라보고 있는 중이었다.

터터텅!

"이 죽일 놈들!"

누구에게 하는 욕인지 모르지만 지충표는 세 개의 검날을 방패로 막아내며 커다랗게 소리쳤다. 이대로 있다가는 이들 모두 헛되이 목숨을 버릴 판이 되어버린 것이다.

"아, 아저씨!"

"소명, 너 이 녀석, 왜 안 타고 이곳에… 큭!"

콰아앙!

검이 아니라 거대한 철퇴 하나가 방패로 떨어지자 지충표는 인상을 쓰며 팔을 내렸다. 소명에게 가 있던 그의 신경은 이번엔 눈앞의 거한에게 옮겨졌는데 검은 얼굴에 갑주도 없이 불끈한 근육을 지닌 자였다.

"빌어먹을! 소명, 어서 도망가! 여기 있다가는 죽게 된다! 차아압!"

까아아앙!

박도를 휘둘러 거한을 잠시 물러나게 만들면서 지충표는 소리쳤다. 아무래도 오늘 이곳이 그의 무덤이 될 것 같은 생각에 그는 입술을 질끈 깨물었다.

"아저씨… 어머니……."

겁먹은 소명의 입에서 작은 소리가 흘러나왔다. 그의 어머니는 이미 배에 타고 있었고, 그는 타지 못한 쟁자수들과 우왕좌왕하고 있었다. 이대로 가다간 정말 죽음 외에는 방법이 없을 듯 보였던 것이다.

"소명아, 어서 가자! 조금이라도 이곳에서 벗어나야 해!"

한 명의 쟁자수가 그를 챙기며 움직이자 소명은 그의 손에 이끌려 도망치기 시작했다. 물길이 흐르는 방향을 따라 강변을 내달리는 사람들의 눈엔 공포와 절망만이 가득 담겨 있었다.

스으읏.
"후우!"

도집에 도를 돌려 넣으며 현백은 작은 한숨을 내쉬었다. 이 정도 왔다면 어느 정도 안심해도 될 것이다. 아니, 오히려 너무 병력이 없어서 이상하게 생각될 정도였다.

제대로 된 공격은 처음에 당한 것뿐 더 이상의 위협은 아무것도 없었다. 현백 혼자서도 헤치고 나올 정도로 순탄한 길이었던 것이다.

아마도 본대는 뒤에서 달려올 것이란 그의 생각이 옳은 듯했다. 현백은 문득 자신의 손으로 시선을 던졌다.

"……."

언제 이렇게 되었는지 몰라도 붉은 피가 함박 칠해져 있었다. 그 손을 씻기 위해 현백은 강가로 움직였다.
찰박.
내리는 비는 이제 세우비로 바뀐 상태라 시계가 많이 좋아졌다. 내내 강기슭으로 달려왔기에 물가로 가는 것은 그리 시간이 많이 걸리진 않았다. 그렇게 현백이 물가에서 손을 씻고 있을 때였다.
"……!"
현백의 눈에 한 척의 배가 보였다. 꽤나 큰 배로 상류에서 빠르게 내려오고 있었고, 현백은 그 배에 탄 사람들을 한눈에 알아볼 수 있었다.
하추평과 사마종, 그리고 미호. 그 세 사람이 선두에 선 채 미끄러져 내려오고 있었다. 현백은 자신도 모르게 어금니를 깨물었다. 이렇게 배로 온다면 자신이 한 짓은 그저 미끼 외엔 되지 않았던 것이다.
선두에 선 세 사람 역시 현백을 보았는지 고개를 돌리며 웃고 있었다. 한데 그 웃음은 아무리 좋게 봐도 비웃음일 뿐이었다. 적어도 현백의 눈에는 그렇게 보였다.

"훗, 형님. 저기 그 친구로군요. 일이 이렇게 되니 미안한 감정이 드는걸요?"
"……."

명백히 현백을 비웃는 사마종의 말에 하추평은 아무런 말을 할 수가 없었다. 상황이 진행되면 진행될수록 왠지 자신이 잘못한 것이 아닌가 하는 생각을 하고 있었던 것이다.
 무사들은 살릴 수 있었지만 쟁자수들은 거의 죽었다. 물론 그 대가로 상당한 재화를 얻을 수 있겠지만 마음 한구석에서는 좋지 않은 생각들이 계속 올라오고 있었다. 양심이랄까?
 이대로 가면 그는 현백의 얼굴을 더 이상 볼 수 없을 것 같았다. 한순간에 표행의 주도권을 빼앗긴 것은 좋지 않은 일이지만 그래도 그 마음이 사람들의 죽음과 동등할 수는 없었다. 지금 이 상황은 자신의 자존심과 사람들의 죽음을 바꾼 꼴밖에 되지 않으니 말이다.
 "걱정 마십시오, 형님. 이 거리라면 달마대사가 돌아오더라도 이곳으로 오지 못합니다. 이제 우린 앞으로 가기만 하면 되는 것입니다."
 사마종은 못내 현백의 상황이 기분 좋은지 계속 입을 열었지만 하추평은 여전히 말이 없었다. 그저 힐끔 옆에 있는 미호를 바라보는 것으로 마음을 대신할 뿐이었다.
 "훗, 큰일을 할 때는 희생이란 것이 따릅니다. 전호 역시 전장에서 잔뼈가 굵은 사람이니 아마도 그것을 잘 알고 있을 것입니다. 우리는 하류로 가서 그를 기다린 후 자초지종을 설명하면 될 것……."

미호는 하추평의 마음을 짐작한 듯 차분히 이야기를 하다가 입을 꽉 다물었다. 전혀 예상하지 못한 상황이 그녀의 앞에 펼쳐지고 있었던 것이다.

배와 자신의 거리는 근 십여 장. 이대로 저 하류로 가면 그들과 다시 만날 수 있겠지만 현백은 다른 길을 택했다.
스릉! 파아아앗!
도를 빼어 들어 그대로 옆으로 날리자 일 장이 조금 안 되는 나무 하나가 앞으로 쓰러지고 있었다. 현백은 다시 도를 들어 좌우로 빠르게 휘돌렸다.
파파팟! 타탕!
한순간에 쓰러지던 나무가 네 동강이 되어버리자 현백은 오른발을 크게 휘돌렸다. 그러자 쓰러지던 나뭇등걸이 전방으로 폭사되었다.
파파파팡!
나무들이 허공으로 떠오르는 그 순간 현백의 신형도 같이 떠올랐다. 현백은 물가로 던져 낸 등걸 중 제일 첫 번째 등걸에 왼발을 살짝 내디뎠다.
찰박!
놀랍게도 현백의 신형은 가라앉지 않았다. 발바닥이 물에 잠길 정도로 나뭇등걸이 내려앉기는 했지만 그것이 다였다. 현백은 얼굴을 굳히며 왼발을 살짝 굽혔다가 바로 튕겨 올렸다.

파아아앙!

공중으로 치솟은 것이 아니었다. 바로 떨어져 내리는 두 번째 통나무를 향해 낮고도 빠르게 치고 나간 것인데 비연(飛燕)의 경공이 있다면 바로 이런 상황을 이야기해야 할 것이다.

타타탓!

한순간에 나무 둥치 세 개를 모두 밟은 현백은 그대로 허공으로 신형을 솟구쳤다. 그리고는 한순간 뚝 떨어져 내리듯 신형이 곤두박질쳤다.

"무, 무슨 짓을……?"

사마종의 얼굴이 새하얗게 질려갔다. 이 정도로 빠른 속력에 현백의 무공을 감안한다면 배가 박살날 것은 불문가지였다.

"하압!"

이대로 가다간 정말 큰일날 것 같기에 사마종은 대감도를 뽑아 들었다. 그리고는 내려오는 현백의 가슴을 향해 그대로 휘둘렀다.

키리리링!

"헛!"

대감도가 한순간 옆으로 밀려났다. 내려오는 현백의 탄력에 강한 충격을 생각하고 있었건만 그의 생각은 여지없이 무너져 내렸다. 현백이 공중에서 몸을 옆으로 틀면서 살짝 대감도를 밀어내었던 것이다.

타아아앙!

꽤나 큰 소리이지만 무려 십여 장을 날아온 사람의 신형이라고는 믿을 수 없을 만큼 가벼운 착지였다. 좌우로 크게 일렁이고는 있지만 배는 제 위치를 찾아가고 있었다.

"처음부터……."

문득 사람들의 귓가에 낮은 목소리가 들려왔다. 비에 젖은 긴 머리카락을 강바람에 날린 채 등을 돌린 현백의 목소리였다.

"이럴 생각이었나?"

"……!"

고개를 돌린 현백의 모습에 모두의 신형이 뒤로 물러서고 있었다. 부연 물안개 속에서 번뜩이는 현백의 두 눈은 마치 야수의 그것과도 같았다. 현백의 마음속에서 이들은 이미 사람같이 느껴지지 않고 있었던 것이다.

그냥 강호의 무부 중 하나일 것이라 생각했었다. 전장에서 나름대로 명성을 얻은 자라고는 하지만 그건 전장이기에 가능한 것이라 생각했었다.

강호에서 잔뼈가 굵은 하추평 자신이라면 이런 자 따윈 언제든지 해치울 수 있을 것이라 생각했건만 그것이 얼마나 어리석은 생각이었는지 그는 확실히 알 수 있었다.

고수, 그것도 보기 힘들 정도로 강한 고수였다. 이십여 장의 거리를 네 번의 도약만으로, 그것도 물속에 떨어지지 않은 채 날아오는 그의 신법은 언뜻 보면 비연의 신법인 듯하지만 그건 초상비(草上飛)였다. 청성의 검사들 중에서도 몇 명 익히고 있지 않은 신법을 바로 현백이 익히고 있었던 것이다.

한데 그것만이 아니었다. 공중에서 몸을 비트는 곤륜의 운룡대팔식도 보았고, 내력을 수평으로 흘려내는 소림의 철포삼 같은 공부도 볼 수 있었다. 그야말로 구파일방의 무공 모두를 집대성한 것을 현백의 몸놀림에서 보았던 것이다.

"처음부터 이럴 생각이었냐고 묻고 있다."

"……."

야수의 눈이 향하는 곳은 바로 자신이었다. 물론 그는 그럴 생각이 전혀 없었다. 이 모든 것은 미호가 짠 일. 자신은 그것이 좋다고 여겨 움직였을 뿐이지만 왠지 그렇게 대답할 수가 없었다. 괜한 책임 회피처럼 여겨졌기 때문이다.

"모든 것은 제 책략입니다. 대협께서는 책하시려면 저를 책하시지요."

대답을 한 것은 그가 아니라 미호였다. 그녀는 역시 화사한 미소를 머금고 현백에게 다가오고 있었는데 미소뿐만이 아니라 발걸음까지 달라진 상태였다. 보기만 해도 요기가 뚝뚝 묻어나는 발걸음이었던 것이다.

"대협의 무공이 이리 강하신 줄 소첩은 몰랐습니다. 진작 이런 줄 알았다면 대협의 뒤를 따르는 것인데 지금이라도 소첩 미호, 대협을 따르겠습니다."

참으로 묘한 여운이 감도는 말이었다. 현백을 따라 무슨 짓이든 하겠다는 것인지 알 수는 없지만 서서히 허벅다리를 현백의 다리에 밀착시키며 그녀는 달뜬 얼굴이 되어갔다. 남자라면, 그것도 전장에서 오랫동안 있었던 사람이라면 확실한 방법이었다.

그리고 그런 그녀의 생각은 곧 확신으로 바뀌었다. 현백의 왼손이 그녀의 왼 어깨 위를 부드럽게 쓸며 올라가고 있었던 것이다.

"따른다면 좋은 일이겠지만……."

"…헉!"

우득!

"누가 너 따위에게 날 따르라고 했나!"

가냘픈 목을 움켜쥐며 현백은 그녀의 목을 부러뜨릴 기세였다. 현백의 눈은 전혀 변하지 않았고, 오히려 이젠 야수의 공포에 살기까지 같이 스며 나오고 있었던 것이다.

"이놈이 감히!"

미호가 데려왔던 병사들이 현백에게 덤벼들었다. 하나 그들보다도 먼저 현백에게 달려간 사람이 있었는데 그녀는 바로 소명의 어미였다.

"대협! 대협! 제발 부탁입니다! 소명을 살려주십시오!"

"……."

현백의 눈이 아래로 향했다. 무서운 현백의 눈앞에서 부들부들 떨면서도 소명의 어머니는 소리치고 있었다. 현백은 왼손에 들었던 미호를 옆으로 집어 던지며 그녀에게 물었다.

"소명은… 어디 있소?"

눈빛은 그대로지만 현백의 목소리는 많이 차분해져 있었다. 소명의 어미는 현백의 다리춤을 붙잡으며 다시금 입을 열었다.

"저 위에서… 배를 타지도 못했습니다. 지금쯤 어떻게 되었을지……. 아이고, 무사님! 어허엉… 엉……!"

그동안 말도 못하고 냉가슴만 앓고 있었던 듯 그녀는 현백을 향해 서럽게 울기 시작했고, 현백의 얼굴은 더욱더 굳어져 갔다. 그러고 보니 이곳에 쟁자수들이 거의 없다는 것을 느낄 수 있었다. 모두 떨구어놓고 온 것이다.

"지충표는 어디 있습니까? 그도 타지 못했소?"

"큽, 지 대협은… 흑… 타지 못한 다른 사람들을 돌보시느라 오시지를… 어엉… 엉엉……!"

뒷말을 흐리고 있었지만 그 말이 무슨 뜻인지 모를 수는 없었다. 쟁자수들을 살리기 위해 그는 남는 길을 선택했던 것이다.

더 볼 것도 없었다. 현백은 차가운 눈빛을 뿌리며 신형을 빙그르르 돌렸다. 그리고는 뱃전에 발길을 내밀고 도약하려다 잠시 멈춘 그는 가슴속에 손을 넣고는 무언가를 빼내었다.
 "이 길로 계속 가면 중원이 나오겠지. 다른 곳은 몰라도 중원의 관문에 다루가 하나 있다는 것을 기억한다. 그곳에서 모두 기다리도록."
 "⋯⋯."
 미호의 눈에서 불길이 일어나고 있었다. 지금 그녀의 머릿속에는 오로지 자신이 무시당했다는 것 외엔 아무것도 떠오르지 않았는데, 그런 그녀의 귓가에 현백의 목소리가 다시금 들려왔다.
 "여기 있는 사람 단 한 명도 허투루 흘리지 마라. 만일 이 중 한 명이라도 죽었거나 다루에 아무도 없다면 그땐 각오해라. 전 중원을 찾아서라도 가만두지 않겠으니⋯⋯."
 명백한 위협이지만 아무도 그의 말에 토를 달 수가 없었다. 그만큼 현백의 기도는 대단했던 것이다.
 "그리고 이건 돌려주마. 널 보호할 마음 따윈 진작에 사라졌다."
 피이이잉! 파아악!
 "고, 공주님!"
 미호의 주변에 있던 사람들은 거의 사색이 되어 있었다. 현백이 던진 것은 얼마 전에 떼어낸 금덩이. 그것이 미호의 뺨을 스치며 뱃전 깊숙이 박혔던 것이다.

실낱같은 피가 뺨에 흐르지만 현백은 개의치 않았다. 그는 이내 신형을 돌려 다시 허공으로 몸을 솟구치고 있었다.

파파팡!

분명 떠 있던 나무들도 다 떠내려갔을 터인데도 현백은 강을 건너고 있었다. 출렁이는 강물 속에서 배의 흔들림이 서서히 멎어갈 무렵 미호의 목소리가 흘러나왔다.

"내가 바보였구나. 어찌 그 눈을 생각하지 못했는지……. 설마 그런 것이 정말 있을 것이라고는 생각지도 못했는데……."

"고, 공주님."

마치 실성을 한 듯 지껄이는 그녀를 보며 수하들의 얼굴이 하얗게 질려가고 있었다. 하나 그녀는 실성한 것이 아니었다.

"귀수안(鬼獸眼)……. 그저 문헌에나 나오는 것이 아니었단 말인가, 아니면 내가 잘못 본 것인가?"

멍하니 허공을 바라보는 그녀의 입에서 나직한 소리가 흘러나왔다. 뺨에 흐르는 옅은 핏줄기와 대조되는 하얀 살결은 부연 하늘과 어우러져 기이한 광경을 연출하고 있었다.

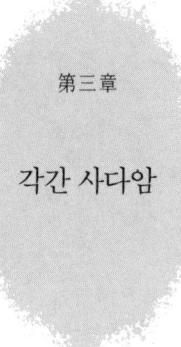

第三章

각간 사다암

1

"으아아아아압!"

콰아아아앙!

왼 어깨가 으스러지는 듯한 충격에 지충표는 이를 악물었다. 하지만 그런다고 봐줄 상대가 아니기에 오른발에 온 힘을 집중하며 앞으로 내질렀다.

퍼어어억!

마치 콩이 가득 든 포대를 걷어찬 듯 발바닥에 상당한 충격이 오고 있었다. 보통 신는 가죽신에다 밑창에 세 겹 이상의 단단한 가죽을 덧댄 그의 신발을 타고 올라오는 느낌은 절망적이었다.

"우아아압!"

상대는 이전의 그 거한이었다. 거한은 그의 발길질에도 아랑곳없이 다시 철퇴를 들어올리고 있었고, 지충표는 이를 악물었다. 그때 귓가에 여린 목소리가 들려왔다.

"피해요, 아저씨!"

"…소명, 이 바보 같은 놈아!"

콰아아앙!

방패를 들어 막으면서도 지충표는 소리를 질렀다. 도망가라 했던 소명이 다시금 달려온 것인데, 지충표는 다시금 양발에 힘을 주었다. 왼팔에 오는 충격을 해소하기도 전에 그는 몸을 뒤로 날려 힘껏 굴렀다.

파파파팍!

뇌려타곤의 형상. 강호인들이 비웃어 마지않는 초식이지만 지금은 그딴 걸 따질 때가 아니었다. 아니, 애당초 그는 그런 것은 부끄러워하지도 않았다. 목숨 앞에 중요한 것은 없다는 것을 그는 잘 알고 있었던 것이다.

"이 멍청아, 왜 이리 온 거……."

소명을 책망하려던 지충표는 주위를 둘러보곤 더 이상 입을 열 수가 없었다. 오고 싶어서 온 것이 아니었다. 이미 주위를 빙 둘러 완전한 포위가 형성된 후였던 것이다.

도망치고 싶어도 도망칠 수가 없었다. 이들이 잡고자 하는 미호공주는 이미 저만치 날아가 버린 후였고, 그 대신 자신들이 남겨진 꼴이었던 것이다.

"제길… 나 혼자 무덤으로 가는 거야 그리 나쁠 것도 없지만 이 사람들도 함께라니……."

지충표는 이를 악물고 일어났다. 그리고는 신형을 돌려 앞으로 나서기 시작했다.

눈앞에 먼저 보이는 이는 검은 얼굴에 하얀 이를 드러낸 거한이었다. 그리고 그 뒤에 시립해 있는 상당한 수의 철갑병 현토군이 보이고 있었다. 이래저래 길 따윈 없었던 것이다.

"오냐, 이렇든 저렇든 죽는다면 그냥 죽을 수는 없지. 내 한 몸이 가진 모든 것을 보여주마."

탕탕!

호기롭게 박도로 방패를 두들기며 그는 앞으로 가고 있었다. 지금 이 순간 그의 눈에 보이는 것은 단 한 가지, 이를 드러낸 채 웃는 거한뿐이었다.

"놓친 것인가?"

"…죄송합니다, 각간 어르신."

사다암은 굳은 얼굴로 전방을 바라보고 있었다. 십여 장 정도 떨어진 곳에서 지충표와 거한의 대결을 바라보던 그는 흥미로운 얼굴로 다시금 입을 열었다.

"돈호이가 빠져나간 것 따윈 중요한 것이 아니다. 애당초 그 아이가 움직인 것 자체가 이해할 수 없는 일이었지. 지금도 그것이 사실인지 의구심이 들 정도니 말이야. 한데 저 친구, 정말 대단하군. 토오루를 상대로 힘으로 버티고 있는 것인가?"

"정말 대단한 놈입니다. 그러나 죽을 운명인 것은 확실합니다. 본대에서도 장사 중의 장사인 토오루에게 걸린 것이 잘못이지요."

갑주를 두른 사내는 사다암에게 자신의 의견을 피력했다. 사다암은 고개를 끄덕이며 앞으로 움직이기 시작했다.

"돈호이를 막을 수 없다면 이곳에 더 있을 필요도 없겠지. 모두 움직이도록 한다. 다시 전장으로… 응?"

말을 하던 사다암은 갑자기 입을 꽉 다물었다. 그는 꽤나 먼 곳을 응시하는 듯 눈을 한참 들고 있었는데 이어 그의 목소리가 들려왔다.

"현토병을 모두 집결시켜라. 아무래도 손님을 맞이해야 할 것 같구나."

"예?"

사다암의 목소리에 무슨 일인가 싶어 사내는 목을 빼내었다. 그리고 그 역시 사다암의 얼굴에 떠오른 감정을 같이 떠올리고 있었다.

"알겠습니다, 각간 어르신. 당장 그리하겠습니다."

희미한 운무 사이에서 어른거리는 그림자. 그 그림자는 현토병이라면 절대 잊을 수 없는 그림자였던 것이다. 보이는 듯 보이지 않는 그의 신형. 그리고 어느새 나타나는 그의 실체.

"전호, 이 자식! 네놈이 죽으러 돌아왔구나!"

사내의 입에서 저주 어린 음성이 흘러나오고 있었다.

곤마평법이라는 아주 그럴듯한 이름은 가지고 있지만 실상 그건 그리 대단한 것이 아니었다. 왼손의 방패, 그리고 오른손의 박도를 기본으로 움직이는 움직임에 불과했다.

하지만 그 평범함이 지충표를 만나면서 변했다. 타고난 신력이 있던 지충표는 곤마평법에 제대로 된 힘을 실을 수 있었고, 자신에게 딱 맞는 곤법을 탄생시킬 수가 있었다.

아니, 그는 곤마평법이 아니라 더 대단한 무공도 펼칠 수가 있었다. 하지만 잊기로 한 무공에 미련 따윈 없었다. 지금 가진 것으로도 그는 충분히 훌륭한 무공이라 생각했다.

강호를 종횡하면서 그 스스로 단 한 번도 무공에 미련 따위는 없었다. 지충표는 크게 심호흡을 한 후 그대로 몸을 날려 달려들었다.

후우우웅!

거한은 그대로 철퇴를 내리찍으며 지충표의 머리를 노렸다. 그러나 지충표는 빠르게 신형을 휘돌리며 거한의 뒤로 돌아 들어갔고, 철퇴는 하릴없이 땅을 갈랐다.

꾸우우웅!

평소의 그라면 웃기지도 않는 일이었다. 이렇게 속도로 승부할 것이 아니라 힘으로 상대를 했을 터다. 그런데 지금은 정반대의 현상이 일어나고 있었던 것이다.

과거 자신이 상대했던 자들 중 속도를 기반으로 했던 자들을 기억하며 지충표는 움직이고 있었다. 지충표는 박도를 높이 들어 거한의 뒷목을 노렸다. 그러나 거한도 바보는 아니었다.

부우웅! 쩌어엉!

강렬한 소리와 함께 지충표의 팔뚝이 울리고 있었다. 너무나 강대한 힘에 지충표는 자신도 모르게 얼굴을 찡그렸는데 바로 이 순간이 그가 기대한 순간이었다.

"합!"

짧은 기합성과 함께 지충표는 허리를 틀었다. 그리고는 왼손을 거한의 목을 향해 힘껏 휘돌렸는데 그의 방패가 지면과 수평으로 세워지며 그대로 목을 향하고 있었다.

콰각!

"좋아!"

목 어림에 전해지는 둔중한 타격감에 지충표는 자신도 모르게 탄성을 내질렀다. 이 정도라면 목이 꺾여질 만한 타격. 그렇다면 승산이 있었다. 하나 너무 섣부른 생각이었다.

"……."

목이 꺾였다고 생각했건만 그는 목이 꺾인 것이 아니었다. 목을 옆으로 틀면서 어깨와 뺨으로 방패를 잡은 것이었다. 한

순간에 전세가 역전된 것이다.

공격으로 연결된다면 모를까 이러면 공격이 아니었다. 그리고 이어 거한의 공격이 이어졌다.

퍼어어억!

"크윽!"

오른쪽 옆구리에 강한 충격을 느끼며 지충표는 뒤로 쓰러지고 있었다. 그리고 그가 튕겨 나간 그 자리에 거한의 공격이 이어 날아왔다.

공중으로 튕겨 나간 상태인 지충표가 그 공격을 피할 도리는 없었다. 거대한 철퇴가 지충표의 가슴을 노리고 날아들었다.

이대로라면 그는 가슴이 박살날 수밖에 없었다. 그것도 괜찮은 것이라 생각한 지충표는 아예 고개를 돌려 버렸다. 죽을 수밖에 없다면 어쩔 수 없었다. 할 수 없는 노릇인 것이다. 한데,

"아, 아저씨!"

"이 멍청아, 저리 안 가!"

어느새 바로 옆에 소명이 와 있었다. 상황이 안 좋게 되어 가는 것 같아 달려나온 것인데 이대로라면 소명은 그의 아래에 깔리게 될 것이다. 그리고 그렇게 되면 그의 목숨을 장담하지 못할 것은 분명했고 말이다.

"젠장! 제엔자앙!"

파아앙!

각간 사다암

육두문자를 내뱉으며 그는 양손을 쭉 뻗었다. 한순간에 그의 몸에서 강한 내력이 피어올랐고, 그 내력은 모두 양손으로 밀집되고 있었다.

"하압!"

우우우웅!

한껏 내력을 올린 양손을 좌우로 밀며 지충표는 얼굴이 붉어질 정도로 내력을 휘돌리고 있었다. 그리고 이어 양 발이 허공에서 풍차처럼 휘돌았다.

그 탄력이 허리를 통해 올라오고 있었다. 지충표는 양 손목을 살짝 꺾으며 한 손엔 거한의 철퇴를 쥔 손목을, 그리고 또 한 손엔 소명의 등 어림에 손을 대었다.

"빌어먹을! 차아앗!"

터틱!

두 사람의 신형이 순간적으로 지충표의 손바닥으로 딸려오고 있었다. 지충표는 왼손엔 부드러운 힘을 가해 소명을 공중으로 떠올렸고, 이어 오른손으로는 거한의 손목을 그대로 잡아채었다.

부우우웅! 꽈아아아앙!

거한의 신형이 그대로 땅바닥에 처박히자 거대한 소리가 터져 나왔다. 비가 내려 흠씬 젖은 땅에 그의 머리는 목까지 처박혀 버둥대었다.

"우아아앗!"

소명의 신형은 허공을 날고 있었다. 지충표는 내려치는 거한의 힘을 역이용하여 내던지고 그 힘을 분산시켜 소명을 멀리 집어 던진 것이다. 다만 그 집어 던진 곳이 문제이긴 하지만 말이다.

하필이면 현토병이 밀집한 곳으로 소명은 날아갔고, 이내 땅에 떨어졌다. 최대한 살살 땅에 닿도록 한 것이지만 그래도 충격은 보통이 아니었을 터다.

철퍽!

질척한 땅에 내려서며 지충표는 신형을 들었다. 이대로 달려가 소명을 구해야겠지만 갑자기 힘이 쭉 빠지는 것을 느끼고 있었다. 쓸데없이 내력을 일으킨 대가였다.

"제, 제길!"

그가 할 수 있는 것은 그저 한쪽 무릎을 꿇은 채 방패를 든 왼손을 들어올리는 것뿐이었다. 머리를 처박혔던 거한은 어느새 철퇴를 치켜들고 있었다.

콰아앙!

"큭!"

왼손에 전해지는 충격에 지충표는 이를 악물었지만 공격은 끝나지 않았다. 거한의 공격은 두 번, 세 번 계속되고 있던 것이다.

쾅! 콰쾅!

"큭! 쿨럭!"

결국 그의 입에서 새빨간 선혈이 흘러나왔고, 양어깨는 부들부들 떨리기 시작했다. 이렇게 나가다간 그에게는 죽음뿐이었다.

 하지만 별 도리가 없었다. 쓸데없이 가진 내력을 썼다가 움직이지도 못할 지경이 되었으니 누굴 탓할 수도 없었다. 그저 이렇게 끝나는구나 싶을 뿐이었다.

 "우아아아아!"

 한번 땅바닥에 처박혀 버린 것이 못내 성질이 나는지 거한은 온 힘을 다해 철퇴를 내려치고 있었고, 이것이 끝이었다. 더 이상 견딜 수 없다는 생각에 지충표는 두 눈을 질끈 감았다. 한데,

 사사삿.

 귓가에 아주 작은 소리가 들려오고 있었다. 뒤편에서 들려오는 것 같은데 제대로 들은 것인지 아닌지조차 분명치 않은 그런 소리였다. 지충표는 순간 눈을 뜨고 상황을 보았다.

 역시 보이는 것은 없었다. 그저 눈앞의 거한이 철퇴를 들고 자신을 해하려 한다는 것뿐 더 이상 아무런 변화도 없었다. 그런데도 왠지 가슴은 뛰고 있었다.

 그리고 그의 가슴이 뛰는 이유는 곧 밝혀졌다. 귓가로 들려오는 작은 바람 소리가 점점 더 커지면서 알게 된 것이다.

 타타타타탓!

"……!"

 사람의 움직임이라고는 볼 수 없었다. 순식간에 그의 앞으로 돌아와 엷은 잔영을 남기며 누군가가 거한의 앞으로 달려가고 있었다. 그리고 그자는 거한의 앞에 선 순간 지면을 박차고 허공으로 떠올랐다.

 파아아아앙! 스파아아앗!

 "……"

 지충표의 눈이 살짝 커졌다. 한순간 거한의 신형이 공중에 정지된 것처럼 보였다. 아니, 그는 이미 정지되어 있었다. 그리고,

 핏, 피피핏!

 기이한 소리와 함께 지충표의 몸 위로 무엇인가 뜨거운 것이 떨어져 내렸다. 왼손에 방패를 든 지충표의 눈에 놀라운 광경이 보이고 있었다.

 터텅!

 거한의 철퇴가 땅바닥에 힘없이 떨어지고 있었다. 그냥 철퇴만 떨어진 것이 아니라 철퇴를 잡고 있는 손까지 한꺼번에 떨구어낸 것이다.

 그리고 놀라운 것은 그것뿐만이 아니었다. 그의 명치부터 목 어림까지 작은 혈선 하나가 그어져 있었다. 피는 바로 그곳에서 분수처럼 뿜어지고 있었던 것이다.

 거한이 통나무처럼 쓰러졌다. 곧장 뒤로 쓰러지는 거한의

몸 뒤로 한 사람의 신형이 언뜻 보였다.

쿠우우웅!

강대한 울림과 함께 거한이 쓰러졌지만 지충표의 신경은 이미 그에게 가 있지 않았다. 그의 신경은 단 한 곳, 지금 거한이 쓰러진 곳 뒤에 홀로 서 있는 사내에게 가 있었다.

비에 젖은 머리를 허공에 흩날리는 사내. 언뜻 보면 마른 듯하지만 아주 균형이 잘 잡힌 몸을 가진 자, 그리고 한 자루의 몽둥이인지 도인지 모를 병기를 가지고 소매에 작은 매화나무 가지를 새겨놓은 사람.

"현… 백……."

왠지 지충표는 긴장이 풀리는 것을 느꼈다. 그는 그렇게 주저앉아서 가쁜 숨을 몰아쉬기 시작했다.

피릭.

살짝 손목을 비틀어 도면에 묻어 있던 피를 턴 후 현백은 눈을 들었다. 그는 눈앞에 펼쳐진 풍경을 살짝 본 후 자세를 가다듬기 시작했다. 이들의 기세가 당장이라도 덤벼들 것처럼 보였던 것이다.

"실망했었다, 전호. 네가 중원으로 사라졌다는 소식을 듣고 말이다. 한데 여기서 다시 만나게 되다니 하늘은 역시 공평한 것인가?"

유창한 한어가 귓가로 들려오자 현백은 눈을 돌렸다. 빽빽하게 병풍처럼 둘러진 현토병 사이로 한 사람이 걸어나오고 있었다.

보통 사람보다도 머리 반 정도 더 큰 사내는 바로 이들의 수장 각간 사다암이었다. 드디어 명군을 공포에 떨게 했던 철갑병의 수장을 보게 되는 셈인 것이다.

"당신이 사다암인가?"

무슨 말이 필요할까. 사다암은 고개를 끄덕이는 것으로 대답을 대신했다. 그들 사이에 놓인 일은 아무것도 없었다. 이젠 정면 승부만이 남아 있었던 것이다.

"부탁 하나 하지."

하지만 현백은 할 말이 더 남은 듯 보였다. 그는 엄지를 들어 등 뒤를 가리키며 소리쳤다.

"관계없는 자들은 그냥 보내기로 할 수 없겠나? 어차피 진검 승부라면 신경이라도 덜 쓰게 해주지?"

지충표와 남아 있는 쟁자수들의 안전을 보장하라는 것이었다. 만일 저들이 명군이라면 그럴 수 없겠지만 저들은 군사도 아니었다. 사다암은 고개를 끄덕이며 말을 이었다.

"물론 그자들을 죽여봤자 내겐 도움이 되질 않는다. 너의 말을 들어주지. 하나 이 아이는 잠시 데리고 있겠다. 너의 도주를 막기 위한 최소한의 장치라고 생각해라."

"……"

사다암의 목소리에 현백은 고개를 끄덕일 수밖에 없었다.

이 정도면 사다암도 많이 양보한 것이다. 그리고 남은 것은 격돌뿐이었다.

"슛."

사다암의 손이 허공으로 올라갔다. 그와 함께 뒤쪽에 시립해 있던 철기군이 모두 무기를 가슴께로 끌어 올리기 시작했다.

사다암은 잠시 뒤편을 바라보았다. 모두들 눈에 전사의 혼이 깃들어 있었다. 명군 중에서도 가장 강한 현백을 앞에 놓고도 전혀 위축되고 있지 않았다. 새삼 그는 만족감을 느끼며 손을 내렸다.

"이야아아아압!"

"끼야아압!"

독특한 비명과 함께 철갑병들은 현백을 향해 달려들기 시작했고, 현백은 움직이지 않고 있었다. 다만 그의 두 눈만 점점 야수의 그것처럼 변해가고 있었다.

찰싹.

휘도는 자신의 머리카락이 왼뺨에 달라붙자 현백은 왼손을 들어 이를 떼어내었다. 이젠 완전히 비도 그친 상태였지만 현백의 머리칼은 비보다도 더 끈끈한 액체에 휘감겨 있었다.

피. 그건 자신과 다른 사람의 피로 뒤엉켜 있는 것이었는데 현백은 가슴을 크게 울렁이며 숨을 내쉬었다.

"후우우우……."

깊이 가라앉는 호흡을 느끼며 현백은 오른손의 도를 꽉 쥐었다. 땅바닥에 꽤 많은 수의 철갑병이 쓰러져 있지만 아직도 상당수의 철갑병이 살기를 띠며 바라보고 있었다.

또옥.

왼 손가락을 타고 피 한 방울이 땅에 떨어졌다. 비록 상대를 많이 누이기는 했지만 그 역시 멀쩡한 것이 아니었다. 왼팔과 몸 이곳저곳에 상당한 자상을 입고 있었던 것이다.

그러나 그의 눈만은 여전히 빛나고 있었다. 살기 어린 눈을 저 앞에 뿌려낸 채 주위를 둘러보고 있었다.

스스스슷.

또 한 번 현토병들이 움직이고 있었다. 이 척에 달하는 장검들을 치켜들고 입을 굳게 다문 채 모두 현백을 향해 달려오고 있었다.

또옥.

또 한 번 그의 왼손에서 핏방울이 떨어졌다. 오 장여를 넘게 떨어져 포위하고 있던 그들이 삼 장여 안으로 들어오지만 현백은 움직이지 않았다.

또옥.

다시 한 번 핏방울이 떨어지고 그들의 신형이 일 장여 안으로 들어왔다. 그리고 또 한 번 핏방울이 떨어지려는 순간,

꽈아악! 파아아앙!

왼손을 꽉 쥔 채 현백이 앞으로 쏘아져 나갔다. 전방에서

검을 내려치는 현토병의 왼 가슴을 향해 섬전같이 달려나간 그는 바로 머리 위에서 검날이 떨어지는데도 옆으로 움직이지 않았다. 대신 그는 오른발을 살짝 들어 현토병의 왼 발등을 내리 밟았다.

콰직!

"크으윽!"

꽉 다물고 있던 현토병의 입에서 비명이 흘러나왔고, 이어 그의 검날이 허공을 갈랐다. 어느새 현백의 신형은 그곳에 있지 않았다.

현백은 밟은 오른발을 중심으로 이미 신형을 돌린 후였다. 이어 그는 오른손에 잡은 기형도를 빙글 돌린 채 칼등으로 현토병의 어깨 부근을 후려쳤다.

꽈아아앙!

현토병이 입은 갑옷이 움푹 들어가며 다시금 그들의 얼굴이 일그러졌다. 중원의 갑주에 비해 이들의 갑주는 철편을 붙인 것이 아닌 두들겨 통째로 가슴이나 팔 부위를 보호하고 있었는데 현백이 노린 것은 바로 그것이었다.

일단 이들의 움직임을 먼저 봉쇄하는 것이었다. 갑주를 우그러뜨리면 쉽게 움직일 수 없었던 것이다.

갑주와 함께 벨 수 있는 실력이 있지만 이 많은 수를 상대로 그렇게 내력을 끌어올리며 싸울 수는 없었다. 그렇게 한다면 상당한 내력을 소모해야 했고, 차륜전에 당할 수밖에 없을 것이다.

　저들이 원하는 대로 해줄 수는 없었다. 현백은 한 사람의 현토병을 땅에 누인 후 어깨를 살짝 떨었다.

　피피핏! 채채챙!

　현백이 있던 자리에 세 개의 검날이 떨어져 부딪치고 있었다. 내력을 써야 할 때는 바로 지금이었다. 현백은 다시 도날을 뒤집어 제대로 잡았다.

　지이잉.

　도에 푸른 검기가 서린 것도 아니고 그 주위의 공기가 일그러지는 것도 아니었다. 그저 공기 중에 뭔가 울리는 듯한 소리가 잠깐 들렸다. 하나 그 위력은 엄청났다.

　스으읏.

　현백의 도가 움직였다. 소리도 없이 빠르게 휘둘러진 그의 도에 피가 허공으로 솟구치고 있었다.

　파아아아앗!

　현토병 두 사람의 가슴에서 동시에 피가 뿜어졌다. 쓰러지는 두 사람 사이로 현백은 내달렸다. 도를 앞으로 쭉 뻗은 채 마지막 남은 현토병의 신형을 노렸다.

　"크아아압!"

　카라라랑!

　현백의 도와 사내의 검이 서로 얽혔다. 현백의 도도 상당히 긴 편이지만 현토병들의 검은 더욱더 길었다. 이러다간 현백의 어깨가 먼저 꿰뚫릴 판이었다.

시링! 따아아앙!

한순간 현백의 왼손이 움직이더니 손가락으로 현토병의 검날을 튕겨내고 있었다. 짧은 순간 현토병의 신형은 잠시 떨렸고, 이어 현백의 왼손이 허공으로 쭉 뻗었다.

떠어엉!

손바닥을 쫙 편 채 현토병의 가슴을 후려치자 종을 때리는 듯한 소리가 허공에 울렸다. 가슴을 가격당한 현토병은 검을 떨어뜨릴 정도의 충격을 받고 있었지만 신형을 쓰러뜨릴 수가 없었다. 가슴과 머리 사이로 현백의 왼손이 파고들어 갔던 것이다.

찌그러진 갑옷 사이로 손을 밀어 넣은 것인데, 현백은 그대로 현토병의 목을 잡았다. 그리고는 공중으로 살짝 들어올리며 손아귀에 힘을 주었다.

우두두둑!

섬뜩한 소리와 함께 현토병의 신형이 축 늘어졌다. 현백의 왼손은 그제야 땅을 향했다.

털썩.

현토병의 신형이 땅에 쓰러졌다. 달려들던 현토병들의 모습이 한순간에 멈출 정도로 현백의 신형은 빨랐다. 점점 어두워지는 하늘 아래 현백의 두 눈은 갈수록 새파랗게 빛나고 있었다.

"놀랍구나. 비록 적이지만 정말 존경할 만한 자다. 사십여 명째인가?"

"……."

사다암의 목소리에 부관은 아무런 말을 할 수가 없었다. 사다암의 말처럼 비록 적이지만 대단한 자였다. 전호라는 이름이 그냥 생긴 것이 아니었던 것이다.

"병력을 모두 물러라! 내가 나서겠다!"

"각간 어르신, 그건 안 됩니다! 잘못되시기라도 하면……."

차마 뒷말은 하지 못하겠는지 부관은 말끝을 흐렸다. 하나 사다암의 의중은 이미 굳혀진 듯 그는 앞으로 서서히 나서며 입을 열었다.

"이 아이들의 무공을 누가 가르쳤는지 잊고 있는 것이냐? 이길 자신은 없어도 지진 않을 터이니 걱정 말고 이 아이나 잘 지키거라."

언제나처럼 낮고 강인한 목소리가 들려왔고, 사다암의 신형은 이미 앞으로 나가고 있었다. 그의 두 눈은 야수 같은 현백만큼이나 강렬한 신광을 내뿜고 있었다.

"직접 대하고 보니 실망스럽나? 그렇다면 미안하군. 보다시피 그리 강한 사람은 아닐세."

유창한 한어였다. 철갑병의 수장이기에 꽤나 대단한 몸을 가지고 있을 줄 알았건만 가까이서 보니 사다암은 전형적인 관료 스타일의 남자였다. 각진 얼굴에 강직한 외모를 지니고 있었던 것이다.

"실망스러운 것은 피차 마찬가지이겠지. 아닌가?"

"유감스럽게도 그렇다네. 난 자네가 삼두육비의 괴물이 아닌가 생각하고 있었네. 한데 지금 보니 그 눈만 제외하고는 전호답지 않은 모습이군 그래."

꼭 서로 싸우지 않을 것처럼 두 사람은 이야기만 하고 있었다. 이미 현토병은 저 뒤로 모두 물러나 있는 상태였고, 현백은 잠시 상황을 둘러보았다. 이 장여 앞의 사다암을 빼곤 아무도 주위로 다가들지 않고 있었다.

"솔직히 그간 내 수하들이 당하는 것을 보고 화가 났었다. 싸울 만하면 사라져 버리는 네놈이 얄미웠지. 실력은 고만고만하면서 명군의 도움으로 살아남은 자라고 생각했었다."

사다암은 고개를 끄덕이며 입을 열었다. 그간 현백의 모습은 충분히 그렇게 보이고도 남았다. 전장에 나와 그 예봉만을 꺾고 사라지는 것이 바로 그였으니 말이다.

"하나 오늘 자네의 진실한 무위를 보고 그 생각을 접었네. 진정 대단한 솜씨. 그간 자네가 피한 것이 아니라 제대로 나서지 않았다는 것을 알게 되었네."

"……"

적을 칭찬하는 것이니 정말 이상한 상황이지만 사다암의

음성에선 비웃음 따윈 느껴지지 않았다. 진정으로 현백을 인정하는 듯이 보였다.

"그나저나 하나 궁금한 것이 있네. 대답해 줄 수 있겠는가?"

"…들어보고 생각하지."

갑자기 질문을 바꿔오는 사다암을 향해 현백은 낮은 목소리로 입을 열었다. 사다암은 서서히 손을 풀면서 앞으로 다가왔다.

"자네들 열 명, 처음에 왔을 때 자네들은 그리 강하지 않았지. 아니, 강하긴 했어도 전호 자네는 아니었다. 한데 결국 자네만 살아남았지."

"그것이 질문이라면 대답하기 힘들군. 내가 무슨 대답을 하길 원하지?"

현백의 대꾸에 사다암은 빙긋 웃었다. 물론 이것은 질문이 아니었다. 그는 가슴 쪽에 대었던 철갑을 떼어내면서 다시금 입을 열었다.

"물론 내가 묻고 싶은 것은 그것이 아닐세. 자네들 열 명이 사라졌던 한 달, 그때를 묻고 싶네. 자네가 변한 것은 그 이후부터가 아닌가?"

"……."

털컹.

가슴의 갑주를 내려놓으며 사다암이 이야기하자 현백은

입을 꽉 다물었다. 설마 질문 내용이 그렇게 될지 짐작도 못 했던 것이다.

"정보력이 대단하군. 설마 그 일을 알고 있을 줄은 생각도 못했다."

"너희들은 우리들의 주 적이니 당연한 노릇이지. 아무래도 이 운남에서 기연을 만난 것 같은데, 아닌가?"

덜컹.

이젠 다리 부근의 철갑도 제거한 채 얇은 장삼만을 걸쳐 입은 사다암은 서서히 자신의 검을 뽑아 들었다. 그의 전신에서 옅은 기운이 흘러나오기 시작하고 있었다.

"대답하기 싫으면 하지 않아도 되네."

사다암은 양손에 대검을 꽉 쥐고 있었다. 오른 발목을 살짝 돌리며 땅을 고르던 그는 다시금 입을 열었다.

"내가 직접 알아보면 될 터이니!"

파아아앙!

사다암의 신형이 허공을 날기 시작했다. 그 속도는 지금껏 현백이 느껴보지 못한 빠른 속력이었다.

2

운남이라고 무공이 없는 것은 아니었다. 당연한 말이지만 이곳도 사람 사는 곳이기에 중원에 있는 것은 거의 대부분

이곳에도 있었다.

중원이 구파일방을 중심으로, 특히 그중 소림을 그 원류로 삼는다면 이곳엔 그에 필적하는 곳이 한군데 있었다. 그곳의 이름은 을목협(乙木峽)이라 했다.

을목협은 그 이름처럼 하나의 지명이다. 그러나 흔히들 알고 있는 그런 보기 좋은 곳이 아니었다. 사람이라고는 하나도 없는 척박한 땅에 위치해 있는 것이 바로 을목협이었다.

수백여 개의 토굴로 이루어진 을목협은 이곳 운남의 성지나 마찬가지였다. 군사들조차도 이곳을 경외하고 함부로 들어오지 못하는 것이 사실인데, 그 을목협에서 하나의 신앙이 탄생했다. 그리고 그 신앙은 중원의 불교와 뒤섞이면서 운남만의 독특한 종교를 탄생시켰다.

환연교(環筵敎)라 불리는 이 종교는 세상 모든 것을 순환으로 생각한다. 그 순환의 정점에서 모든 것을 관장하는 사람이 바로 불타라 생각하는 운남의 사람들은 특히 신앙심이 돈독하여 중원보다도 더욱더 많은 사찰을 보유하고 있었다.

대저 소림의 무공 연원이 수행에 망가진 심신을 보완하기 위해서이니 이곳에서도 역시 같은 이유로 무공이 파생되는 것은 당연한 이야기였다. 그리고 그 무공은 중원의 무공과는 궤를 달리하고 있었다.

내력을 바탕으로 움직이는 것은 이들이나 중원의 사람들이나 마찬가지였다. 그런데 이들은 초식이라는 것이 거의 존재하지 않았다. 마치 유술과 체술을 같이 혼합한 듯한 유연한 형식을 가지고 있는 것이 이들의 무공이었던 것이다.

그래서 이들의 무공은 고수가 되기 전까지는 그리 대단하다고 느낄 수가 없었다. 하나 일단 고수라는 꼬리표가 붙게 되면 정말 무서울 정도였다. 바로 여기 있는 사다암처럼 말이다.

파아아앗!

등 쪽으로 서늘함을 느끼면서 현백은 입술을 꽉 깨물었다. 앞으로 달려들어 오는 듯하더니 어느새 신형을 돌려 등을 노린 것인데 하마터면 크게 당할 뻔한 순간이었다.

재빨리 신형을 숙이면서 현백은 도를 앞으로 쭉 내밀었다. 초식도 무엇도 아닌 그냥 내민 것이었다. 마치 그곳에 누군가가 있기라도 하듯이 말이다. 한데,

쩌어엉!

있었다. 등 뒤로 돌아갈 줄 알았던 사다암이 정면에 있었고, 그는 가슴께로 검을 들어 현백의 도를 막는 중이었다. 현백은 오른발로 땅을 힘껏 차며 앞으로 내달렸다.

파앙!

사다암뿐만이 아니라 현백의 무공도 기이하긴 마찬가지였다. 그는 분명 무공을 익힌 사람이었다. 비록 화산의 무공은 거의 알지 못하지만 충무대의 다른 사람들로부터 다양한 무공을 익힐 수 있었다. 그러나 지금 그가 펼치는 무공은 사다

암의 무공처럼 초식이란 것이 없었다.

까라라라랑!

한순간에 십여 합 이상이 서로에게 얽혀들었지만 두 사람 다 이렇다 할 공격을 성공시키지 못하고 있었다. 서로 간에 작은 생채기만 내면서 그렇게 시간만 흘러가고 있었던 것이다.

두 사람 중 그 누구도 우세하다고 이야기할 수 없었다. 그러한 사실을 둘 다 잘 알고 있는 듯 두 사람은 약속이라도 한 것처럼 뒤로 물러섰다.

타탓! 좌아아앗!

"……."

"……."

그저 아무 말도 없이 서로 바라만 볼 뿐이었다. 마치 야수의 그것과도 같은 현백의 눈에 비해 사다암의 눈은 아주 낮게 가라앉은 것이 다를 뿐 두 사람이 보여주는 기도는 거의 같았다.

서로가 백중세라는 이야기였다. 잠시 숨을 고르는 그 찰나 사다암의 목소리가 들려왔다.

"우리, 흉내는 그만 내도록 하지. 이젠 진검 승부를 벌여야 되지 않겠나?"

"…훗!'

뜻 모를 이야기지만 현백은 피식 웃었다. 그가 하는 말이 무슨 의미인지 알 것 같았던 것인데, 그의 눈은 그대로지만 기백이 바뀌기 시작했다.

"과연 그런 것인가? 원류의 힘은 이길 수 없다?"

"이길 수 없는 것이 아니라 아직이란 말이 되겠지. 아닌가?"

현백의 말에 사다암이 대답하자 현백은 살짝 웃었다. 분명 웃는 것이긴 한데 야수처럼 빛나는 눈으로 인해 정말 살풍경한 광경이었다.

"아무래도… 지금 현 상황에서는……."

현백은 앞으로 한 걸음 다가섰다. 그의 오른손에 쥐어진 기형도에서 작은 빛이 흘러나오고 있었는데 도에 기운을 집중하기 시작한 것이다.

"당신의 말이 옳다고……."

스읏.

대각선으로 한 발 크게 내디딘 채 현백은 오른손을 살짝 들어올렸다. 순간 도의 기운이 허공으로 팅기며 현백이 소리쳤다.

"인정할 수밖에 없군!"

파아앙!

허공으로 들어올린 현백의 도에서 엄청난 기운이 쏟아지기 시작했다. 사다암은 장검을 들어 현백의 도를 막아내었다.

쩌어어엉!

"…읏!"

양손이 시큰거릴 정도로 대단한 공격에 사다암은 이를 꽉 깨물었다. 지금이야말로 현백의 진정한 무위였다.

게다가 현백의 공격은 그것이 다가 아니었다. 여태껏 보여주던 공격이 아닌 확실한 내력이 실린 공격들이 허공에 떠오르고 있었다.

우우우웅!

하얀 도의 궤적이 허공에 보이고 있었다. 사다암은 그 모습에 얼굴을 더욱 굳히며 뒤로 황급히 물러섰다. 무엇인지는 몰라도 그것이 허투루 볼 수 없는 것임을 그는 잘 알고 있었다.

그리고 뒤로 물러난 그의 눈에 허공에 떠오른 도의 궤적은 너무나도 잘 보이고 있었다. 그것은 한 개의 꽃이었다. 차가운 대지 위에 청초함이 더한 매화꽃 문양이었던 것이다.

"진정 화산의 무인이었구나! 멋진 매화꽃이다!"

감탄과 함께 사다암은 온 내력을 끌어올렸다. 상대가 진심이라면 그 역시 진심으로 상대해야 했다. 장검에 내력을 주입한 채 그는 하단세를 취했다.

"하압!"

파아아앙!

가죽 북이 터지는 소리와 함께 현백이 만들어낸 매화가 사다암을 향하고 있었다. 사다암은 이를 꽉 깨물며 몸을 더욱 낮게 만들었다. 모든 것은 한순간에 이루어질 것이니 말이다.

과아아아!

꽃이 날아오는 주위에서 엄청난 공명음이 들리고 있었다. 가만히 있어도 사다암은 뒤로 신형이 밀릴 것만 같은 힘을 느끼고 있었지만 그래도 참아야 했다. 아직은 때가 아니었다.

그 힘이 거의 눈앞에 다가왔을 때, 그리하여 살을 에는 듯한 느낌이 들 때, 바로 지금이었다. 허리를 뒤로 한껏 젖히며 사다암은 온 힘을 다해 양손에 쥔 검을 쳐올렸다.

"차아아압!"

쩌어어어엉!

매화 꽃잎이 부서지고 있었다. 애당초 사다암은 이 공격을 막아낼 자신이 없었기에 생각한 것이 바로 이 방법이었다. 그 중심 아래를 쳐올림으로써 튕겨내는 것을 생각한 것이다.

생각대로 그의 검날에 의해 현백의 공격은 무위로 돌아갔고, 이어 사다암은 공격을 해나가야 하겠지만 문제가 생겼다. 온몸에 쩌릿한 전율이 느껴지고 있었던 것이다.

강한 위력을 보이는 초식은 그만큼의 시간이 필요했다. 한꺼번에 내력을 쏟아낸 이후라 제대로 움직일 수가 없었다. 그 틈을 노리고 당장에 발을 움직이고 앞으로 달려나가며 현백을 압박해야 했다.

그런데 그것이 말처럼 되지 않았던 것이다. 너무도 강렬한 내력에 튕겨냈을 뿐인데도 몸이 휘말려 버린 것이다. 순간 그의 뇌리 속에 불안한 감정이 들어서고 있었다.

그리고 그 불안한 생각은 현실이 되고 있었다. 살짝 몸을 뒤틀고 있는 그사이 눈앞에 한 쌍의 눈동자가 보이고 있었다. 이젠 완연한 어둠 속에 휩싸인 사위 속에서 그 눈동자는 파랗게 빛나고 있었다.

"…설마!"

분명 좀 전에 보던 눈동자지만 뭔가 다른 느낌을 주고 있었다. 그저 살기만 띠고 있던 그런 눈이 아니었던 것인데, 가까이 보게 되니 더욱더 확실하게 알 수 있었다. 한순간에 현백의 눈이 변해 버린 것이다.

"하압!"

사다암은 이런 자신의 감정을 지우기라도 하는 듯 커다랗게 소리를 질렀다. 그와 함께 그의 장검에서도 백광이 솟아나왔다.

"가, 각간 어른!"

부관의 입에서 다급한 음성이 흘러나왔다. 상황은 점점 좋지 않게 흘러가고 있었고, 그는 그 사실을 여지없이 느낄 수가 있었다.

처음 서로 두 사람이 부딪칠 때만 해도 백중세라 말할 수 있었다. 아니, 오히려 승세는 사다암에게 있었다. 이미 현백은 많이 지친 상태였다.

그런데 시간이 흐르고 현백이 내력을 키워 올리자 그는 자신의 생각을 바꾸어야만 했다. 사다암이 힘에 밀리는 것이 여실했던 것이다.

두 사람의 승부이고 무인의 승부였다. 원래대로라면 그는 여기서 나서지 말았어야 했다. 그것이 무인들을 지켜보는 사람의 도리였다. 하나 사다암은 한 사람의 무인이기 이전에 그의 상관이자 주인이었다. 이 나라의 각간이었고 철갑군단이라 일컬어지는 운남제일의 부대를 이끄는 수장이기도 했다. 그런 사람이 죽는다는 것은 있을 수 없는 일이었다.

"각간님, 용서를……"

콰악!

"우악!"

바로 앞에 두고 있던 꼬마 소명의 멱살을 움켜쥔 채 그는 앞으로 내달렸다. 이 싸움은 여기서 끝나야만 한다고 그는 마음속으로 울부짖고 있었다.

철탁진평검(鐵啄進平劍). 사다암이 익힌 검법의 이름이었다. 이름에서 느껴지듯 강경한 내용의 검법이 대부분이지만 실상 사다암의 무공은 그 반대 성향을 띠고 있었다.

운남의 무공은 특히 동물의 형상을 본뜬 것이 많다. 특히 그중에서도 두 개, 혹은 세 개의 동물을 같이 모아놓은 것이 중원과 다른 점인데 바로 철탁진평검이 그런 것이었다. 곰의 형상과 새의 형상을 두루 모아 그 장점을 취합한 무공이었다.

수비는 강건하게, 공격은 표홀히[堅位慓攻]. 이러한 생각으로 만들어진 무공이 철탁진평검이었고, 따라서 운남 최강의 수비 초식이라 말할 수 있었다.

그러하기에 비록 후공(後攻)이지만 자신의 검에 현백의 신형이 걸릴 것이라는 확신이 있었다. 그 어떤 검법보다도 빠른 것이 자신의 검이니 말이다. 그러나 그런 사다암의 생각은 그저 바람으로 그치고 있었다.

키이잉!

뭔가 슬쩍 밀리는 소리. 사다암으로서는 절대로 나서는 안 될 소리가 들려오고 있었다. 그리고 그 소리가 뜻하는 것이 무엇인지 사다암은 아주 잘 알고 있었다.

비껴 맞은 것이 아니라 현백이 의도적으로 흘려 버린 것이다. 그리고 그렇게 하려면 두 가지 요소가 필요한 것도 잘 알고 있었다. 흘릴 수 있을 만한 내력과 더욱더 빨리 도를 밀어내는 속도. 그 두 가지 모두 현백이 우위에 서 있다는 뜻인 것이다.

그리고 그 생각을 굳히기라도 하듯 현백의 눈동자가 나타났다. 자신이 힘껏 쳐낸 도의 궤적 안에서 나타났지만 이미 지나간 곳에서 나타나고 있었다. 한데 그 눈의 거리가 너무 가까웠다.

이 척. 불과 이 척 앞에 현백의 눈동자가 나타나 있었다. 그와 함께 사다암의 목 아래에 서늘한 기운이 느껴졌다.

"……."

사다암은 두 눈을 꽉 감았다. 완벽한 패배였다. 목 아래에 놓여진 것은 아마도 현백의 기형도일 것이었다. 속도와 운용, 내력에서 모두 그는 현백에게 패한 것이다.

중원의 무학을 업신여긴 적은 없었다. 하나 자신이 익힌 무학에 대해 자부심은 언제나 가지고 있었다. 그리고 그 자부심은 지금도 마찬가지로 가지고 있었다. 마지막 현백이 자신의 눈앞을 파고든 그 무공은 중원의 무공이 아니었으니 말이다.

현백의 눈이 그 증거였다. 귀수안이라 부르는 그 눈을 지금에서야 기억한 것이다. 그리고 그것이야말로 그가 자부심을 가지는 이유였다.

천의종무록(天意從武錄). 운남 무학의 모든 것이라 해도 과언이 아닌 무공서에 분명히 쓰여 있었다. 귀수안이라 불리는 눈의 형상에 대해 말이다. 설마 그것을 진짜 보게 될 줄은 몰랐지만 말이다.

턱.

목 어림에 느껴지는 감각이 상당히 차가웠다. 그 차가운 감각에 사다암은 상념을 접을 수 있었는데, 문득 그 감각이 아주 이질적인 것이란 생각이 들었다. 한순간에 철갑과 살을 같이 베는 사람의 도날치고는 아주 무딘 듯한 느낌이었던 것이다.

아니, 무딘 듯한 것이 아니라 무뎠다. 그리고 그 이유를 그는 곧 알 수 있었다. 이건 도날이 아니라 도배였던 것이다.

"날 욕되게 하려는 것……!"

무인의 패배는 죽음을 뜻한다. 어릴 때부터 사다암은 그렇게 배워왔다. 그런 사다암에 있어서 이런 호의는 놀리는 것밖에 되지 않았다. 설마하니 현백이 이런 자일 줄은 정말 몰랐다.

그런데 그건 현백이 하고 싶어 그런 것이 아니었다. 현백은 그의 말은 듣지도 않은 채 야수 같은 눈으로 그가 아니라 그 뒤를 바라보고 있었다. 그제야 사다암은 고개를 돌려 뒤로 눈길을 던졌다.

"…부관, 무슨 짓이냐!"

그의 부관이 아이의 목에 검을 대고 있었다. 여차하면 죽일 듯한 태세였는데 그가 이렇게 행동하는 이유는 말하지 않아도 잘 알고 있었다. 그는 지금 아이와 자신의 목숨을 바꾸려고 하고 있는 것이다.

"어서 각간님을 풀어드려라! 그렇지 않으면 이 아이를 그냥 두지 않는다!"

부관이라 불린 사내는 파란 불꽃을 눈에 담아내며 소리치고 있었다. 정말 그의 말대로라면 아이를 죽일 것만 같은 얼굴이었던 것이다.

"홍로이, 당장 그만두지 못할까! 이 나를 얼마나 더 욕되게 하겠는가!"

당장에 사다암의 입에선 불호령이 떨어졌지만 부관, 아니,

홍로이는 움직일 태세가 아니었다. 그는 한술 더 떠 아이의 가슴 앞섶에 검날을 밀어내며 다시금 소리쳤다.

"전호, 난 지금 장난하는 것이 아니다! 각간님을 살릴 수만 있다면 더한 짓도 한다!"

스으읏! 투툭!

아이의 옷이 잘려 나가며 섬뜩한 소리가 들려오자 현백의 눈이 더욱더 차가워졌다. 소명의 발아래에는 뭔가 종이 뭉치 같은 것이 떨어져 있었는데 그것이 아니었다면 소명의 가슴은 피로 물들었을 것이다. 현백은 오른손에 힘을 주며 앞으로 나가려 했다. 이젠 여기 사다암이 문제가 아니었다.

"이 일은 내가 해결하겠네. 자넨 뒤로 물러서게."

"……"

오른손 부근에서 들려오는 소리에 현백은 눈을 돌렸다. 거기엔 사다암이 굳은 얼굴로 서 있었고, 잠시 그 눈을 바라보던 현백은 천천히 고개를 끄덕였다. 이런 사내의 눈이라면 믿을 수 있었다.

야비한 강호의 삼류잡배에게서 볼 수 있는 눈이 아니었다. 그것은 죽음마저도 초연한 사람의 눈이었다. 진정한 무인들이나 가질 수 있는 눈이었던 것이다.

아마도 사다암 자신조차 현 상황을 부끄러워하는 것 같았다. 그렇다면 그에게 맡기는 것이 옳았다. 자신이 나서면 볼 수 있는 것은 피 외엔 없으니 말이다.

"한 번만 더 이야기하겠다, 홍로이. 그 아이를 놔주어라."
"하지만 각간 어르신……."
"놔주라고 했다! 이건 명령이야!"
"……."

상관이 이렇게 나오는데 홍로이라고 별수없었다. 단단히 소명의 어깨를 틀어쥔 손에 힘을 풀며 그는 두 눈을 질끈 감았다. 그는 아직도 중원인을 믿지 못하는 것이다.

타타탁!

소명은 몸이 자유롭게 되자마자 바로 현백에게 달려갔다. 그의 뒤편에 숨으며 놀란 가슴을 진정시키고 있었는데 그 모습을 보며 사다암이 입을 열었다.

"미안하구나, 아이야. 원래 저런 친구가 아니란다. 우리 운남 사람들 역시 마찬가지이고. 너와 저 사람들의 목숨은 온전히 보전될 것이다."

"……."

사다암의 말에 소명은 몸을 떨면서도 고개를 살짝 끄덕였다. 왠지 그는 정말 그럴 것 같았다. 문제는 나머지 사람들이 그렇지 않을 것 같다는 것이지만 말이다.

"이제 죽여라. 승부에 졌으니 너의 처분에 맡기겠다."

"각간 어르신!"

홍로이는 달려나가려다 사다암의 눈길을 받고는 그 자리에 얼어붙었다. 그는 정말 화가 나 있었다. 세상 그 누구보다 무인의 길을 방해받는 것을 가장 싫어하는 이가 바로 그였던 것이다.

이러지도 저러지도 못할 상황이었다. 그러나 그는 명령을 어길 생각도 하고 있었다. 현백이 그를 죽이기라도 한다면 그는 사정 보지 않고 여기 있는 모든 사람을 죽일 생각이었다.

한데 그럴 필요가 없었다. 현백의 두 눈에서 야수의 기운이 사라지며 그의 도가 도집으로 들어가고 있었다.

"무슨 뜻이냐? 또 걸리는 것이 있나?"

현백의 태도에 사다암은 다시 입을 열었다. 현백은 신형을 돌려 소명의 어깨를 잡으며 입을 열었다.

"당신은 믿을 수 있어도 당신의 수하들은 믿지 못한다."

"……."

간단하지만 의미는 충분히 전달되고도 남는 발언이었다. 만일 자신이 죽으면 수하들이 가만히 있지 않는다는 뜻인데 곧이곧대로 들을 수가 없는 말이었다. 사다암은 다시 물었다.

"그대의 실력이라면 여기 있는 모든 사람들을 다 고혼으로 만들 수 있을 텐데?"

사실이었다. 지금 현백의 태도로 봐서는 그의 무공이 모두 다 나온 것이 아니었다. 확실한 것은 사다암 자신보다 높은 무공을 가진 사람이란 결론이 나오게 되는데 그렇다면 여기 있는 사람 전부 다 덤벼도 현백을 이기지 못한다.

자신이라면 그리했을 터다. 싸움의 결과는 순리에 따르는 것이고, 그 순리에 따라 원한이 생긴다면 해결하면 된다. 한데 현백은 달리 생각하고 있는 것이다.

"우선 난 더 이상 군부 소속이 아니다. 당신들과 싸울 이유가 없지."

그의 귓가에 현백의 목소리가 들려왔다. 현백은 남은 사람들을 독려하며 일어서게 만들고 있었다. 그는 지충표를 잡아 일으키며 그의 왼팔을 자신의 어깨에 걸치고 있었다.

"그리고 그렇게 한들 여기 있는 모든 사람을 다 살릴 수는 없을 테지. 여기서 끝내는 것이 좋아."

"……."

역시 간결하지만 이치에 맞는 대답이었다. 그 말을 듣고서야 사다암은 현백이라는 사람을 알 수 있을 것 같았다. 왜 전장에 계속 나와 있지 않고 중요한 순간에만 나타나 전세를 바꾸는 역할을 하는지도 말이다.

그는 피에 굶주려 살인을 일삼는 사람이 아니었다. 군부라는 이름으로 자행되는 살인은 용서되기 마련이다. 혹자는 그 용서가 마음에 들어 군부에 투신하기도 한다.

한데 그는 군부에 있으면서도 살인을 주저하는 사람이었다. 애당초 사다암이 보는 현백 자체가 다른 사람이었던 것이다.

무슨 말이 더 필요할까? 현백은 움직이고 있었다. 좌우로 비켜서 있는 현토병 사이를 사람들과 같이 부축하며 그렇게 사라지고 있었다. 그런 그의 모습에 귀수안을 가진 사람이라 곤 생각할 수도 없었다.

"잘 가게나, 귀수안을 전수받은 사람이여."

왠지 졌지만 그리 기분이 나쁜 것은 아니었다. 쓰러져 있는 현토병도 한 명을 제외하고는 모두 부상만 입었을 뿐 죽은 사람은 없었다. 그 한 가지만 봐도 현백의 마음을 알 수 있었다.

"각간 어르신, 죄송합……."

"괜찮다. 두 번 다시 이런 행동을 하지 않는다면 오늘은 넘어가겠다."

"감사합니다, 어르신!"

부관 홍로이는 달려와 고개를 숙였고 사다암은 웃었다. 그러다 문득 그는 땅바닥에 시선을 주었다. 그곳엔 잘려진 책 반 권이 떨어져 있었다.

아까 홍로이가 겁을 준다며 검을 흘린 아이. 그 아이의 몸에서 떨어진 것이었다. 사다암은 손을 내밀어 그 책자를 집어 들었다. 그리고는 온몸을 굳힌 채 입을 꽉 다물었다.

"…각간 어르신, 무슨 일이십니까?"

표정이 심상치 않음을 느꼈는지 홍로이가 다시 물어왔다. 사다암은 그 잘려진 책을 뚫어지게 쳐다보다 이윽고 입을 열었다.

"홍로이, 지금 즉시 현토병을 정비해라. 을목협으로 간다.

그리고 어서 돈호이의 행방을 찾아라. 중원이 아니라 이곳 운남에 있을 것이다."

"예?"

성지나 다름없는 곳에 현토병을 데려간다는 것도 그렇고, 도망친 돈호이 공주가 운남이 있을 것이란 사다암의 말이 이해가 되지 않았지만 그는 곧 현토병을 불러모았다. 그에게 있어 사다암의 말은 신의 전령과도 같았던 것이다.

곧 모든 현토병이 모이자 사다암은 천천히 앞으로 움직이기 시작했다. 그가 움켜쥐고 있는 잘려진 책. 그건 몇 장 안 되는 얇은 양피지를 빳빳하게 만들어놓은 것이었다. 그리고 하부는 잘려진 채 남겨진 상부엔 다음과 같은 글이 쓰여 있었다.

천의종무록(天意從武錄).

第四章

중원 입성

1

"아야야! 이 녀석아, 살살 좀 해라!"

"남들이 보면 인상 씁니다. 이 덩치, 이 얼굴에 웬 엄살?"

지충표의 몸에 감긴 면포를 갈아주던 소명은 눈을 작게 뜨며 입을 열었다. 아닌 게 아니라 그 큰 몸집의 사내가 목면 천을 갈 때마다 턱을 떠는 모습은 정말 웃음을 참기 어려웠다.

"소명아, 원래 큰 상처보다 이런 자잘한 것들이 더 아픈 법이다. 너도 무공을 익히다 보면……."

"예, 예, 알겠습니다. 잔매에 장사 없다고요? 이젠 지겹습니다, 아주."

뚱한 표정과 함께 소명은 다 되었는지 신형을 일으키고 있었다. 주섬주섬 갈아낸 목면 천을 뭉쳐 앞에 피워져 있는 모닥불로 가져가 휙 던졌다.

화르르륵!

작은 불꽃이 한층 더 타올라 큰불이 되자 소명은 양손을 뻗어 볕을 쬐는 듯한 흉내를 내었고, 그 모습에 쟁자수를 비롯한 많은 사람들은 피식 웃을 수 있었다.

일행은 지금 중원으로 들어가기 직전에 있었다. 현토병을 만난 지도 오 일째가 되었고, 내일쯤이면 중원으로 들어가는 관문을 만나려 하고 있었다.

그 이후 사다암은 약속을 지켜 아무런 공격도 없었다. 살아남은 쟁자수 일행과 함께 현백, 지층표, 소명은 최대한 빨리 운남을 벗어나기 위해 속도를 내었는데, 이제 하루 정도 쉬면서 기력을 회복하고 내일은 중원으로 들어갈 생각이었다.

"고놈 참, 하는 짓하고는. 한데 자네는 앞으로 어쩔 건가? 화산으로 돌아갈 텐가?"

지층표의 목소리에 현백은 고개를 들어 그를 바라보았다. 아무래도 이 지층표란 인간은 자신만큼이나 사연이 많은 사람 같았다. 무공도 그렇고 성격도 너무나 활발한 것이 자신을 감추려 하는 의도가 눈에 보였던 것이다.

어쨌든 현백은 지층표의 말에 잠시 생각하기 시작했다. 그의 말처럼 그가 해야 할 일은 없었다. 중원을 좀 더 유랑하면서 세상을 바라보는 것도 좋겠지만 일단 화산으로 가야 할 것 같았다. 엄연히 말해 그는 화산 장문의 명령을 받고 여태껏 운남의 오지에 있었던 것이니 말이다.

"그리해야지. 달리 갈 곳도 없으니……."

조금은 처연한 그의 목소리에 지충표는 혀를 끌끌 찼다. 무공을 시전할 때는 모르지만 일단 평상시로 돌아오면 참 무던한 사내이다. 게다가 조금은 칙칙한 분위기도 나는 그런 사내가 바로 현백이었던 것이다.

"에휴, 성질 하고는. 어찌 그리 무공을 쓸 때와 전혀 다르나?"

"훗."

현백은 살짝 웃었다. 천성이 그런 것을 어쩔 수 없었다. 어릴 때부터 천애 고아로 자라나 화산에 들어가기 전까지 그는 모진 고생을 했다. 그리고 그 과정에서 말을 잊어버릴 정도로 과묵해졌다.

지금은 많이 좋아진 셈이었다. 화산에 들어가서 친구를 사귀고, 사부와 인연을 맺으며 활달해진 상태지만 그래도 남들이 보기엔 아직 좀 칙칙한 인상으로 보일 것이다. 하나 그런 것은 애당초 신경 안 쓰는 현백이기에 그냥 웃어넘길 수 있었다.

"무공 이야기가 나왔으니 하는 말인데 말이야……."

"응?"

무슨 이야기인지 모르지만 지충표는 현백의 눈치를 살살 보고 있었다. 현백은 그답지 않은 모습에 무슨 말인지 흥미가 일었는데 지충표는 곧 입을 열었다.

"하나만 이야기해 줄 수 있나? 대체 자네 무공의 원류가 무엇인지 말이야. 화산이라고 생각했지만 내가 본 화산의 것은 딱 한 초식뿐이었어. 한토가화(寒吐佳花)는 매화칠수(梅花七手) 중의 하나가 아닌가?"

"…매화칠수를 알아보았나?"

질문을 한 것은 지충표지만 오히려 현백이 되묻고 있었다. 그만큼 현백이 놀라고 있다는 뜻인데, 매화칠수는 강호에서 아는 사람이 거의 없었다. 그의 사부인 칠군향(七君香)이 유일하게 현백에게 가르쳐 주었던 초식이 이것인데 거기엔 조금 뒷이야기가 있었다.

칠군향은 무공을 하지 못했다. 그는 무공이 아니라 도(道)에 빠져 있던 사람으로 현백을 제자로 맞아들인 것 자체가 불가사의한 일이었다.

한데 놀랍게도 그는 무공을 알고 있었다. 그것도 거의 절전된 것이나 마찬가지인 매화칠수를 구결과 초식 모두를 잘 알고 있었다. 그래서 현백은 매화칠수를 전수받았다. 한데 어찌 그것을 지충표가 알고 있는지 그게 이해가 안 갔던 것이다. 화산 사람들도 잘 모르는 것이니 말이다.

"대단한 무공인가 봐요? 매화실수가요."

"…실수가 아니라 칠수다, 요놈아. 끼어들려면 잘 듣고 끼어들어."

어느 틈에 다가왔는지 소명이 쪼그리고 앉아 대화에 끼어들자 지충표는 대뜸 면박부터 주었지만 소명은 꿋꿋이 앉아 오로지 현백만 바라보고 있었다. 말을 하지 않았을 뿐 매화칠수가 무어냐고 묻는 것이 뻔했다.

"녀석, 하기야 자네가 알 정도면 화산에서도 비전은 아니라는 말이 되는 것이지. 매화칠수가 무엇인지 알고 싶으냐?"

현백의 목소리에 소명은 고개를 아래위로 심하게 흔들었다. 현백이 싱긋 웃으며 말을 이었다.

쉽게 말해 매화칠수는 기공(奇功)이었다. 초식이 중요한 것이 아니라 그 흐름을 따르는 것이 중요한 것인데 비전으로 내려오는 이유가 있었다.

그것은 그 위력이 너무나 강하다거나 혹은 전혀 화산답지 않아서가 아니었다. 화산의 무공임에도 비전으로 분류된 것은 연성하기가 거의 불가능에 가까웠기 때문이다.

일반적으로 아는 화산의 내공심법은 자하신공이다. 하나 자하신공이 두 가지가 있음을 아는 사람은 별로 없었다. 하나는 장문인들에게 전해져 내려오는 진심법(眞心法)이었고, 또 하나는 일반 화산의 무인들이 배우는 가심법이었다.

하나 가심법이라고 해서 진심법보다 못한 것은 아니었다.

진심법을 수련하는 사람들이 많아지고 그 세월이 길어지면서 심법 중에서도 효과적인 것들과 비효율적인 것들이 가려졌고, 그에 따라 가장 실전적인 심법이 탄생했는데 그것이 바로 가심법이었다.

진심법은 조사의 가르침을 그대로 따라 한 것으로 이는 역대 장문인들이 조사의 가르침을 잊지 않기 위해 따르는 것에 의미를 두는 것이었고, 실제 위력이나 수련 기간으로 따지자면 가심법 쪽이 훨씬 능률적이었다. 그리고 이 가심법이 개발된 이후 화산은 상당한 상세를 구가할 수 있었다.

더욱이 가심법은 새로이 추가되어 그 위력을 더한 구결도 한두 구결씩 있기에 위력이 예전 것에 비할 것이 아니었다. 이 심법의 위력은 그간 화산의 무공 전부의 위력을 적어도 일 할 이상씩 배가하는 효과를 가져왔기에 의심의 여지가 없었다. 그런데 단 한 가지 무공, 이 매화칠수만은 그렇지가 못했다. 진짜 자하신공만이 매화칠수를 가능케 했던 것이다.

굳이 매화칠수가 아니더라도 무당의 무공은 많았고, 그 위력 또한 대단히 좋은 무공이 많았기에 사람들의 뇌리에서 매화칠수는 잊혀졌다. 그래서 비전이 되어버렸다고 하는 것이 옳았다.

"…그게 다예요?"

실망했는지 소명은 입술을 비죽 내밀며 이야기했는데 소명은 너무나 패도적이라 정파엔 어울리지 않는다는 둥의 이야기를 기대한 것 같았다. 하나 절대 그런 것이 아니었으니 거짓말할 이유가 없었다.

"실망했느냐? 하나 그것이 진짜 이유란다. 어쩌면 내 사부님도 전수해 준 이유가 그저 사장되지 않기만을 바란 것일지도 모른단다. 구결과 초식을 알고 난 후 익힌 것은 근 십수 년이 넘어서였으니……. 난 여기 운남에서 그 묘리를 알았단다."

운남에서 묘리를 알았다는 현백의 말에 지충표는 눈을 반짝였다. 내내 마음속에 걸리는 것이 얼마 전 만났던 사다암과 현백의 대화였는데, 지충표는 때를 놓치지 않고 바로 입을 열었다.

"그럼 사다암이 이야기했던 그 운남에서 만난 기연 때문인 거야? 그 이후로 자네는 변한 거고 말이야. 특히 자네 두 눈이 정말 야수처럼 변한 그때 말이야."

"……."

지충표의 이야기에 현백은 잠시 입을 닫았다. 여기까지 이야기한 것만 해도 상당히 많이 한 것이다. 그리고 운남에서 있었던 일은 이야기할 수가 없었다. 아직까지 그 자신도 기연인지 아닌지 모르는 데다가 왠지 그 이야기들은 하지 않는 것이 나을 듯했던 것이다.

"뭐, 사정이 있다면 이야기하지 않아도 돼. 지금까지 해준 것만 해도 상당하니. 한데 그거, 아무래도 중원에 가면 잘 안 쓰는 게 나을 것 같아. 굉장히 무서웠거든."

"……."

현백은 이어 들린 지충표의 목소리에 쓴웃음을 달았다. 그건 그도 충분히 생각한 문제였다. 그가 가진 무공의 집대성이라 불리는 무공은 너무나 이질적이었다. 시전하는 그 자신도 놀랄 정도로 잔인한 모습을 지니고 있었던 것이다.

현백은 작게 고개를 끄덕였다. 옆에서 본 지충표가 그런 생각을 한다면 역시 원래 생각대로 잘 쓰지 않는 것이 좋을 듯싶었다. 이젠 마음을 굳힌 것이다.

"내 이야기는 이쯤 하는 것이 좋을 것 같군. 더 이상은 아직 나도 모호하니 이야기하기 쉽지 않아. 그건 그렇고, 이번엔 자네 이야기를 한번 들어보고 싶은데?"

"나? 내가 뭘?"

오히려 화제가 자신에게 돌아오자 지충표는 두 눈을 동그랗게 뜬 채 물어왔다. 자신이 뭘 숨긴 것도 아닌데 뭘 물어보고 싶은 것인지 짐작이 되질 않았는데, 현백은 빙긋 웃으며 입을 열었다.

"방패와 도를 들고 싸우는 것은 그저 눈가림이더군. 유술(柔術) 쪽을 익힌 건가? 내력도 상당한데 왜 일부러 쓰지 않는지 모르겠군."

"…흐음, 정말 곤란한 질문을 확 해오는구먼."

조금은 씁쓸한 얼굴로 그는 입을 열었다. 아무래도 얼마 전 그 거한을 잡아당기며 내리꽂은 것을 말하는 것 같은데 지충표는 갈등했다. 이야기를 해야 하는지 아니면 말아야 하는지 말이다.

하나 현백이 자신의 이야기를 한 만큼 그도 하긴 해야 했다. 그것이 서로 공평하니 말이다.

"내 이야기를 해보란 말이지. 이것참, 어디서부터 해야 하나?"

막상 이야기하려고 보니 정말 뭘 어떻게 이야기해야 할지 난감했다. 가문 이야기부터 해야 하는지, 아니면 자신의 살아온 이야기부터 해야 하는지 그것부터가 난감했던 것이다.

"현단(賢端) 쪽에 유술 문파가 하나 있다고 들었지. 아니, 문파가 아니라 가문이겠군. 본 적은 없지만 그 세가 대단하다고 들었는데……."

"…보통 견식이 아니로군. 아무리 세가 대단한 곳이라곤 하나 그건 하남성 내에서의 이야기지 중원에 알릴 정도가 아닌 것을……."

조금은 놀랐다는 듯 지충표가 입을 열자 현백은 살짝 웃었다. 그는 이어 입을 열었다.

"내 무공 초식까지 아는 사람이 견식을 이야기하니 쑥스럽군. 그럼 현단지가의 후손이 맞나?"

"……."

지충표는 대답이 없었다. 침묵은 긍정을 의미하는 것이었다.

현백의 짐작대로 지충표는 현단지가의 사람이다. 현단지가는 유술의 본파로 불릴 정도로 대단한 세를 가지고 하남에서 그 힘을 공고히 해가는 문파였던 것이다.

"맞기는 하지. 그러나 사실 난 반갑지 않은 현실이야. 그곳과는 거리를 두고 싶은 게 내 심정이니."

"……."

지충표의 얼굴은 진심을 나타내고 있었다. 현백은 잠시 그의 얼굴을 물끄러미 보고 있었는데 어쩐지 그는 자신의 출생 자체를 저주하고 있는 것처럼 보였다.

"그냥 이야기하려 했는데 막상 기억을 떠올리니 정말 입에 담고 싶지도 않구먼. 일단 오늘은 입을 다물려 하는데 안 되겠나?"

"안 될 것이 뭐 있겠나? 그렇게 하도록 하지. 하나 손목 한 번 줘보게. 그 정도는 되겠지?"

굳이 좋지 않은 기억을 강요해 들을 필요는 없었다. 현백도 그리 강요할 생각도 아니기에 그만두기로 했다. 하나 그의 내력만은 알고 싶었다.

"손목? 그러지."

선뜻 지충표는 손목을 내밀었고, 현백은 그의 손을 쥐었다. 그리고는 눈을 감고 잠시 생각에 잠기기 시작했다.

그런 자세로 현백은 꽤 오랫동안 진맥했다. 한참 동안 눈을 감고 계속 표정만 변하고 있었는데 차 한 잔 마실 시간이 지나자 그는 눈을 떴다.

"어때요? 뭔가 알겠어요?"

소명이 눈을 초롱초롱 빛내며 물어오자 현백은 다시 입가에 웃음을 띠었다. 아이가 알면 얼마나 알겠는가마는 아마도 의술을 행하는 것을 본 적이 있는 모양이었다.

하나 지금 그가 하는 것은 의술이 아니었다. 내력을 일으키고 피를 토하는 그의 모습을 보았기에 어떤 일인지 알고 싶을 따름이었던 것이다.

"이런 말 하긴 그렇지만 상당히 난잡한 내력이군. 도대체 몇 개의 내력을 익힌 것인가?"

"큭, 아마도 십여 개는 넘을 것이야. 그래, 어떤가? 고칠 수 있겠나?"

"……"

지충표는 이미 자신의 병을 잘 알고 있다는 듯 편안한 얼굴로 이야기했는데 현백이라도 딱히 방법이 있는 것은 아니었다. 이건 본인이 스스로 선택해야 하는 문제였다.

십여 개의 내력 중 하나를 택해서 남겨두고 나머지는 다 없애야 한다. 한데 그것이 불가능에 가까운 것이, 그러자면 단전에 강한 충격을 주어야 했던 것이다.

그 내력을 서로 다 융화하는 것은 거의 불가능했다. 그러니 내력을 올리면 피를 쏟는 것이 당연했다. 서로 다른 내력들이 한꺼번에 올라오면서 충돌해 나타나는 현상이었던 것이다.

"남들이 말해주었던 방법대로 해야겠지. 단전에 강한 충격을 주어 하나만 살려야 하지 않나?"

"농담으로 알아듣겠네. 단전에 충격을 주면 어찌 될지 자네가 더 잘 알 것 같은데?"

지충표의 목소리는 여전히 농담조였다. 그도 그럴 것이, 지금 현백이 말한 방법은 말도 안 되는 소리였기 때문이다. 무인이란 사람이 단전에 충격을 주라는 말을 하는 것 자체가 불구대천의 원수 아니면 농담이었던 것이다.

"물론 곧이곧대로 알아들으면 농담이겠지. 자네 혹시 바람의 날개라는 말을 아나?"

"…그게 무슨 말인가? 바람의 날개라니?"

뜬금없는 소리에 그는 눈을 동그랗게 뜨며 되물어왔지만 현백은 그저 희미한 웃음만 지을 뿐이었고, 이어진 그의 입에서 나온 소리는 그저 헛소리로밖에 들리지 않았다.

"우리가 느끼는 바람은 그저 바람일 뿐이지. 그러나 어떤 사람은 그 바람이 그냥 하나가 아니라고 이야기하지. 세상을 휘도는 바람에서 산들바람, 거기에 시원한 바람, 또 어느 때는 광풍이라고 말하기도 하지. 그러나 모든 것은 다 바람일 뿐이네. 그렇지 않은가?"

"…자네, 미친 건가? 갑자기 왜 바람 타령이야?"

뜬금없는 그의 말에 지충표는 인상을 쓰면서 입을 열었지만 현백의 말은 그것이 다였다. 그저 웃으며 소명의 뒷머리만 쓰다듬을 뿐이었다.

"바람이든 뭐든 그럼 이 책만 읽으면 저도 현백 무사님처럼 된단 말이죠? 에이, 잘려진 것이 정말 아깝네."

"참, 너 이 녀석, 그 책 어디서 난 거냐? 설마 표물에서 슬쩍한 것이냐?"

생각이 났다는 듯 지충표는 소명의 손에서 잘려진 책자를 들고 파닥이고 있었는데, 소명은 볼멘소리를 내었다.

"이씨, 글씨를 읽을 줄 알아야 무공이 된다면서요? 그래서 글씨를 찾다 보니 마침 표물 안에 섞여 있는 것이 있어서 가져왔어요. 그나마 그중 제일 얇은 것이었다구요."

딴에는 머리를 쓴 흔적인데 그 모습이 너무나 귀여웠다. 현백은 여전히 얼굴에 웃음을 띤 채 소명이 가져온 책을 바라보았는데 일순 그의 얼굴에서 웃음이 걷혔다.

"잠시 그 책을 줘보겠나?"

"응?"

갑자기 달라진 현백의 말투에 지충표는 긴장하며 책을 내밀었다. 그러자 현백은 낚아채듯 그 책을 받아 내용을 살펴보았다.

솔직히 그다지 신경 쓰지 않았다. 그저 글에 대한 관심을 가지라는 뜻이었건만 그 때문에 표물에 손을 댔을 것이라곤 생각지도 않았고, 또 손을 댄 것을 알았을 때도 그리 크게 신경 쓰지 않았다. 진평표국에 대한 이미지가 하추평과 사마종 때문에 그리 좋지 않았던 것이다.

그런데 책의 내용이 그도 아는 것이라면 문제가 달랐다. 더욱이 그 책은 이곳 운남에선 아주 중요한 책자이니 말이다.

"호, 자네, 그러고 보니 운남 말도 아냐? 대단한걸?"

"……."

지충표가 옆에서 심각한 분위기를 풀어보려 하지만 현백의 입은 여전히 꽉 다물린 채 아무런 말이 없었다. 이건 그저 중요하다고 말할 수 있는 책자가 아니라 심각한 수준이었으니 말이다.

잠시 그는 갈등하고 있었다. 이 이야기를 해주는 것이 옳은 것인지 아닌 것인지, 혹은 아이에게 다시 넘겨줄 것인지 아니면 자신이 가지고 있을 것인지를 결정해야 하느라 시간이 걸리고 있는 것이다.

타탁! 탁!

눈앞에 일렁이는 불꽃을 보면서 결국 그는 결정을 내렸다. 아무래도 이 일은 서로 모르는 것이 좋다는 쪽으로 말이다.

"별것은… 아니다. 다만 이 책을 다른 사람에게 보여선 안 될 것 같구나. 그냥 조용히 가지고 있거라. 그럴 수 있겠지?"

"…예, 무사님. 그렇게 하지요."

"……."

두 사람의 대화를 들으며 지충표는 의뭉스러운 표정을 지었다. 분명 무언가 있는데 현백은 말을 하지 않는다. 지충표는 입을 꽉 닫은 채 그냥 두 사람만 바라보았다.

하지만 지충표는 어쩌면 이 일을 후회할지도 몰랐다. 이 잘 려진 책 한 권으로 인해 그렇게 피를 많이 흘릴 줄 그는 꿈에도 몰랐던 것이다.

"흐음… 그럼 이제 좀 자자고. 내일은 자네가 말했던 그 객잔으로 가려면 좀 일찍 움직여야 하니 말이야."

"…그래, 그러는 것이 좋겠네."

차분히 말을 마치며 현백은 그대로 신형을 뒤로 누였다. 밤하늘에 별이 총총한 가운데 운남의 마지막 밤을 그는 그렇게 보내고 있었다.

2

찌릭, 찍!

괴이한 새소리였다. 그동안 들어본 새소리 중 가장 이상한 소리였는데 그 소리에 사내는 굽혔던 허리를 폈다.

사내의 손에는 작은 종지가 들려 있었다. 붉고 푸른 내용물이 담겨 있는 그 종지는 아마도 신께 드리는 공양 같았는데 사내는 양손에 하나씩 들고 하늘을 쳐다보고 있었다.

매일 보는 하늘이었고, 매일 보는 주위 환경이었다. 언제나 초록이 우거진 사위에 중앙에 놓여 있는 돌로 된 석상.

그런데 뭔가 달랐다. 왠지 모를 두근거림을 느끼며 그는 석상을 향해 다가가기 시작했다. 환연교의 사람들이 믿는 천신에게 아침 일찍 공양을 하는 것은 그 누구도 거를 수 없는 일이었다.

딸깍.

석상 아래의 평평한 단상에 그는 두 개의 종지를 올려놓았다. 단상이라고 해봤자 애당초 있던 넓은 바위 하나를 가져다 놓은 것일 뿐이지만 사내에게는 아주 신성하고 영험한 단상이었다. 천신상의 아래에 위치해 있다는 그 사실 하나만으로도 그렇게 취급할 수 있는 것이다.

"안 됩니다, 각간 어르신! 지금 시간은 공양을 드리실 시간……."

"지금 공양이 문제가 아니다! 썩 물러서거라!"

조용히 두 손을 모은 채 기도를 올리던 사내는 뒤쪽에서 들려오는 소란에 신형을 돌렸다. 그곳엔 건장한 사내들이 서 있었는데, 그들은 모르는 이들이 아니었다. 가뜩이나 건장한 체구에 철갑까지 입어 더욱더 사람에게 위압감을 들게 하는 그들을 너무나 잘 알고 있었다.

"아니, 각간 어르신 아닙니까? 어인 일로 이 늙은이를 찾아오셨습니까?"

뜻밖에도 상당히 창노한 음성이었다. 사십대의 얼굴로 보이는 얼굴이지만 목소리는 칠십대가 넘은 노인의 그것이었는데, 제일 앞에서 제지하는 사람을 뿌리치던 각간 사다암은 한 팔을 가슴에 올리며 입을 열었다.

"청정한 시간을 깨뜨렸다면 죄송하게 생각합니다. 하나 사안이 사안인만큼 탁시(濁時)까진 기다릴 수 없었습니다. 이 점 다시 한 번 사과드립니다, 토루가 교주님."

굳은 얼굴로 사다암이 입을 열자 토루가라 불린 사내가 빙긋이 웃었다. 온화한 얼굴과 특이한 목소리를 가진 이 사내가 바로 환연교의 교주였던 것이다.

만물이 생성한다는 진시를 가장 청정한 시간으로 보고 항상 그때면 천신께 공양을 바치는 것이 그의 하루의 시작이었다. 이후 해가 뜨고 청정한 모든 것이 사라지면 탁시라 하여 세상 사람들이 움직이는 것으로 삼아 일과를 그때부터 시작하고 있었던 것이다.

운남 사람이라면 거의 대부분이 이 환연교의 사람이라 보면 옳았으니 그 교주인 토루가의 위치가 어떤 것일지는 굳이 말을 하지 않아도 될 것이다. 비록 사다암이 운남국의 각간이라 해도 그를 함부로 대할 수 없는 것은 당연한 일이었다.

"긴말은 필요없겠지요. 이 책을 봐주시겠습니까?"
"무슨 책이기에 아침부터 이리 행차를 하신 것이오? 허허허, 참으로 기묘한 하루가 될 것 같군요."

만면에 웃음을 가득 담은 채 그는 손을 내밀어 사다암이 주는 책을 받아 들었다. 몇 장 안 되는 얇은 양피지 책자라 별로 볼 것도 없었다.

"호오, 범어(梵語)로군요. 어디서 이런 책자를 얻으셨습니까? 한데 불완전한 것이로… 응?"

받자마자 책을 펼쳐 들어 읽어보던 토루가의 눈이 반짝였다. 뭔가 이상한 점을 찾았는지 급히 책의 이곳저곳을 살펴보았는데 그러다 그의 눈이 책 표지로 향했다.

"대체 이게 어찌 된 것입니까? 어째서 이 책이 각간의 손에 있는 것입니까?"

상황을 파악한 토루가는 그제야 얼굴을 확 굳히며 입을 열었지만 사다암은 그에게 할 말이 별로 없었다. 그는 입을 열어 그간 있었던 일을 빠르게 설명했다.

"미호가 성전(聖典)을 중원으로 빼돌렸단 말씀이오? 지금 그 말을 내가 믿을 것이라 생각하오이까?"

"저도 지금 알아보는 중입니다. 분명 정황은 그렇지만 자세한 것은 시간이 걸릴 듯합니다."

황당한 얼굴을 한 채 토루가는 입을 열었지만 사다암의 표정은 여전히 변화가 없었다. 분명 그가 한 이야기가 사실이라 생각되자 토루가의 입에서 무거운 목소리가 흘러나왔다.

"천삼가(天三家)를 모두 부르라! 당장 성지로 출발한다!"

다급한 음성과 함께 그가 신형을 돌리자 그의 뒤에 있던 사람들이 모두 움직이기 시작했다. 이제 막 시작된 오월의 녹음에 둘러싸인 그들은 그렇게 석상 앞을 빠르게 떠나고 있었다.

*　　　*　　　*

"아이구, 나으리! 감사합니다! 정말 감사합니다! 이 은혜를 어찌 갚아야 할지……."

"모두 무사하니 잘된 일입니다. 그만 고정하세요."

소명의 어머니는 펑펑 울었다. 죽을 것이라 생각했던 소명이 살아 돌아와서 그런지 더욱더 울음소리가 컸는데 같이 온 다른 쟁자수들이 민망해할 정도였다.

현백 일행은 지금 한 객잔에 와 있었다. 처음 나오는 객잔 아니랄까 봐 객잔 이름도 초현이었는데 다탁이라고 해봤자 달랑 세 개가 전부인 아주 초라한 곳이었다.

그래도 그나마 천으로 사방을 막은 노천 다루는 아니라서 조금 더 아늑한 느낌을 주고 있었지만 그렇다고 그것이 일반 다루보다 비싼 이유는 되지 못했다. 이곳에서 쓸 만한 객잔은 이곳 하나뿐이라는 것이 더 타당한 이유이리라.

진평표국 사람들은 아무도 보이지 않았다. 약속한 이 다루에서 현백 일행을 기다리고 있는 것은 그나마 동작 빠르게 배에 탄 몇 명의 쟁자수뿐이었는데 이곳에서 모두 내린 듯 보였다.

아마도 하추평이나 사마종이 그런 결정을 내린 것 같지는 않아 보였고, 미호공주가 그리한 것이 아닌가 생각되었다. 북경으로 가는 길로 새로이 일정을 잡아야 하는 데다 다른 사람의 눈을 피해 조용히 움직여야 곧 있을 운남의 추격대로부터 자유로울 수 있으니 말이다.

현백으로서는 어찌 되었든 상관하지 않았다. 이들 소명 모자를 만나게 해주고 쟁자수들의 목숨만 괜찮다면 상관할 이유가 없었으니 더 할 말도 없었다. 이젠 이들과 헤어져 떠나면 그만이었던 것이다.

다만 서로가 각기 갈 길로 갈라질 때까지만 같이 가기로 했는데 여기서 중원으로 들어가려면 현백의 도움이 필요했다. 이들은 쟁자수였기에 신분증이 따로 없어 이 모든 사람을 이끌고 군에 있었던 현백이 끌고 들어가야 입성이 가능했던 것이다.

"차 한 잔 정도 마시고 난 후 출발하기로 하겠습니다. 모두들 조금이라도 쉬세요."

"예, 예, 무사님."

쟁자수들로서는 그저 감사할 따름이었다. 그들은 지금이라도 몰래 국경을 넘을 생각이었는데 사정이 이렇게 되면 떳떳하게 들어갈 수 있게 된 것이니 말이다. 그들이 고마워하는 이유가 있었던 것이다.

"쯧, 그나저나 괘씸한 녀석들이네. 아무리 내가 반만 수행

했다고 하나 내 돈은 줘야 할 것 아냐? 그냥 내뺄 거야?"

바로 옆에서 지충표가 입을 열자 현백이 살짝 웃었다. 표국은 어차피 이익을 내기 위한 집단. 그런 생각을 가진 사람들이 의리랍시고 지금 옆에 없는 사람들까지 돈을 챙겨줄 리는 없었던 것이다. 게다가 그들은 표국의 사람들. 무공을 좀 하는 상인들일 뿐인 것이다.

"후, 정말 좋군."

눈앞에 놓여진 찻잔에 찻물을 가득 따라 한 모금 입속에 넣으니 그 청량함이 가슴속 깊이 들어왔다. 음식 솜씨도 훌륭하지만 소명의 어머니가 끓여내는 이 차의 맛은 정말 일품이었다. 아마도 주방을 빌려 미리 끓여놓은 것인 듯했다.

"좋은 기분 망치려 하는 이야기는 아니지만 말이야……."

"……."

지충표의 목소리에 현백은 눈을 돌렸다. 지충표는 그 맛있는 차를 먹지 않고 잔에 따라만 놓은 채 살짝살짝 돌리고 있었다. 마치 그 차의 맛보다 더 심각한 무언가가 있다는 듯이 말이다.

"자네가 떠나온 지 십 년이 넘었다고 들어 하는 말일세. 중원은 이제 그전에 자네가 보던 중원이 아닐 것이야. 모든 것이… 모든 것이 상식과는 많이 다를 것일세."

"…그게 무슨 말인가? 상식과 많이 다르다니?"

정말 뜬금없는 소리였다. 상식이라는 것이 무엇인지도 설명해 주지 않은 채, 아니, 그 상식이라는 것이 범위가 적은 것이 아니기에 더 더욱 알아들을 수 없는 소리였지만 지충표는 아무런 말이 없었다. 그저 한마디 툭 뱉고는 눈앞에 놓인 차를 한번에 들이켤 뿐이었다.

"말 그대로일세. 상식, 우리가 흔히 알고 있는 모든 것들이 다 어그러졌다는 말이지. 오죽했으면 내가 중원을 떠났겠는가? 물론 내 가문에 대한 이야기도 그 원인이겠… 앗, 뜨거!"

아무 생각 없이 벌컥 들이켠 찻물은 이제 막 끓여낸 뜨거운 것이었다. 다른 생각에 정신이 팔려 그냥 들이켠 것인데, 그런 그의 모습에 여기저기서 웃음이 터져 나왔지만 당사자는 웃을 수가 없었다.

"뜨거우면 뜨겁다고 이야기를 해야지. 요 녀석, 이게 그리 보기 좋아?"

"우씨, 김 펄펄 올라오는 찻잔을 보면서도 그냥 마시는 사람이 잘못한 것이지. 누가 그걸 한번에 다 마셔요, 한번에?"

괜히 자신을 향해 지충표의 화살이 쏟아지자 소명은 양 볼 가득 바람을 부어 쏘아붙였고, 지충표는 한순간 머쓱해졌다. 사람들의 웃음이 한층 더 진해진 것은 굳이 말할 필요도 없었다.

"고놈 참, 성질머리 하고는. 알았다, 이 자식아! 앞으로 잘 먹고 잘살거라!"

생뚱맞은 한마디를 내뱉고는 지충표는 머쓱한 상황을 마

무리 지었다. 그는 이내 찻잔을 빙빙 돌려 찻물을 식히기 시작했는데, 문득 그는 휘도는 찻잔을 보다 퍼뜩 떠오르는 생각이 있었다.

바람이라고 다 같은 바람이 아니라던 현백의 말. 그것이 생각난 것이다. 이 찻잔의 찻물처럼 자신의 내력이 잘 섞인다면 얼마나 좋을까 하는 생각이 들었던 것이다.

"......!"

순간 그의 기억 속의 한 장면이 보였다. 현토병을 상대로 싸웠던 현백의 무위, 그리고 그 속에서 보았던 화산의 매화칠수. 그건 현백이 진심법을 전수받았다는 이야기이다.

그런데 그의 무공 속엔 매화칠수만 있는 것이 아니었다. 소림의 것도 있었고 무당의 것도 있었다. 여러 가지 구파일방의 무공이 모두 현백의 손에서 조금씩 흘러나왔던 것이다.

분명 현백은 화산의 사람. 한데 그는 다른 문파의 무공을 알고 있었다. 그것도 그 정수를 깨우치고 있는 듯 능숙한 손놀림이었다.

물론 충무대에서 홀로 살아남은 그라면 충분히 알고 있을 수는 있었다. 그러나 그 정도의 위력을 보일 수는 없었다. 그건 각 문파만의 독특한 내공심법을 알지 못하면 할 수 없는 것이었다. 그런데 분명 그는 마치 각 문파의 내력 모두를 알고 있는 것처럼 행동했던 것이다.

"이봐, 현백. 내 하나 물어봐도 되겠나?"

"응?"

"이전에 이야기했던 그 바람 이야기, 아니, 내력을 합친다는 이야기는 정말 가능한 이야기였던 건가?"

"……."

현백은 잠시 그의 얼굴을 보다 빙그레 웃었다. 이제야 조금씩 자신의 말뜻을 알아듣는 것 같았기 때문인데, 현백의 귓가에 지충표의 목소리가 다시 들려왔다.

"그러고 보면 자네의 무공은 구파일방의 무공을 고루 담고 있어. 한데 그 모든 것을 다 자하신공으로 가능하게 할 리가 없지 않나? 하면 어찌 그게 가능한 것이지?"

지충표의 입술이 살짝 떨리고 있었다. 만일 자신의 짐작이 사실이라면 그동안 가지고 있던 이 지긋지긋한 천형으로부터 벗어날 수 있었다. 모든 것을 포기하든지, 아니면 모든 것을 다 가져야 무공을 할 수 있는 이 천형으로부터 말이다.

"어떻게라……. 미안하지만 거기까지는 내가 말을 할 수 없을 것 같다. 그건 말로 하기 좀 힘든 어떤 것이 있어. 그러니 하고 싶어도 그 무엇을 설명하는 것이 쉽지 않아. 이건 사실일세."

"……."

솔직히 조금만 비틀어 생각하면 지금 현백의 말은 아주 기분 나쁠 수도 있었다. 알면서도 가르쳐 주지 않는 얄미운 행동일 수도 있는 것이다.

그러나 달리 생각하면 이런 것이 바로 무공이었고, 지충표의 행동은 남의 무공을 거저 가지려는 것일 수도 있었다. 그 생각을 하게 된 지충표는 고개를 끄덕일 수밖에 없었다. 실마리를 얻어낸 것만으로도 충분했다.

하나 한 가지 확인해 볼 것은 있었다. 그것도 자신의 눈으로 보기 전까지는 절대로 믿지 못할 것을 말이다.

"자네… 정말 구파일방의 무공이 가능한가?"

"…훗!"

짧게 웃음을 지은 후 현백은 오른팔을 들어올렸다. 화산의 무인들이 입는 하얀 장삼 소매엔 작은 매화 그림이 그려져 있었는데, 현백은 살짝 팔을 휘돌려 장삼 자락을 팔뚝에 휘감았다.

"자네의 병기로 이 팔을 쳐보지 않겠나?"

"뭐? 자네, 진심인가?"

뜻밖의 행동에 지충표는 눈을 동그랗게 떴다. 사람의 팔을 도로 자르라니 팔 하나를 잃겠다는 소리가 아닌가?

"농담이 아닐세. 어서 해보게나."

하지만 현백은 자신의 말을 수정하려 하지 않았고, 여전히 팔을 허공에 올리고 있었다. 긴가민가하는 마음은 들었지만 지충표는 일단 자신의 도를 찾아 빼어 들었다.

사람들은 모두들 무슨 일인가 싶어 이 두 사람을 보다 지충표가 병기를 꺼내 들자 사색이 되었다. 하나 아무도 지충표를 말리지 않았다. 두 사람이 서로 싸운다고는 생각할 수가 없었던 것이다.

지충표가 도를 꺼내 치켜드는데도 현백은 아무런 행동을 취하지 않고 있었다. 오히려 그는 왼손으로 찻잔을 들어 한 모금 들이켜기까지 하면서 다른 생각을 하고 있는 것처럼 보였다.

"정말… 내려쳐도 괜찮겠나?"

혹시 모를 상황이 일어나지 않을까 싶어 지충표는 한 번 더 되물었지만 그를 향해 돌아온 것은 역시나 현백의 미소뿐이었다.

"좋아. 후회해도 난 모른다. 하앗!"

왠지 모르지만 그 미소를 보는 순간 지충표는 울컥했다. 그래서 온 힘을 다해 박도를 내려쳤는데 내려치면서 아차 싶었다. 이렇게 온 힘을 다해 내려칠 일이 아닌 것이다.

물론 현백이 오른팔에 내력을 올렸다면 이야기는 다르겠지만 지금 보니 그런 상황도 아니었다. 지충표는 재빨리 박도를 쥔 양 손아귀의 악력을 풀어버리려 했는데, 그때였다.

휘리리링!

"……!"

지충표의 눈이 휘둥그레졌다. 현백의 팔에 감긴 장포가 그대로 풀리고 있었다. 분명 현백은 가만히 있는데도 팔에 감긴 장포가 저절로 풀리고 있었던 것이다.

게다가 놀라운 일은 그것만이 아니었다. 정작 그를 경악하게 한 것은 그 장포가 자신이 내려치는 박도에 닿을 때 나타났다.

쩌저정!

"큭! 이, 이건!"

상식대로라면 옷이 잘리고 그 안의 팔에서 피가 솟구쳐야 정상이다. 그런데 지금은 정반대의 상황이 펼쳐지고 있었다. 마치 쇠를 때리듯 엄청난 울림 때문에 오히려 그가 박도를 놓쳐 버린 것이다.

피리리링.

지충표는 힘도 어지간한 사람이기에 박도는 허공으로 회전하면서 휘돌고 있었다. 곧장 위로 솟구치던 박도는 일정한 궤적을 그리며 다시 떨어지고 있었는데 정확히 현백이 올린 오른 팔뚝 위였다.

너무도 놀란 지충표는 그 박도를 잡아챌 생각도 못하고 그저 멍하니 바라보고만 있었다. 박도는 이윽고 탁자 위로 떨어졌는데 또 한 번 눈을 의심하게 만드는 일이 벌어졌다.

피리리릭! 콰아악!

"……!"

장포가 한 번 더 움직이고 있었다. 마치 누군가 실로 연결해 조종이라도 하는 듯 살아 꿈틀거리며 허공으로 올라가고 있었는데, 정확히 내려오는 도를 휘감아 공중에 정지시키고 있었다.

현백은 오른손을 움직였다. 그 상태로 움직이자 장포에 박도가 말린 형상 그대로 뻣뻣하게 움직였고, 지충표는 자신도 모르게 손을 내밀어 박도를 잡았다.

스르르.

그제야 장포가 풀리고 박도가 움직이게 되자 지충표는 눈을 돌려 현백의 장포를 바라보았다. 현백의 장포 자락은 너무나도 멀쩡했다. 자신이 박도로 내려친 것이 분명한데도 말이다.

그리고 그 멀쩡한 장포를 보는 순간 지충표는 온몸에 한기가 돋기 시작했다. 그것이 무엇인지 이제야 알 것 같았기 때문이다.

"철포삼(鐵布衫)! 소림의 진산무공을……."

더 이상 놀랄 수도 없었다. 지금 그가 눈앞에서 본 것은 철포삼 중에서도 아주 상급 응용을 본 것이니 말이다.

흔히들 소림의 무공을 말할 때 권법이 칠 할이라 하지만 그건 그냥 보이는 것뿐이고, 사실 소림의 가장 무서운 것은 바로 이 내력 운용이었다. 그리고 철포삼공(鐵布衫功)은 그 운용의 극을 보여주는 것이었다.

철포삼은 그냥 옷을 단단하게 하여 갑주를 입는 효과를 내는 것이 아니었다. 실전에서 그러한 것을 쓰는 것을 거의 볼 수 없었는데 그건 이유가 있었다. 철포삼을 자유롭게 운용할 정도의 내력을 소유한 사람이면 굳이 수세에 몰릴 이유가 없기 때문이었다.

그 정도의 내력을 지닌 소림 고수라면 이미 강호에서도 손에 꼽히는 사람일 것이고, 상대는 그의 독문무기를 막아내는 데도 급급할 것이다. 그래서 철포삼은 무공이라기보다 하나의 무공의 기준이 되어왔었던 것이다.

한데 지충표가 오늘 본 현백의 철포삼은 그저 대단하다고 할 정도가 아니었다. 의복을 단단하게 만드는 것은 물론 그 단단함을 유지하면서도 부드러움을 같이 수반하여 형상을 변화시켰다. 이건 내력의 크기는 둘째 치더라도 그 운용이 십성에 가깝다고 봐야 했다.

"그럼 나도… 희망이 있군."

갑자기 지충표는 신형을 돌려 밖으로 나가기 시작했다. 쟁자수들은 모두 눈을 동그랗게 뜬 채 지충표와 현백만을 번갈아 보고 있었는데 현백은 그저 웃을 뿐이었다. 지충표가 저리 움직이는 것은 이미 예상한 일이었다.

과거 현백 역시 같은 고민을 한 적이 있었다. 그의 사부 칠군향이 가르쳐 준 매화칠수, 그 어이없는 검법을 어떻게든 수련하고자 애쓴 적이 있었다. 그것이 고아인 자신을 화산으로 들여보내 준 사부에 대한 보답이라 생각했다.

그러나 결국 그는 실패했고, 그대로 충무대로 편입되어 이곳 운남으로 왔다. 그리고 이 운남에서 그는 성공할 수 있었다.

그 깨달음을 당장에 이야기할 수 있다면 그는 그리했을 터
다. 지충표라는 사람은 우락부락해 보여도 상당히 순수한 데
다 믿을 만한 느낌을 주고 있었다. 하나 더 이상의 도움은 그
에게 해가 될 것이 분명했다.

그건 그가 걸어온 길을 돌이켜 보면 충분히 알 수 있는 일
이었다. 자신이 기연이라 불릴 만한 사건을 만났을 때 누군가
의 도움이 있었다면 그 기연은 실패했을 터다. 그저 최대한의
실마리만 준 채 그 스스로 헤치고 나가게 도움을 주면 될 터
이다.

어떤 것을 선택하고 어떤 것을 버릴 것인지 그것은 순전히
지충표의 몫이었다. 현백은 그저 옆에서 바라보기만 하는 것
이 최선의 선택이었다.

第五章

중원

1

두두두두두!
 정오의 태양을 내리쬐면서 달리는 것보다 힘든 것은 세상에 없을 것이다. 그런 의미에서 본다면 당장이라도 비를 내릴 것만 같은 어두운 하늘은 참으로 다행이었다.
 하지만 사다암은 그런 생각을 할 겨를이 없었다. 왠지 가슴 속 한구석에 뭔가 불길한 느낌이 피어오르고 있었던 것인데, 그것이 무엇인지 딱 짚어 말할 수는 없었다.
 "각간님, 현토군을 세워주시겠습니까? 이제 걸어서 가야 하는 곳입니다."
 "알겠소이다, 위천(位天). 현토군은 말을 세우라!"

사다암의 목소리에 전체 기마병의 속도가 현저히 줄기 시작했다. 상당히 훈련이 잘되어 있는지 일각도 지나기 전에 말은 모두 정지했다.

"여기서부터 걸어가야 하니 모두 하마해 주십시오. 교주님, 괜찮으십니까?"

"이 정도의 움직임도 따라잡지 못한다면 어찌 교주 직에 미련이 있겠습니까? 위천께서는 걱정 마시오."

환연교주 토루가까지 모습을 보이고 있었는데, 토루가는 다른 사람과 달리 땀 한 방울 흘리고 있지 않았다. 그 모습을 보는 현토병과 여러 교내의 인사들은 경외심을 지니기 시작했는데, 토루가는 지금 말을 타고 오지 않고 내리 경공으로 온 것이었다.

토루가의 앞에 서 있는 세 명의 사내는 진심으로 그 모습에 감탄했다. 그들 천삼가의 세 명의 사내는 각기 위천가(位天家), 의천가(意天家), 그리고 용천가(容天家)의 세 가문으로 불리고 있었다.

이들이야말로 운남의 보이지 않는 힘이었고, 환연교를 지키는 수호 가문이기도 했다. 지금 보이는 세 사람이 현세의 위천, 의천, 그리고 용천이었으며 그 무공 수위와 지위로 볼 때 각간의 지위를 맡고 있는 사다암이라도 함부로 할 수 없었던 것이다.

"그나저나 모두들 조심하시길 바랍니다. 바람 속에 피 냄

새가 섞여 있습니다. 아무래도 빨리 가봐야겠군요."

"…예, 교주님."

스릉! 스르릉!

여기저기서 병기를 뽑아 드는 소리가 들려오며 긴장감이 고조되었다. 토루가는 선두에 서서 성큼성큼 앞으로 나가기 시작했고, 그와 함께 따라온 사람들이 뒤를 밟기 시작했다. 그들은 그렇게 반 시진 정도 말없이, 하나 신속하게 수풀을 헤치고 나아갔다.

한참을 지나가니 울창한 수풀이 사라지고 앞이 훤히 트인 공간이 나타났다. 계곡의 모습이 완연한 이 돌 계곡이 바로 을목협이었다. 환연교의 성지였던 것이다.

"지금까지 오면서 단 한 명의 위사도 없군요. 도대체 언제부터 이리된 것인지……."

토루가의 뒤에서 위천이 이야기하자 모두의 눈이 날카로워졌다. 이젠 그들의 코에도 비릿한 피 내음이 맡아지고 있었다. 누군가가 강제로 이 을목협을 침입한 것이 사실이었던 것이다.

"교주님! 이쪽으로……!"

"무엇이 있습니까, 각간님?"

사다암의 목소리에 토루가는 발길을 돌렸다. 사다암은 계곡 중앙을 흐르는 작은 개천을 내려다보고 있었는데, 가까이 간 토루가는 눈을 좁혔다. 그곳의 모든 돌이 붉게 이끼가 낀 것처럼 보였는데 바로 피였다.

 게다가 몇몇의 돌이 모여 있는 곳엔 작은 고기들이 배를 드러내 놓은 채 둥둥 떠 있었다. 빠르게 흐르는 이러한 물에 고기들이 죽었다면 한 가지뿐이었다.

 "독까지! 대체 누가 이런 짓을……."

 우르르르릉!

 토루가의 전신에서 작은 분노가 피어오르자 하늘에서 마른벼락이 떨어졌다. 한두 방울 빗물이 툭툭 떨어지는 가운데 토루가는 갑자기 신형을 쭉 폈다.

 "누군지 모르나 정말 고얀 놈들이로다! 이 환연의 업보를 과연 누가 감당할 터인가!"

 과아아앙!

 한순간 토루가의 전신에서 밝은 백광이 흘러나왔고, 이어 그의 두 손이 앞으로 쭉 뻗어졌다. 그러자 전방 십여 장 정도 떨어진 우거진 수풀에서 작은 변화가 일어났다.

 나무는 많지 않지만 정글이기에 넝쿨이 엄청나게 얽힌 곳이었다. 한데 그중 두 곳 부근의 넝쿨이 움직이고 있었다.

 우두두둑! 콰지직!

 베어지고 혹은 부러지면서 삽시간에 반 장여의 공간 두 개가 생기자 사람들의 눈이 휘둥그레졌다가 이내 살기가 확 피어올랐다. 두 개의 원 속에서 각기 한 사람씩 나타난 것이다.

 "이놈들이 감히 살기를 바라더냐!"

"당장 게 섯거라!"

파파팡!

완곡하게 휘어진 월도(月刀)를 든 채 위천과 의천은 빠르게 달려나갔다. 그들의 신형은 바람결에 사라진 듯 흐릿하게 보이더니 이내 두 사람의 눈앞에 나타났다.

"눈 하나 깜박이지 마라! 그대로 죽……!"

목에 월도를 대고 으름장을 놓던 의천의 눈이 커졌다. 갑자기 사내의 입에서 피 거품이 올라오고 있었다.

혹시나 해 바로 옆의 위천에게 눈을 돌렸더니 역시 같은 반응을 나타내고 있었다. 아마도 정찰을 나온 놈들인 듯싶었는데 이미 도망은 힘들다고 보고 스스로 독단을 깨문 것 같았다.

"지독한 놈들! 어째서 이런 짓을……."

툭! 투툭!

한두 방울씩 떨어지는 빗속에서 두 사람이 죽은 것을 보며 잠시 그 독함에 치를 떨었다. 문득 그들의 귓가에 용천의 목소리가 들려왔다.

"모두 이쪽으로! 큰일입니다! 성상이 부서졌습니다!"

"……!"

그의 목소리에 모두의 신형이 바람처럼 곡 입구로 달려나갔다. 그곳엔 시커먼 동혈이 있었고, 시냇물은 그 속에서부터 시작되고 있었다. 달려들어 간 사람들은 순간 그 자리에 우뚝

서야 했다.

"…이… 이 죽일 놈들!"

토굴은 꽤나 컸다. 근 오 장여 공간의 토굴 바닥엔 사람의 시체가 가득 널려 있었다. 모두 이곳을 지키던 무공을 아는 교인들이었다.

제각기 처참한 모양으로 죽음을 맞이한 그들을 보면서 토루가의 눈에 강한 살기가 떠올랐다. 하나 그는 꾹 참으며 앞으로 달려나갔다. 그리고 정중앙에 위치한 석상을 향해 다가가 마주 섰다.

"아아, 천신이시여! 천신이시여!"

흘러나오는 것은 장탄식뿐이었다. 정교하지는 않지만 천년을 이어온 세월 속에서도 그 형상을 잃지 않았던 석상은 지금 정중앙이 갈라져 있었다. 한데 그 갈라진 형상이 아주 이상했다.

검 같은 병기로 쪼갠 것이 아니었다. 그렇게 쪼개었다면 이 석상 아래에 있던 천의종무록이 온전할 리 없었다. 같이 산산조각났을 터이니 말이다.

뭔가 흐르는 물에 자연스럽게 금이 가 좌우로 벌어진 형상이었다. 그 모습을 보던 위천은 화를 삭이면서도 조용한 목소리를 내었다.

"이해할 수 없군요. 이 석상은 오직 왕가의 피만으로 열린다고 알고 있습니다. 한데 어떻게……."

사실이었다. 이 석상은 전설처럼 전해져 내려오는 것이 왕가의 피를 적셔야만 부서진다고 알려져 있었다. 그건 너무나도 유명한 이야기라 운남의 사람이라면 모두들 다 알고 있는 사실이었다.

한데 그것이 사실일 리는 없었다. 왕가의 피라고 해서 뭔가 다른 것이 아닐진대 그럴 리는 없었고, 그건 하나의 상징적인 의미였다. 그만큼 이 석상이 중요한 것이란 의미였던 것이다.

게다가 돌이 피로 인해 부서질 턱이 없지 않은가?

"전설은 사실입니다. 위천께선 모르시겠지만 과거 이 석상을 만든 오천공은 이 석상에 한 가지 장치를 해두었다고 합니다. 왕가의 피가 흐르게 되어 돌 안으로 스며들면 미리 안쪽에 담아두었던 피와 섞인다고 하더군요. 왕가의 피가 들어간다면 그 피가 팽창하면서 부서진다고 합니다."

"…그것이 정말입니까?"

믿기지 않는 이야기에 위천은 입을 열었지만 말을 한 사다암은 대답할 경황이 없었다. 정말 왕가의 피가 흘렀다면 대체 왕족 중 누가 그 피를 흘려주었는가 하는 데 생각이 미친 것이다.

왕족이라고 해봤자 단 세 명뿐이었다. 현재 각간의 신분을 가진 자신과 부황, 그리고 동생인 돈호이뿐인데 자신은 멀쩡히 있으니 두 사람 중 한 사람의 피가 이곳에 흘러들었다는 말이다.

"가, 각간… 어르신!"

"…무슨 일이냐, 홍로이?"

문득 들려오는 부관 홍로이의 목소리에 사다암은 시선을 돌렸다. 한데 홍로이의 표정이 심상치 않았다.

"이, 이쪽으로 오셔야… 겠습니다……."

"……."

새하얗게 질린 표정으로 그를 부르는 홍로이를 향해 사다암은 걸어갔다. 그리고 그의 앞에 서자 홍로이는 신형을 비켜 옆으로 물러났다.

그러자 전방의 광경이 보였다. 이곳 토굴의 석벽 중 하나인 듯한데 그 석벽에 널브러져 반쯤 묻혀 있는 사람의 형상이 보였다.

"……."

여인이었다. 그것도 상당한 미모의 여인이 핏기도 하나 없이 쓰러져 있었는데 일순 사다암의 이가 꽉 다물려졌다.

"돈호이, 어째서 네가 이곳에……?"

여동생이었다. 사다암은 쓰러지듯 토벽으로 다가가 그녀의 신형을 잡아 일으켰다. 이미 사지 육신을 축 늘어뜨린 채 그녀는 아무런 반응이 없었다.

"도, 돈호이! 미호야! 미호야!"

거칠게 사다암은 그녀를 흔들어보지만 그녀는 이미 대답

할 수 있는 상황이 아닌 듯싶었다. 사다암은 황망 중에 정신이 멍해지는 것을 느꼈다.

그때 그 멍한 정신 속에 한 사람의 목소리가 들어오고 있었다. 부드럽지만 강인한 목소리가 똑똑히 들려왔다.

"각간님, 잠시 뒤로 물러서십시오. 아직 늦은 것은 아닌 듯합니다."

"…교, 교주!"

토루가였다. 그는 재빨리 사다암의 품에서 미호공주를 안아 든 뒤 두 눈을 감고 정신을 집중하기 시작했다.

우우우우우우우웅!

삽시간에 토굴 속에 후끈한 열기가 피어올랐다. 토루가는 온 내력을 사용하여 미호의 전신을 샅샅이 훑고 있었다. 그렇게 얼마간의 시간이 흐른 뒤였다.

"각간님, 여기……."

"……!"

홍로이의 말에 사다암은 눈을 돌렸다. 미호의 백회혈에서 뭔가 하나가 비집고 나오고 있었는데 그건 작은 침이었다.

한데 그 침은 기이한 모양으로 생긴 것이었다. 일반적인 강침이 아니라 약간 나선형의 굴곡을 지니고 있었다. 게다가 색깔도 거뭇한 것이 백광이 아니었는데 그 침을 보는 순간 의천의 입이 열렸다.

"나찰침(螺紮針)! 흑월(黑月) 네놈들이 감히!"

의천은 이를 벅벅 갈며 외쳤고, 때를 같이하여 미호의 백회혈에서 빠져나온 침이 바닥에 떨어졌다. 사다암이 허리를 굽혀 그 침을 주워 들자 의천의 목소리가 다시 들려왔다.

"틀림없는 흑월의 나찰침입니다. 일반적인 침은 암기처럼 사용하나 이들은 이 침을 손가락 사이에 살짝 끼워 무공을 시전합니다. 한 번 들어가면 휘어 들어가 뽑기가 난해한 침으로 정말 악독한 암기입니다."

"……."

의천의 목소리가 들려오지만 사다암은 아무런 말이 없었다. 지금은 그것이 중요치 않았다. 일단 돈호이의 상세가 가장 중요했다.

"후우, 천신께서 도우셨습니다. 이 나찰침에 해를 입으셨지만 또한 나찰침 때문에 살았습니다. 산 채로 피를 흘리게 하기 위해 이런 짓을 한 것 같군요."

긴 한숨과 함께 토루가가 입을 열자 사다암은 재빨리 다가와 돈호이를 살폈다. 분명 그녀의 숨결이 느껴지고 있었다. 기어이 살아난 것이다.

"괜… 찮은 것입니까?"

"그럴 리가 있겠습니까? 그저 숨만 붙어 있는 상태입니다. 어서 교내나 아니면 황궁으로 옮기셔야 합니다."

"알겠습니다. 홍로이!"

"옛, 각간님! 염려 마십시오!"

홍로이는 대번에 사다암의 마음을 눈치 채고 움직이기 시작했다. 홍로이는 빠른 동작으로 현토병을 다독이며 토굴을 빠져나갔다.

순식간에 현토병들이 빠져나가자 토굴 안에는 적은 인원만이 남게 되었다. 사다암도 이내 발걸음을 옮겨 토굴 밖으로 나와 발걸음을 멈추었다. 어느새 흐린 하늘에선 장대비가 쏟아지고 있었지만 사다암은 아무런 움직임이 없었다.

"각간님, 그러다 몸 상하십니다. 일단 토굴 안으로 들어오시지요."

"……."

토루가가 나와 사다암에게 이야기했지만 사다암은 아무런 말이 없었다. 대신 그는 한 손에 든 나찰침을 꽉 쥐며 입을 열었다.

"토루가 교주, 흑월의 위치를 아십니까?"

"……."

살기가 진득하게 묻어나는 그의 목소리에 이번엔 토루가가 아무런 말도 할 수가 없었다. 알기라도 한다면 당장에 달려가 박살 낼 태세였는데, 사다암은 충분히 그러고도 남을 사람이었다.

지금 현재 운남 최대의 적은 바로 명이었다. 정복이라는 미명하에 벌써 이십여 년이 넘게 이곳 운남에 군을 주둔시키고 있었다. 한데 그 정세가 지금 바뀌고 있음을 토루가는 알고 있었다.

명의 움직임이 주춤하고 있는 것이다. 토벌대장으로 와 있는 주완산도 철군 준비를 하고 있기에 이제 주 적은 없었다. 그러니 모든 병력을 흑월에 집중할 수 있는 것이었다.

"그들은 일정한 거처가 없습니다. 철저한 점조직으로 움직이는 자들입니다. 그들이 바라는 것은 흑월의 재림, 완벽한 재앙이지만 전 그들의 뜻이 실현될 것이라곤 생각지 않습니다."

"무슨 말이오, 토루가 교주? 내 동생의 모습을 보고서도 그런 말을 하시오? 거기다 당신 품에 있는 천의종무록 반쪽을 보고서도 그런 말씀이 나오시오?"

사다암의 말이 거칠어지고 있었다. 당연히 사다암의 입장에선 흑월은 사라져야 할 존재였다. 하지만 토루가는 아마도 다른 생각을 가지고 있는 것 같았다.

"천의종무록에 대해 얼마나 알고 계십니까? 혹 그것이 무공서라는 것은 알고 계십니까?"

"물론이오. 게다가 그 천의종무록이 천하를 뒤흔들 무공의 근간을 담고 있다는 것도 알고 있소이다. 적당한 사람이 나올 때까지 이곳 성지에서 그 모습을 감추고 있는 것 아니오?"

답답하다는 듯 사다암은 입을 열었지만 토루가는 그저 웃을 뿐이었다. 그 모습에 사다암은 화가 머리끝까지 치밀어 올랐다. 다행히 토루가는 바로 입을 열고 있었다.

"천의종무록이 무공서라는 것은 맞습니다만 적당한 사람이 나타나기 전까지 보관하는 것은 아닙니다. 그건 영원히 세상과 단절시켜야 할 것입니다. 천신의 석상 아래 보존시킨 것은 그 이유입니다."

"……."

사다암의 눈이 좁혀졌다. 뭔가 자신이 아는 것과는 많이 다른 듯한 생각에 입을 다문 것인데 토루가의 말은 계속되었다.

"아득한 옛날, 이 땅에 신들이 살았을 때 그들의 무공은 무공이라 볼 수 없었습니다. 하늘의 분노였고 때론 대지의 축복이었습니다. 그 모든 것들을 보는 인간들은 그저 경외할 따름이었지요."

"……."

"한데 그 신들이 갑자기 이 세상을 떠났습니다. 그들은 좀 더 넓은 세상에 자신의 모습을 보이기 위해 그렇게 행했다 합니다만 정확한 이유는 혼탁한 세상을 보기 싫어서일 것입니다. 인간의 추악함은 세상 그 어떤 것보다 보기 싫어지는 것이니까요."

뜬금없는 전설 이야기에 사다암은 조금 황당했다. 어린아이들이나 믿을 법한 그 이야기를 지금 이 순간에 꺼내는 토루가의 의중을 알 수 없었으나 토루가의 표정은 진지했다.

"그런데 그들이 떠나기 전 자신들의 모습을 기리기 위해

두 권의 책을 나누어 기술해 놓고 세상에 던지고 갔답니다. 모든 것을 조화에 중점을 둔 신들이기에 두 권을 만든 것이지요. 그리고 그 한 권이 바로 이 천의종무록입니다. 이제 아시겠습니까, 천의종무록의 의미를?"

"…쉽게 설명해 주시겠소이까? 알아들을 수가 없군요."

이젠 많이 진정이 된 듯 사다암은 차분한 어투로 이야기했는데 그러한 점이 바로 사다암의 장점이었다. 언제 어디서나 평정심을 잃지 않는 그이기에 운남인의 기대를 한 몸에 받는 것이리라.

"쉽게 말해 천의종무록은 익혀선 안 될 어둠의 무공을 기술한 것입니다. 세상을 어둡게 만드는 어둠의 신이 남겨준 무학, 역천(逆天)의 것이기에 영원히 빛을 봐선 안 되는 것입니다."

"……!"

사다암의 눈이 커졌다. 이건 그가 아는 것과 전혀 다른 내용이었다. 지금 토루가의 이야기는 전설인 것 같지만 실은 그것이 전설을 빗대놓은 것임을 잘 알 수 있었다.

두 명의 천신. 아마도 그들은 오래전 이 땅에 살았던 두 명의 무인을 이야기하는 것일 터이다. 그 존재조차 모르고 이름조차 알 수 없지만 고대 무학을 체계화해 기술해 놓은 두 사람. 그들의 무공이 지금 이 땅에 전해진 것이고, 그중 하나가 이 천의종무록이라는 해석이 옳은 것이었다.

"그럼 나머지 하나는 무슨 책이오? 한쪽이 어둠이라면 또 한쪽은 빛의 무학입니까?"

"허허허, 그렇게 단순한 것이라면 굳이 이리 힘들게 설명할 필요가 없겠지요. 아쉽게도 그 무학은 빛이라 볼 수는 없고 조화라 볼 수 있습니다. 굳이 따지고 들자면 빛의 무학이라고도 볼 수 있겠지만요."

"조화의… 무학?"

역시 쉽사리 이해가 되지 않는 것이었다. 어떤 것이 조화의 무학이라 부를 수 있는지 머릿속에선 그려지지조차 않고 있었는데 그때 토루가의 목소리가 다시 들려왔다.

"천의종무록처럼 거창한 이름은 없지만 연천기(聯天氣)라고 불리는 것입니다. 그 무공이야말로 누군가는 반드시 익혀야 할 것이지요. 그래서 두 개의 무공이 서로 상충하는 세상이야말로 조화로운 것이지요."

"연… 천기?"

생소한 단어에 그는 혼란스러워졌다. 그가 알고 있는 모든 것이 뒤엉키는 듯한 느낌이었는데, 문득 그의 뇌리에 한 가지 사실이 생각났다. 그 역시 천의종무록을 본 적이 있다는 사실이 말이다.

"그럼 본인이 본 천의종무록은 대관절 무엇이오? 지금 환연교 내에 모셔져 있는 그 천의종무록은 다른 것이오?"

"그것은 가본입니다. 내용도 상당히 다른 것이지요. 아마도 윗대의 교주님들께서 그 신비감을 가중시키기 위해 그러한 이름을 도용한 것으로 생각됩니다. 진짜 천의종무록은 세상에 나올 일이 없으니까요."

"......!"

황당한 사실이었다. 지금껏 가짜를 보고 이렇게 움직였다니……. 사실 그의 무공 근간도 그 환연교 내에 있는 천의종무록을 기반으로 한 것이었다.

"정말 어이가 없군요. 그럼 그 속에 쓰여져 있는 귀수안도 거짓이겠군요. 도대체 난 무엇을 본 것인지……."

왠지 모를 자괴감이 들었다. 삼십이 조금 넘는 그의 나이 속에서 굳건하게 믿었던 무언가가 박살나는 느낌이었다. 한데 토루가의 입에서 의외의 말이 터져 나왔다.

"아니, 그것은 사실입니다. 천의종무록이나 연천기나 모두 귀수안이 그 증거입니다. 두 무공은 같은 뿌리에서 출발한 신의 무학임을 잊으셨습니까?"

"......!"

사다암의 눈에서 기광이 스쳐 나왔다. 그럼 그가 본 귀수안의 주인은 천의종무록이나 연천기 둘 중의 하나를 습득하고 있다는 것인데 천의종무록은 반쪽이 여기 있다. 그렇다면…….

"짐작하신 대로입니다. 연천기는 이미 십여 년 전에 세상에 그 전인(全人)이 나왔습니다. 그 사람이 누구인지는 제가

군이 설명하지 않아도 될 것입니다."

그의 의중을 읽었는지 토루가가 입을 열자 사다암은 뒤통수를 맞은 기분이었다. 토루가는 그 말을 마지막으로 입을 닫고 토굴을 향해 움직였다.

비록 눈은 토루가의 뒤를 쫓았지만 지금 사다암은 다른 생각을 하고 있었다. 그의 눈앞에 있었던 사내, 무언지도 모를 무공을 선보였던 그 사내, 그리고 홀연히 이 운남을 떠난 사내.

"전호, 아니지, 이젠."

홀로 혼잣말을 하던 그는 입술을 꽉 깨물었다. 이제 그가 할 일이 서서히 보이고 있었다. 하나둘씩 머릿속에서 일이 풀리고 있었던 것이다.

"다르게 불러야겠지? 하나 우린 반드시 또 만나야 될 것이다."

사다암도 신형을 돌렸다. 곡구를 향해 가는 그의 모습에선 흑월에 대한 살기와 전호를 다시 본다는 흥분에 내력이 흘려지고 있었다. 문득 그의 나직한 목소리가 다시금 들려왔다.

"기다려라, 현백."

2

"왜 그래? 귀가 간지러운 건가?"

"글쎄, 오늘따라 유난히 귓가에 울렁임이 심하네. 중원의 공기가 이상해진 건가?"

현백은 귓가에 약지를 넣고 살짝 돌렸다. 이명이 울리는 것이 아주 기이한 기분이었다. 시쳇말로 자신을 누가 욕하는 것이 아닌가 하는 생각이 들 정도로 말이다.

"큭! 너, 보기보다 나쁜 짓 많이 했냐? 아무래도 이상한데 그래?"

"설마… 보이는 것으로 따지자면 나보다 네가 더하겠지."

두 사람은 나란히 관도를 걸으며 이야기를 하고 있었다. 서로 간에 거의 허물이 없는 대화를 나누는 것처럼 보였는데 이젠 누가 봐도 친한 친구 사이로 보였다.

지난밤 지충표가 연공을 할 때 현백이 도움 준 것이 결정적인 계기가 되었다. 두 사람은 누가 서로 말을 한 것은 아니었지만 자연스럽게 말을 놓게 되었고, 그렇게 여행 동무가 되었다.

소명과 나머지 쟁자수들은 진평표국을 찾아 떠났다. 그들의 기반이 모두 진평표국이 있는 하남성에 있으니 헤어짐은 어쩔 수 없는 일이었다. 현백은 지금 화산으로 돌아가야 하니 말이다.

왠지 발걸음을 돌리기 싫어하는 소명에게 현백은 작은 목걸이 하나를 내밀었다. 주역의 육효가 적혀 있는 목패로 그의 사부에게 받은 것이었다.

왠지 현백은 소명을 볼 때마다 그의 어린 시절이 떠올랐다. 무공을 배우고 싶었지만 그럴 수 없었던, 그래서 좌절하던 시절이 떠올랐던 것이다.

그 목패를 받고서야 소명은 좋아라 하고 떠났고, 현백과 지충표는 기분 좋게 길을 가는 중이었다. 지충표는 쟁자수들과 선택을 달리했다.

지충표가 쟁자수들을 인솔하고 가는 것이 보기는 좋으나 그는 그렇게 하지 않고 현백을 따라나섰다. 현백과 같이 있는 것이 그 자신의 염원을 위해선 더 나은 길이었던 것이다.

어쨌든 그렇게 두 사람은 걸었고, 이제 이삼 일만 더 가면 합곡이란 곳에 도착할 것이다. 쟁자수 일행은 이곳 광서성의 성도인 귀양으로 출발했고, 두 사람은 여기서 중경을 거쳐 화산이 있는 섬서성으로 들어갈 생각이었다.

꽤나 걸리는 길이었지만 일단 귀향이라는 생각에 현백의 마음은 상당히 가벼워져 있었다. 돌아가면 우선 사부를 찾아봐야 할 것 같았고, 다시 화산의 무인이 되기 위해 장문인을 만나야 할 것이다.

강호로 다시 나오든, 아니면 화산에 있든 모든 것은 그 이후의 일이었다. 어쨌든 화산으로 가는 것이 최우선인 것이다.

"화산으로 가는 거야 좋지만 사실 그 길이 상당한데 이거 꽤나 지루한 여행……."

아무래도 관도를 하릴없이 걷다 보면 좀 심심한 것이 사실이다. 서로 말하면서 가는 것도 하루 이틀이고, 그 이후는 말없이 그냥 걷게 되는 것이 사람이다.

그런데 그런 심정을 토로하기도 전에 관도에 기이한 일 하나가 생겨나고 있었다. 저 앞에서 사람의 그림자가 어른거리고 있었는데 그 움직임이 조금 이상했다. 상당히 빠른 움직임을 보이고 있었던 것이다.

"뭐야? 싸움인가?"

흥미가 이는지 지충표는 눈을 들어 바라보았지만 상당한 움직임이기에 더 가까이 가야 했다. 하나 현백의 심정은 조금 달랐다.

"글쎄, 싸움은 맞는 것 같은데 일반적인 싸움이 아니군. 이 정도라면 무공을 하는 사람들 같은데 조용히 지나가자."

"응? 그건 또 무슨 소리냐?"

지충표는 현백에게 물었지만 현백은 예의 그 뭉뚱그린 미소로 답하며 앞으로 움직이고 있었다. 지충표가 그의 말뜻을 알게 된 것은 약 일각 후 서로 간의 거리가 상당히 가까워졌을 때였다.

생사를 건 싸움이 아니었다. 어찌 보면 비무이기도 하면서 연공을 하는 것 같기도 했는데 왜 이런 것을 이 관도에서 행하는지 그것이 이해가 되질 않았다. 연공을 하는 것이라면 사람들이 보이지 않는 곳에서 하는 것이 일반적이니 말이다.

어울리고 있는 사람은 모두 두 명. 둘 다 행색이 그리 좋지 않았지만 대번에 그들의 정체를 알 수 있었다. 남루한 옷을 입었고 등허리에 두 개의 매듭을 맨 것을 보니 개방 사람들이었다.

힐끗 얼굴을 보니 이제 약관 정도 됨 직한 얼굴이었는데 이마에 송골송골 땀을 흘리며 열심히 몸을 놀리고 있었다. 아마도 권법을 수련하는 중인 듯 양손을 빠르게 놀리며 서로를 타격하고 있었다.

"허참, 취향이 특이한 친구들일세. 벌건 대낮에 이 관도에서 왜 이러는 것인지……."

현백과 지충표는 관도의 한쪽 끝 가까이 붙어 움직였고, 뜻밖의 상황에 지충표는 투덜대기 시작했다. 현백은 쓴웃음과 함께 아무런 말 없이 움직이고 있었다. 그때였다.

"응?"

갑자기 현백의 발걸음이 멎었다. 뭔가 이상한 것을 보았다는 듯 아무런 말 없이 살짝 미간을 찌푸리고 있었는데 그의 시선이 향하는 곳엔 두 명의 개방 사람이 있었다.

"뭐야? 그냥 가자며?"

말과 행동이 다른 현백을 의아하게 쳐다보며 지충표가 입을 열었지만 현백은 전혀 개의치 않았다. 오히려 이젠 완전히 몸을 돌려 두 개방 사람을 향해 돌아서고 있었다.

점점 이상한 행동을 보이는 현백이 수상하긴 하지만 어쨌든 꽤나 볼만한 구경거리이기에 지충표도 신형을 돌려 두 사람 쪽으로 향했다. 아까부터 치고받던 두 사람은 이제 거의 끝나가는 듯 가쁜 숨을 몰아쉬며 내력을 갈무리하고 있었다.

"후우… 후우……! 이것도 아니지?"

"헉! 아닌 게 확실해. 뭔가 달라. 예전에 봤던 그 모습이 아니야."

가쁜 숨을 몰아쉬면서도 두 사람은 고개를 절레절레 흔들며 이야기를 하고 있었는데, 지충표는 문득 그중 한 목소리가 유난히 성조가 높은 것을 느꼈다.

남자가 아닌 여자의 목소리인 듯싶었지만 겉모습으론 확실히 남자라 의아하게 여기던 참이었는데 갑자기 두 사람이 신형을 확 돌렸다.

둘 다 기력을 회복했는지 앞으로 나와 지충표와 현백의 앞에 섰는데 그제야 지충표는 한 사람이 여자라는 것을 확연히 알 수 있었다. 약간 봉긋한 가슴에 얼굴 선이 갸름한 것이 확실히 여자였던 것이다.

"이봐요, 아저씨들. 뭐가 그리 볼만해 가던 길을 멈추셨나요?"

"길거리에서 이런 일을 벌였으니 동전이라도 던지실래요? 주려면 얼른 주고."

뚱한 표정으로 이야기하는 두 사람을 보며 지충표는 황당한 표정을 감출 수가 없었다. 생긴 것은 그런대로 곱상한데 하는 짓은 거의 도적 떼 수준이었던 것이다.

"요 조그만 놈들이 지금 뭐라고 하는 거야? 이 녀석들, 세상 무서운 줄 모르는 것이냐!"

한 인상 하는 지층표가 바로 입을 열자 험악한 분위기가 연출되었는데 한 쌍의 남녀는 그저 피식 웃을 뿐이었다. 문득 그중 남자가 입을 열었다.

"싸움을 덩치로 하나? 뭐하면 한번 붙어볼텨요?"

"…뭐야!"

지층표는 붉으락푸르락해진 얼굴로 앞으로 한 걸음 내디뎠다. 나이로 따지자면 한참 아랫사람들인데 말하는 것이 영 마음에 들지 않았다. 그때였다. 지층표가 움직이자마자 바로 움직인 사람이 있었다.

"좋아! 해보자구욧!"

뾰족한 목소리와 함께 여자로 추정(?)되는 사람이 손을 써왔다. 오른팔을 쫙 벌린 채 정확히 지층표의 단전으로 향하고 있었다.

"뭣!"

지층표는 놀라 양손을 교차시키며 단전으로 향했다. 설마 바로 공격을 해올 줄은 몰랐기 때문이다. 지층표의 양손과 여인의 손이 부딪치는 순간이었다. 갑자기 여인의 손이 변하고 있었다.

타타탕!

기이한 소리와 함께 손목이 좌우로 몇 번 꺾이더니 그대로 지충표의 가슴까지 치달아 올라오고 있었다. 눈으로 보면서도 정말 막을 수 없는 기이한 손놀림이었다.

마치 나비가 날갯짓을 심하게 하며 올라오는 듯한 착각이 들었는데, 지충표는 자신의 손을 올려 그 손을 막으려 했다. 하지만 기이한 움직임은 멈춘 것이 아니었다.

파팡!

조금 더 강한 소리가 들리더니 이번엔 손의 숫자가 늘어나고 있었다. 너무나 빠른 손놀림에 환영이 생겨난 것인데 모두 세 개의 손바닥이 보이고 있었다. 세 개의 손을 모두 다 막으려면 손으로는 어림없을 것 같아 지충표는 한 걸음 뒤로 물러서며 등에 멘 방패를 떼어내려 했다. 그런데,

파아아앙!

"……!"

강한 울림과 함께 가운데 있던 손바닥이 앞으로 쭉 밀려오고 있었다. 너무도 변화가 심한 수공이었는데 꼼짝없이 당할 판이었다. 속도와 위치가 너무도 적절하여 어떻게 막을 방도가 없었던 것이다.

"젠장!"

한마디 툭 내뱉고 지충표는 손을 들어올렸다. 내력을 실었다면 자신의 손이 작살나겠지만 상황은 그런 것을 생각할 겨

를이 없었다. 하나 그의 손에 예상된 충격은 오지 않았다.
 파아아아앙!
 대신 가죽 북이 터져 나가는 소리가 바로 눈앞에서 들려오자 지충표는 손을 내렸다. 그러자 두 개의 손이 보였다. 하나는 자신을 공격한 여인의 손이었고, 또 한 손은 새로이 보인 손이었다.
 지충표는 그 손의 주인이 현백임을 알 수 있었다. 소매에 새겨진 작은 매화나무 가지가 똑똑히 눈에 보이고 있었는데, 손과 손이 맞닿은 곳을 따라 지충표의 시선이 흐르고 있었다.
 그리고 시선이 도착한 곳은 바로 그 여인의 얼굴이었다. 여인은 눈을 크게 뜬 채 놀란 표정을 감추지 않고 있었다. 문득 그의 귓가에 현백의 목소리가 들려왔다.
 "용음십이수(龍吟十二手)……. 육성의 경지인가?"
 "당신, 누구야!"
 현백의 목소리에 손을 쓴 여인은 뾰족한 목소리를 내었는데, 이어 황급히 현백의 손에서 자신의 손을 빼내어 뒤로 멀찍이 물러섰다. 그녀의 곁으로 같이 손을 섞었던 청년도 신형을 옮기고 있었다.
 "이놈! 한눈에 용음십이수를 알아보다니 보통이 아니구나! 썩 이름을 밝히지 못할까!"
 청년은 두 눈을 부라리며 소리쳤지만 현백은 아무런 행동도 취하지 않고 있었다. 대신 지충표의 걸걸한 목소리가 두

거지에게 향했다.

"이놈들이 정말 해도 너무하는구나! 보아하니 개방에 적을 둔 것 같은데 강호 선배들을 만났을 때 행해야 하는 예법도 배우질 못한 것이냐! 사람의 이름을 알고 싶다면 적어도 자신의 이름을 먼저 알려야 하는 법이거늘 다짜고짜 주먹부터 날리는 것이 개방의 가르침이더냐!"

"……."

우락부락한 얼굴과는 달리 지충표의 말이 상당히 설득력 있게 느껴졌는지 두 개방 거지의 얼굴이 조금 변했다. 절대 지충표의 말이 틀린 것은 아니었던 것이다.

무림, 특히 명문정파라 스스로 칭하는 사람들일수록 이러한 예법을 상당히 추구하는 경향이 있는데 그것은 무공을 다루는 사람들의 모임이기에 그리된 것이었다.

무공 문파들이 원하는 것은 힘, 특히 강인한 힘을 원한다. 그 힘을 위해 무공을 수련하고 이를 위해 모든 것을 아끼지 않게 되는데 그 과정에서 생기는 것이 바로 인성에 관한 문제였다.

힘을 가진 사람은 그 자신감에 취해 다른 사람을 아래로 보는 일이 적잖이 일어났었고, 바로 이러한 것을 애당초 막기 위해 반드시 지키는 것이 예법이었던 것이다. 그러니 지금 개방의 두 사람이 한 말과 행동은 예법을 들어 설명하자면 한참 어긋난 행동인 것이다.

"흐음… 죄송합니다. 굳이 해명하고자 한다면 무림과는 상관없는 분이라 생각해서 그리 행동했습니다. 이 정도면 해명으로 부족함이 없겠습니까?"

청년은 말로는 죄송하다고 이야기하지만 왠지 그 말은 마음에 와 닿지 않았다. 지켜보는 현백의 얼굴도 조금씩 굳어져 가고 있었는데 이번엔 그 옆의 여인이 입을 열었다.

"이름을 알려달라구요? 여기 있는 이 녀석은 이도(李渡), 전 오유(吳柳)라고 합니다. 이제 됐지요? 그럼 이제 그쪽 이름을 듣고 싶군요. 어서 말해요."

가히 건방짐이 하늘을 찌르고 있었다. 애초에 두 사람을 좋게 본 현백으로서는 그냥 볼 수 없을 정도였기에 앞으로 한 걸음 나서며 입을 열었다.

"이름을 말해주기 전에……."

오른손을 살짝 위로 들어올리며 현백은 내력을 끌어올리기 시작했다. 그러자 그 모습에 이도와 오유는 양손을 들어올리며 긴장하고 있었는데 현백이 다시 입을 열었다.

"엉터리 무공부터 손봐야 될 것 같구나."

"뭐라?"

현백의 말에 이도는 버럭 소리를 지르며 앞으로 달려나왔지만 곧 다시 뒤로 물러나야만 했다. 공격은 현백이 먼저 시작했던 것이다.

그것도 신물나게 본 초식으로 공격해 오고 있었다. 손바닥을 앞으로 향한 채 앞뒤로 손목을 까딱이면서 다가오는 동작.

그건 바로 자신들이 죽어라 수련하고 있는 용음십이수의 기수식이었던 것이다.

"건방진 자! 한 번 본다고 따라 할 수 있는 것이 아니다! 차앗!"

이도의 눈에서 한광이 떠오르며 더욱더 내력을 크게 키워 올리기 시작했다. 그가 보기에 지금 저자는 자신을 놀리는 것이 분명했다. 그건 이 용음십이수를 시전하려는 척하는 것을 보면 잘 알 수 있었다.

개방 내에서도 용음십이수는 거의 실전된 것이나 마찬가지였다. 과거 마지막 전승자가 충무대라는 이름으로 중원을 떠난 후 용음십이수는 그 맥이 끊어졌다. 이도와 오유는 그 실전된 용음십이수를 다시 복원하고자 무던히 애를 쓰고 있었다.

오늘 관도에서 이렇게 애쓰고 있는 것도 갑자기 한 가지 상념이 떠올랐기 때문이다. 그 점을 해결하고자 힘껏 움직였으나 오늘도 실패였다. 한데 그 실패 속엔 이 낯선 두 사람도 원인으로 포함되어 있었다.

한쪽으로 생각을 굳혀야 함에도 신경이 분산되어 제대로 마음속의 형상을 펼쳐 낼 수 없었던 것이다. 사실 일부러 이 두 사람에게 심술맞게 군 이유엔 이런 배경도 있었다.

그가 생각하기에 이 백포를 입은 자는 어느 정도 무공을 하는 사람 같았다. 자신과 오유가 움직이는 것을 보며 조금 흥내 내면서 뭔가 해보려고 하는 것 같았는데 그건 오산이었다. 용음십이수는 과거 방주에게만 전수되었던 비전 중의 하나. 그저 본 것만으로 따라 할 수 있다곤 생각지 않았던 것이다.

"내 당신의 콧대를 꺾고야 말리라!"

스파파팡!

허공 가득 잔영을 보이며 이도의 주먹이 백포사내를 향했고, 이 한 공격으로 백포사내가 자신의 엉덩이춤에 걸려 있는 도파를 잡아챌 것이라 생각했다. 그래서 온 정신이 도파에만 집중되고 있었는데, 그때 그의 머릿속을 아득하게 만드는 장면이 눈앞에서 일어나고 있었다.

스스스슷.

"……!"

그가 만든 권의 환영이 스러지고 있었다. 차고 있던 도로써 이를 해결한 것이 아니라 백포사내는 수영(手影)을 만들어 이를 해결했던 것이다. 처음 보여주었던 용음십이수의 기수식은 여전했고 그대로 자신에게 달려들고 있었다.

믿을 수 없는 일이었다. 지금 그가 시전한 권일십토(拳一十吐)란 초식은 용음십이수의 가장 기초 초식이었지만 아무나 할 수 있는 것이 아니었다. 용음십이수만의 독특한 내력 운용이 없이는 불가능했던 것이다.

자신과 오유가 이 초식 속에 깃든 내력 운용을 알아내기 위해 보낸 세월이 물경 삼 년이었다. 자칫 피를 토하고 죽을 수도 있었던 순간이 한두 번이 아니건만 백포인은 너무나 쉽게 해내고 있었다.

아니, 그가 만든 수영은 비록 개수는 되었으나 그 색이 불규칙적인 것이 그다지 좋지 않았다. 하나 백포인의 수영은 모두가 뚜렷하고 서로 다름이 없었다. 어떤 것이 진짜인지조차 모를 정도였던 것이다.

놀란 마음을 진정시키고 그는 모든 정신을 모으기 시작했다. 여전히 기수식 하나만으로 다가오는 백포인을 향해 그는 자신이 아는 용음십이수의 전 초식을 펼쳐 내기 시작했다. 지금 이 순간 그의 머릿속에서 본때를 보여주겠다는 치기 어린 생각은 저만치 날아가 버렸다. 이젠 본신 내력을 모두 사용하며 백포인을 상대하려는 것이다.

"…정말 할 말 없게 만드는 친구구먼. 철포삼에 이어 용음십이수까지?"

지충표는 그저 중얼거릴 뿐이었다. 자신도 분명 내력이 있고 무공이 있었다. 아니, 쓸 수 없는 내력은 집어치우더라도 등에 메고 있는 방패와 박도를 사용한 곤마평법만 해도 꽤나 쓸 만하다고 생각했다.

그런데 그런 자신의 생각이 현백을 보면서 완전히 바뀌고 있었다. 비슷한 연배일진대 공평치 못하다는 생각이 들 정도로 현백의 무공은 한참 위였다. 아니, 비교조차 웃기는 일이었다.
 그러나 그의 마음속에선 그냥 자괴감만 드는 것이 아니었다. 현백이 이야기했듯이 내력의 융합이 가능하다는 것을 지금 현백이 몸으로 보여주고 있었다. 그도 그가 가진 이 천형 같은 내력을 풀어낼 수만 있다면 충분히 현백을 목표로 정진할 수 있을 터이다.
 실망감과 희망을 동시에 느끼며 지충표는 현백의 신형을 눈으로 쫓고 있었다. 어느새 현백은 이도와 오유를 동시에 상대하고 있었다. 그러면서도 확실한 우위를 보여주고 있었다.

 "이건 말도 안 돼! 도대체 당신은 누구야?"
 "진정해라, 이도! 마음이 흔들리면 아무것도 안 돼!"
 전력을 다한 공격에도 전혀 흔들림이 없는 백포인을 향해 이도는 고함을 질렀다. 오유가 다가와 다독이지 않았다면 그는 정말 피를 토했을지도 모를 상황이었다.
 수많은 세월 이 용음십이수를 펼쳐 내기 위해 고생했던 세월을 생각하면 미칠 것만 같았다. 전력을 다해, 그것도 자신 혼자만이 아닌 오유와 같이 상대하건만 두 사람의 공격은 전혀 소용이 없었다.
 무슨 보법인지 모르지만 좌우로 떨리는 듯한 백포인의 움직임에 정타가 단 한 번도 들어가지 않고 있었다. 그러면서도 초식은 자신들보다 더욱더 웅혼하고 정확한 용음십이수를 구사하는 백포인은 그야말로 거대한 벽처럼 보였다.

"후우······."

마음을 진정시킨 채 그는 다시금 백포인을 바라보았다. 백포인은 무표정한 얼굴로 자신들을 바라보고 있었다. 이도는 갑자기 자세를 풀고 옷을 가다듬기 시작했다.

"뭐 하는 거야, 이도? 정신 나갔냐?"

"······."

오유는 이도의 행동에 수상쩍은 얼굴을 하고 있었지만 이도는 멈추지 않았다. 단정히 몸가짐을 한 후 그는 백포인을 향해 포권을 말아 쥐며 말했다.

"진심으로 무례를 사과드립니다. 그쪽의 무공은 정말 용음십이수군요. 실례가 되지 않는다면 성함을 여쭈어봐도 되겠습니까?"

완벽히 형식을 갖추어 말하고 있었다. 현백은 잠시 이도의 눈을 들여다보았는데 이도의 눈에선 더 이상 사람을 깔보는 듯한 표정이 실려 있지 않았다. 이제 완전히 정신을 차린 것처럼 보였다.

"저도 부탁드립니다. 아까의 결례는 정말 사과드립니다."

그제야 오유도 뭔가를 깨달은 듯 같이 입을 열고 있었다. 용음십이수를 이 정도로 안다면 분명 개방과 교류가 있었던 전대 기인일 확률이 높았던 것이다.

천성이 악하다면 모를까 자신과 이도는 그리 악한 마음을 가지고 살지 못했다. 자유로움이 좋아 개방에 왔고, 지금까지 그렇게 살고 있었다. 사과는 사과대로 솔직히 하는 것이 그들의 성격이었던 것이다.

"현백, 화산의 현백이라고 한다."

"현… 백……."

그 이름을 확실히 기억하겠다는 듯 두 사람은 입속으로 작게 되뇌고 있었는데, 현백은 한 걸음 앞으로 다시 나서며 입을 열었다.

"화려한 초식이 용음십이수라 생각했나? 껍질을 만들면 속은 저절로 채워질 줄 알았던 것인가?"

"……."

갑자기 들려오는 현백의 목소리에 두 사람은 멍한 표정을 지었다. 자신들도 좀 뜬금없는 편이지만 현백은 더한 것처럼 보였던 것이다.

"초식만으로 말하자면 거의 완벽에 가깝다. 그러나 그건 용음십이수가 아니다. 그저 용음십이수와 비슷한 움직임일 뿐이다. 아직도 모르겠나, 그 이치를?"

"……."

분위기가 묘하게 변해가고 있었다. 이건 누구를 가르치려는 듯한 말투였는데 왠지 그 말에 이도와 오유는 가슴이 살짝 뛰는 것을 느꼈다.

중원 197

"제일 중요한 용음이 무엇인지조차 모르는구나."

스스슷.

그 말을 남기고 현백의 신형이 연기처럼 꺼졌다. 사실 이도와 오유가 보기 힘든 속도로 빠르게 움직였다는 말이 맞는 것이지만 일순 두 사람은 놀라 어찌할 바를 모르고 있었다. 그러다 그들의 눈앞에 현백의 신형이 나타났다.

그것도 일 척의 사이만을 남긴 채 다가온 것이었다. 대관절 어떤 신법을 사용하는지 알 수도 없었지만 중요한 것은 그게 아니었다.

터턱!

"엇!"

"헛!"

이도와 오유는 작은 헛바람 소리를 내었다. 두 사람의 어깨가 현백에게 잡힌 것인데 왠지 손에 힘을 줄 수가 없었다. 아니, 온몸에서 기운이 다 빠져나간 듯 반항할 수조차 없었던 것이다.

터터턱!

현백의 움직임은 계속되고 있었다. 삽시간에 두 사람은 서로를 향해 마주 보게 되었고, 각기 양손을 들어올리고 있었다. 어떤 혈도를 짚었는지 모르지만 정말 기이한 일이었다.

"닫힌 하늘을 열고자 하니 이를 의(意)라 한다."

타닷! 피피핑!

"어엇!"

현백이 말과 함께 두 사람의 등을 살짝 두들기자 두 사람의 손이 허공으로 쫙 뻗어 올라가고 있었다. 순간적으로 두 사람의 몸속에선 작은 변화가 일어나고 있었는데 온몸의 기운이 한꺼번에 위쪽으로 죽 떠오르고 있었다.

"하나 의기만으로 세상을 열 수는 없는 법. 이에 그 의기를 모아 손 안에 담으니 이를 포(包)라 한다."

우웅!

또 한 번 현백의 말이 이어지자, 이번엔 이도와 오유의 몸속에 흐르는 기운이 다시 휘돌며 양손으로 움직이고 있었다. 한순간 두 사람은 오른손 손바닥에 강한 기운이 집중되는 것을 느꼈다.

"포한 의기를 세상에 내놓는 바, 그 실행은 신중히 행해져야 할 것이다. 나와 남, 그리고 세상을 살피는 이러한 이치를 행(行)이라 하며……."

쫘악!

한순간 현백의 양손에 이도와 오유의 오른 손목이 꽉 잡혔다. 현백은 두 사람 사이로 들어가 신형을 회전시키고 있었다. 그러자 이도와 오유의 신형 역시 현백을 중심으로 휘돌았다. 분명 자신들의 발로 움직이는데도 마치 구름 위를 노니는 듯한 그런 기분이 들었다.

"이러한 의기와 실행, 그리고 마음이 한 가지로 뭉쳐야 비로소 하늘을 여는 준비라 할 수 있으며, 이를 합(合)이라 하고……."

스승! 시리리리링!

현백은 왼발을 축으로 허리를 틀며 두 사람의 신형을 휘돌리고 있었다. 점점 그의 팔이 위로 올라갈수록 두 사람의 회전 속도는 빨라졌고, 이에 두 사람은 거의 정신을 놓을 지경까지 되었으나 한 가지 느껴지는 것이 있었다.

몸 안에 거대한 기운이 모여들고 있었다. 한데 신기하게도 그 기운은 모두 오른손으로 가고 있었는데 회전이 진행되면 될수록 힘은 점점 거대해지고 있었다.

"이 합이 이루어졌을 때 비로소 하늘을 여니 이를 결(結)이라 한다!"

타탓! 화아악!

한순간 현백의 신형이 거짓말처럼 멈추었다. 두 사람은 팔목을 잡힌 채 다리가 하늘로 올라가는 현상을 겪어야만 했는데 현백의 움직임은 거기서 끝이 아니었다. 거꾸로 선 그들의 신형을 그대로 땅에 내리꽂고 있었다. 팔목을 잡아 확 내림으로써 그렇게 한 것인데 한순간 이도와 오유의 얼굴은 사색이 되었다.

이대로라면 두 사람 모두 땅에 처박혀 버리게 될 터이니 말이다. 한데 순간적으로 손의 압력이 사라지는 것이 느껴졌다.

현백이 두 사람의 손을 놓은 것이었다.

이도와 오유는 무의식적으로 오른팔을 앞으로 쫙 내밀었다. 자신들도 모르게 땅에 손을 내디디려 한 것이었는데 바로 그 순간 세상을 뒤흔드는 괴성이 터져 나왔다.

쫘두두두둥! 파파앙!

"큭!"

"우욱!"

짧은 비명과 함께 두 사람은 허공으로 튀어나갔다. 그리곤 반 장여 뒤로 볼썽사납게 뒹굴었지만 그들은 바로 일어섰다. 자신들의 손에서 나온 내력 덕에 전혀 다치지 않았던 것이다.

바로 그들은 자신들이 떨어진 곳으로 다가가 땅을 보았다. 그리고는 자신들이 만들어놓은 것을 보며 양손을 부들부들 떨기 시작했다.

수인(手印). 약 일 촌 정도 두께의 수인이 보였는데 그것이 자신들의 내력으로 만든 것임이 믿겨지지 않았다. 분명 두 사람은 이 정도의 내력을 지니지 못했다.

"그것이 용음이다. 그리고 그것이 용음십이수의 진실한 위력이다."

"…이것이… 용음……."

귓가에 현백의 소리가 들려오지만 두 사람은 아무런 생각도 할 수 없었다. 그저 어떻게 했는지 현백이 손을 잡아주던 상황부터 되짚어 생각하기에 바쁠 뿐이었다.

"그만 가지."
"다 끝난 것인가?"
지충표의 말에 현백은 고개를 끄덕였다. 이 정도면 될 터이다. 이젠 저 두 사람의 노력 여하에 따라 더욱더 깊은 위력이 나오게 될 것이다.
"한데 왜 그런 거야? 굳이 이렇게 가르쳐 줄 필요는 없지 않았나?"
신형을 돌려 움직이면서 지충표가 입을 열었다. 현백은 살짝 웃으며 대답해 주었다.
"친구의 부탁일세. 이젠 이 세상에 없는 친구 하나가 자신이 데리고 있던 쌍둥이 제자에 대해 이야기한 적이 있었지. 그리고 그 친구는 자신의 무공이 전해지기를 바랐네. 그래서 한 일이지."
"…그럼 충무대의 사람?"
현백은 조용히 고개를 끄덕였고, 이내 발걸음을 옮기기 시작했다. 그의 뒤로 석상처럼 서 있는 두 사람의 신형을 일별하고는 다시금 관도를 걷기 시작한 것이다.
정오쯤 되었던 것 같은데 어느새 어둑해지고 있었다. 꽤나 바빴지만 즐거운 하루였다. 그가 아는 친구의 부탁을 하나 들어준 것이니 말이다.

"…잘 보고 있겠지, 홍명(弘命) 이 친구야?"
 그저 현백의 작은 중얼거림만이 관도를 타고 흐를 뿐이었다.

第六章

이도와 오유

1

"거참, 잘된 것인지 아님 잘못된 것인지 모르겠네."
"훗훗."
지충표의 중얼거림에 현백은 조그마한 웃음으로 답했다. 지충표는 지금 눈앞의 광경을 갸웃거리며 보고 있었다.

날이 완전히 저물어 이들은 노숙을 하기로 결정했고, 결국 어느 야트막한 산의 관제묘로 들어왔다. 사람들의 왕래가 꽤나 없었던 듯 마당엔 수풀이 우거진 채였다.

한데 그 인적이 뜸한 곳에 자신들을 비롯해 모두 네 사람이 있었다. 새로이 나타난 두 명은 바로 이도와 오유였다. 잠시 현백의 인도로 무공을 생각하다 퍼득 정신이 든 후 이내 뒤쫓아 달려왔던 것이다.

 지금 두 사람은 불을 피우며 자리를 만들고 있었다. 그야말로 극진한 대접. 마치 스승을 대하듯 현백을 대하고 있었고, 지충표는 같이 있다는 것 하나만으로도 묻혀 대우를 받았다. 좀 전까지만 해도 싸가지없이 굴던 녀석들은 어디론가 사라져 버린 것만 같았다.

 "선배님, 자리가 되었습니다. 이쪽으로 오십시오."

 게다가 깍듯한 경어. 뭐, 이 광경을 보는 제삼자는 정말 보기 좋은 강호의 미담이 될지 모르지만 지충표로서는 등에 벌레가 기어가는 듯한 느낌이었다. 이런 경어를 들어본 지 너무나 오래되었던 것이다.

 하나 현백은 군에 있을 때 많이 들어봤는지 별다른 거부 반응을 보이지 않았다. 조용히 신형을 움직여 불가 옆으로 자리를 잡자 지충표도 자리를 옮겨 같이 앉았다.

 타타탁.

 작은 관솔불이 타 들어가는 소리만 커다랗게 들리는 정적이 지속되고 있었다. 왠지 누군가 먼저 말을 해주면 좋으련만 서로가 그저 입을 꽉 다문 채 아무 말이 없었다. 결국 이 분위기를 깨는 사람은 역시 지충표였다.

 "제길, 뭔 산송장들만 있는 건가? 이봐, 젊은이면 젊은이답게 패기있게 말 좀 해봐. 이렇게 조용히 있을 거면 차라리 아까처럼 싸가지없게 굴든지. 그게 더 좋으니."

툭 뱉은 말이고, 이 정도 내용이면 이도와 오유 이 두 사람에게서 무슨 반응이 나올 줄 알았건만 이번에도 역시 무반응이었다. 그저 현백의 눈치만 조용히 살피고 있었던 것이다.

"우씨, 술병이라도 좀 가져오는 것인데. 차라리 벽 보고 말하는 게 낫지."

투덜대며 등을 돌리는 지충표였지만 사실 그는 이도와 오유를 이해하고 있었다. 그가 현백을 보고 느끼는 감정을 지금 이 둘도 느끼고 있을 것이다. 놀람을 넘어선 한줄기 경탄의 마음을 말이다.

아마도 지금 이 둘은 현백과 이야기하고 싶어 안달이 난 상태일 터이다. 어디서 무공을 배웠으며 어느 만큼의 힘을 낼 수 있는지를 하나하나 다 묻고 싶을 터다.

"저… 현 선배님."

결국 참지 못하고 이도가 입을 열었다. 그는 현백의 눈치를 살짝 보더니 한번 질끈 입술을 깨물었는데 상당히 주저하는 모습이었다.

결국 그 입을 연 것은 이도가 아니라 오유였다. 그녀는 이도의 모습을 흘끔 보더니 바로 입을 열었다.

"대관절 용음십이수를 어디서 배우셨죠? 용음십이수는 본방에서도 비전절기입니다. 그 대가 끊어진 것을 저희가 복원하기 위해 노력하는 중입니다만……."

오유는 빠르게 이야기하면서 뒷말을 살짝 흐렸다. 이 정도만 이야기해도 그가 하고 싶은 이야기는 한 셈이었다. 현백이 눈치가 없다면 더 이야기해야 되겠지만 그녀가 보기에 현백은 눈치가 상당한 사람이었다.

현백은 그 말에 잠시 생각을 정리하는 것 같았다. 자신이 이야기해도 될 것과 그렇지 않아야 할 것들을 생각하는 것 같았는데, 어느 순간 그 생각이 끝났는지 그의 고개가 들렸다.

"홍명이란 이름을 아느냐?"

"……!"

이도와 오유 두 사람의 눈이 휘둥그레졌다. 그것은 절대 잊을 수 없는 이름이었던 것이다. 무덤 속으로 들어가 귀신이 되어서도 잊을 수 없는 이름.

"아, 알다 뿐입니까? 저희 두 사람의 스승님이십니다. 혹 그분의 소재를 아시는 겁니까?"

이도는 흥분하며 입을 열었지만 오유의 안색은 눈에 띄게 나빠지고 있었다. 아마도 지금 현백의 말 속에서 뭔가를 느낀 것 같은데 이도보다 오유의 눈치가 훨씬 빠른 듯했다.

만일 홍명이 살아 있다면 현백이 이렇게 이야기를 하지 않았을 터다. 오유는 현백의 한마디에 홍명이 이미 죽었다는 것을 눈치 챘다.

"그 친구… 이미 이 세상 사람이 아닐세. 혹시라도 살아 있다고 생각했다면 미안하네."

"아……!"

이도는 두 눈을 꽉 감으며 작은 탄식을 내뱉었다. 그간 설마설마 했지만 이렇게 스승의 죽음이 사실로 드러나자 맥이 쫙 빠진 것이다.

현백은 이도의 표정을 보며 그의 마음을 살짝 엿볼 수 있었다. 아마도 홍명은 아주 어릴 때 이 두 사람을 제자로 맞아들인 것 같았다.

홍명과 현백이 만났을 때가 근 십 년이 훨씬 넘어서였으니 이들 나이 팔구 세 정도에 홍명과 연을 맺었을 터다. 그렇다면 이들에게 있어 홍명은 무공의 스승이자 아버지였을 것이다.

"저희 사부님은… 십이 년 전 충무대로 가신 것으로 알고 있습니다. 혹 대협께서도 그곳에 몸을 담으셨나요?"

"……."

오유라는 아이는 보면 볼수록 영특한 면이 있었다. 대화를 진행함에 있어 빠르게 결론을 낼 줄 알고 또 유도할 줄 알았다. 이미 그녀의 머릿속엔 현백 자신과 홍명의 만남부터 무공 전수까지 그 모든 것이 연상되고 있을 터이다.

"그래, 같이 있었다. 나 역시 십이 년 전 충무대로 간 사람이다. 화산을 대표해서 말이지."

"…그러셨군요."

짧은 대화가 끝나고 또다시 침묵에 빠졌다. 모두들 아무런 말도 없이 그저 땅만 바라볼 때 이도가 갑자기 입을 열었다.

"저희 사부님… 고통은 없으셨나요?"

갑자기 뻔한 질문을 해오는 이도를 보며 현백은 미간을 살짝 찌푸렸다. 아무래도 이 이도와 오유 두 사람은 성격이 완전히 반대인 것 같았다. 세심하니 여자 같은 성격은 오유가 아니라 이도였고, 오유는 여자이면서도 남성 같은 성격을 가지고 있었다.

어쨌든 물어온 질문이니 대답을 해주기는 해야 했다. 현백은 잠시 생각을 하다 입을 열었다.

"강호 땅에 충무대가 어떻게 소문이 나 있는지는 모르지만 자네들 사부님은 최후까지 무공을 생각하셨다네. 사정이 있어 정확히 말해줄 수는 없지만 끝까지 무인의 자세를 잃지 않았지. 마지막으로 그가 부탁한 것이 자신의 두 쌍둥이 제자를 찾아 무공을 전해주는 것이었네. 난 우연히 강호에 들어오자마자 자네들을 만나게 된 것이고."

"…그, 그러셨군요."

결국 이도의 눈에선 작은 눈물이 비치고 있었다. 오유 역시 침울한 얼굴이었지만 오히려 이도를 다독이고 있었다. 깊어가는 산중에 음울한 분위기가 조성되기 시작하자 지충표가 입을 열었다.

"크으… 이거 정말 술 생각 간절하게 나는군. 내 나중에 마을에 들어가면 꼭 사야겠군. 그나저나 너희들은 어디로 가느냐? 사실 길 한가운데서 그렇게 연공을 하는 사람들을 본 적이 없어서 말이야."

지충표의 말에 이도와 오유는 후딱 눈가를 훔치고는 현백과 지충표의 얼굴을 향해 눈을 돌렸다. 붉어진 눈을 하고 있기는 했지만 참 씩씩한 놈들이란 말이 절로 나올 정도였다.

"그만큼 절박했다는 것입니다. 솔사림(率土林)의 고수들을 이기려면 최소한 용음십이수 정도는 익혀야 합니다. 그렇지 않으면 이번 대회에서 저희 개방은 설 땅이 아예 없어질지도 모르거든요."

"그래요. 아직 우리가 그 대회에 나가게 될지 어떨지 모르지만 일단 최선을 다해보려고요. 아마도 사부님도 그런 우리의 모습을 바라고 계실 겁니다."

두 사람 다 호기롭게 이야기를 하고 있지만 현백은 그게 무슨 말인지 잘 짐작이 되질 않았다. 대회라는 것도 솔사림이라는 것도 전혀 들어보지 못한 이름이었다.

고개를 갸웃하며 현백이 지충표에게 눈을 돌리자 지충표가 씨익 웃으며 입을 열었다.

"내 말했지 않나? 그간 강호가 많이 변했다고 말이야."

심술궂게 웃으며 그는 이도와 오유를 쳐다보았는데 너희들이 이야기해 보라는 무언의 암시였다. 오유가 눈치를 채고 입을 열었다.

"참, 그간 중원에 계시지 않았으니 모르시겠군요. 솔사림은 하나의 단체입니다. 한데 그 힘이 보통이 아니에요. 구파일방의 고수들 숫자만 해도 상당한데 솔사림은 그 사람들을 합친 것만큼이나 대단한 고수들을 많이 보유하고 있답니다."

"구파일방의 고수를 합친 만큼이나 고수를 가지고 있다고? 한 단체가?"

말이 안 되는 이야기였다. 구파일방의 고수 숫자라는 것은 솔직히 파악도 되지 않는다. 서로가 연으로 얽힌 고수들은 일단 차치하더라도 현재 구파일방에 적을 둔 고수들, 그것도 일류급 이상의 고수들만 해도 기백은 될 터다.

한데 한 단체가 그러한 규모를 가진다는 것은 있을 수 없는 일이었다. 도저히 상상이 가지 않는 것이다.

"아마 믿기지 않으실 겁니다만 오유가 한 말은 사실입니다. 솔사림의 규모는 그 정도로 큽니다. 다만 그 행실이 크기에 맞지 않는 것이 불만이긴 하지만……."

살짝 말끝을 흐리며 이도는 말을 맺었는데 행실이 그리 좋지 않다는 말을 하는 듯싶었다. 이 말 또한 이해가 잘 가지 않았는데 그렇게 행실이 좋지 않은 솔사림이라면 전 무림이 그냥 둘 리 없었다.

그런데 지금 솔사림에 대해 말하는 두 사람은 굉장히 걱정스런 표정이었다. 그 정도로 솔사림이 대단하다는 반증인 듯싶었는데 이도의 말은 계속되었다.

"아직까지 정확한 것은 알 수 없습니다만 그들은 겉으로 보이는 것이 전부가 아닌 곳 같습니다. 고고한 학자 같은 사람들이지만 그 거대한 조직의 유지금을 어디서 가져오는지도 의문스럽고 고수 확충에 대해서도 의심스러운 것이 사실입니다."

"뭐가 그리 복잡해? 좀 쉽게 설명할 수 없냐?"

지충표는 인상을 잔뜩 쓰며 입을 열었다. 가뜩이나 살벌한 인상의 지충표는 이젠 야차의 형상이 되어 있었는데 그 모습에 오유가 빙긋 웃으며 입을 열었다.

"그럼 십 년 전의 이야기부터 해야 합니다. 서장 포달랍궁이 중원으로 들어와 소림에게 도전장을 던질 때부터 시작된 일이거든요."

"…웬 포달랍궁?"

점점 꼬여가는 듯한 이야기에 지충표는 머리를 흔들었고, 이도와 오유 두 사람은 함박웃음을 지었다. 그리곤 오유의 이야기가 시작되었다.

포달랍궁이 중원으로 들어온 이유는 단 하나, 불타의 진전을 이어받은 적통을 세운다는 다소 어이없는 이유였다. 불타의 가르침이 왕가의 세습처럼 적통과는 전혀 상관없지만 어쨌든 표면상의 이유는 그 하나였다.

당연히 소림은 단번에 일축하며 그들을 맞아 무력도 불사하려 했지만 그것이 그리 쉬운 게 아니었다. 약 오십여 명으로 이루어진 라마일 뿐이나 그들의 무공은 일파의 장문인급에 육박했던 것이다.

　이에 전 무림이 들고일어나 서장의 라마들과 건곤일척의 승부를 겨루려 했지만 시작부터 틀어져 버렸다. 라마들의 무공 수위가 너무 높아 그 피해가 막대할 것을 우려, 각파의 수뇌부에선 아예 오십여 명의 고수를 상대할 사람들을 따로이 지정했던 것이다.

　그렇게 강호의 무인들은 조용히 그들과 대결했다. 서장의 라마들과 중원의 고수 오십여 명. 하나 그 결과는 정말 처참할 지경이었다.

　"향로봉이란 곳에서 싸웠다고 합니다. 한데 그 결과는 서장의 압승이었다고 전해지지요. 그 오십여 명 중 살아남은 사람은 구파일방의 수장급 열 명뿐이었다고 합니다. 결과는 너무나도 비관적이었던 것입니다."

　"아무리 포달랍궁이 대단하다고는 하나 정말 다 당했다는 거야? 이거야 원, 도무지 믿기지가 않는군."

　지충표는 고개를 흔들며 입을 열었다. 서장 포달랍궁의 무공이 대단하다는 것은 익히 들어 알고 있었지만 그 정도는 아니었다. 구파일방의 최고수들이 전부 당했다는 것은 있을 수 없는 일이었다.

　"사실 저도 보지 못했으니 알 수는 없지만 어쨌든 사실입니다. 그때 구파일방의 고수들을 전부 잃은 일 때문에 지금 구파일방의 진산무공들이 많이 유실되었지요. 저희 개방의 용음십이수 역시 그때 완전히 유실되었습니다. 그때 유실된 무공이 없는 곳은 아마도 소림이 유일할 겁니다."

이도는 고개를 끄덕이며 입을 열었다. 그 자신도 이 이야기를 들었을 때 여기 있는 지충표의 반응과 같았다. 지충표는 고개를 좌우로 절레절레 흔들며 입을 열었다.

"참나, 구파일방의 힘이 조금씩 쇠락해 간다고 세상이 말하기는 했어도 그 이유가 서장의 침입 때문인지는 꿈에도 생각 못했군 그래. 하긴 문파의 모든 사람이 문파의 무공 전부를 아는 것은 아니니까."

생각해 보면 그럴 수도 있는 일이었다. 장문인이라고 해서 해당 문파의 모든 무공을 다 알고 있지는 못한다. 알기는 하겠으나 자신이 연마해 온 무공만 시전할 수 있을 것이니 기초적인 것 외엔 알 도리가 없는 것이다.

오십여 명의 고수가 죽은 피해는 상당했을 터다. 각기 한 방면의 최고수라 불리던 사람들이 죽었으니 그들의 무공은 후세에 전해지지 않을 터이다. 물론 비급이 있지만 그 비급은 입문서 외엔 되지 않았다. 진짜 무공의 모습은 입문서 같은 비급이 아니라 구전되는 것이 상례였던 것이다.

이번에 오유와 이도가 현백에게 용음십이수의 진수를 새로 배운 것도 같은 맥락이었다. 그들은 그 형상만 알 뿐 진실한 내력의 운용을 몰랐기에 제 위력을 낼 수 없었다. 그것을 이번에 현백이 그 길을 열어준 것이었다.

"맞습니다. 하지만 그땐 이후에 이런 문제가 생길 것이라고는 생각조차 할 수 없었다고 합니다. 당장 눈앞에 닥친 문제가 더 컸기 때문이죠. 서장의 라마들은 건재했으니까요."

다시금 오유의 목소리가 들려왔고, 사람들의 눈과 귀는 오유를 향했다. 오유는 다시금 말을 잇기 시작했다.

살아남은 구파일방의 장문인들은 그저 난감할 따름이었다. 그들이 막아낸 서장의 승려들은 십여 명 정도. 나머지 사십여 명이 덤빈다면 승패는 이미 난 것이나 마찬가지였던 것이다.

한데 바로 그때 일단의 무리가 나타났다. 하얀 장삼을 입고 주황색 호박이 박힌 영웅건을 쓴 이들. 그들이 바로 솔사림의 고수들이었다. 그리고 그 고수들은 엄청난 무위로 저들 서장의 고수들을 쓸었고, 결국 승리는 중원 쪽으로 가져갈 수 있었다.

구파일방의 장문인들은 그 일 이후 하나의 대회를 만들었다. 정확히 한 달 후의 첫 대회는 소림에서 열렸는데 그때 강호는 솔사림의 존재를 알게 되었다. 솔사림은 이 강호에 멋들어지게 등장했던 것이다.

그리고 그 대회를 통해 솔사림의 힘을 보여주게 되었다. 솔사림의 일류고수 한 명은 구대문파의 일류고수와 차이가 많았다. 거의 장문인들과 동급의 무위를 이루고 있었던 것이다.

"해서 생긴 그 대회의 명칭이 영무지회(靈武之會)라 합니다. 그때 죽은 사람들을 기리는 의미에서 지어진 이름이지만 실제로 사람들의 입엔 진영웅전(眞英雄展)이란 이름으로 불립니다. 대회이기 때문에 우승자가 반드시 나오게 되니까요."

"휘유~ 이름 한번 거창하군. 진영웅전이라……. 거기서 우승한 사람은 정말 이름 한번 제대로 떨치게 되겠군 그래."

살짝 휘파람을 불며 지충표가 말하자 이도와 오유는 동시에 고개를 끄덕였다. 확실히 대회는 새로운 영웅을 만들어내는 전초기지의 역할을 했다.

"지 대협의 말이 옳습니다. 확실히 영무지회를 통해 배출된 우승자들은 엄청난 인기를 얻을 수 있었습니다. 하나 문제는 그 우승자가 항상 솔사림에서 배출된다는 것에 있지요. 구파일방을 비롯, 강호의 그 어떤 문파도 우승해 본 적이 없습니다. 그것도 지난 십 년 동안 계속 말입니다."

"뭐야?"

놀라운 말이었다. 대회라는 것은 변수가 많은 것이다. 그날 그날 본인의 몸 상태나 기후 상황, 아니면 먹은 음식에 따라서 그 결과가 많이 달라질 수 있었다. 쉽게 말해 그 누구도 예측하기 힘들다는 것이다.

한데 그 대회를 십 년 동안 단 한 번도 우승을 놓치지 않았다면 이건 정말 대단한 일이었다. 새삼 솔사림의 힘을 느낄 수 있었는데, 문득 이도의 목소리가 들려왔다.

"구파일방의 사람들은 각고의 노력을 해왔습니다. 그것도 지난 십 년 동안 말입니다. 그런데 아무도 최종전에조차 올라가 보질 못했습니다. 각 문파당 두 명씩의 대표를 선발해 내보냈는데 항상 최종전은 솔사림의 고수들이었지요."

이도는 씁쓸한 미소를 지으며 입을 닫았다. 상황이 이렇다면 중원의 민심은 모두 솔사림으로 모일 터다. 이른바 그 전통을 자랑하는 구파일방은 너무도 허망하게 무림에서 위치를 잃게 되는 것이다.

무림에서 그 위치를 잃는다는 것은 정말 큰 타격이었다. 하다못해 금전적인 지원조차 끊어지게 되는데, 이야기를 듣는 현백 자신도 표국 하나를 한다 하더라도 솔사림의 도움을 받길 바랄 터다.

금전 지원이 없으면 제아무리 신선처럼 노니는 무림고수라 해도 살기 쉽지 않다. 결국은 세가 약해질 것이고, 새로운 사람을 모집하는 것조차 어려울 터이다. 모두들 솔사림으로 갈 터이니 말이다.

"솔사림의 등장으로 강호는 안정을 찾았지만 그 대가는 너무 큽니다. 특히 저희 개방을 비롯한 구파일방의 피해는 엄청납니다. 세가 현격히 줄어들었으니까요."

"물론 그렇겠지. 한데 아까 네가 하려던 이야기는 대체 뭐지? 솔사림이 의심스럽다고 이야기하지 않았나? 아니, 행실이 불만스럽다 했었나?"

문득 현백은 처음 솔사림을 이야기할 때 이도가 말한 것을 생각하고 있었다. 이도는 솔사림에 대해 그리 좋지 않은 감정을 가지고 있는 듯싶었는데 그건 무인의 마음과는 조금 달랐다. 강한 자를 시기하는 무인의 마음과는 조금 다르게 느꼈던 것이다.

"사실… 딱히 증거를 들어 말해보라면 쉽지 않습니다. 솔사림이 좋지 않은 짓을 한다라고 이야기할 수 있는 증거가 없으니까요. 하나 솔사림의 운영을 본다면 분명 이상한 점이 있습니다."

"그러니까 그 이상한 것을 한번 말해보라고, 판단은 우리가 할 테니."

지충표가 재촉하자 그제야 이도는 입을 열었다. 확실히 신중한 성격임이 분명했다.

"황실과 연계가 되어 있을 수도 있다는 것이 가장 의심스런 구석입니다. 그만한 단체를 운영하는데 받아들이는 수익금은 얼마 되지 않습니다. 한데 항상 확장 일로에 있는 데다가 황실의 사람들이 보인다는 소문도 있지요."

"……."

"게다가 그들이 하는 일이 정확하게 무엇인지 십 년 동안 아는 사람이 거의 없습니다. 전부 기부금 형식으로 돈을 받아

들여 사용하는데 딱히 연결된 표국 하나 없는 것이 사실입니다. 운영도 운영이지만 하는 일조차도 잘 모릅니다."

"흠… 그래?"

지충표는 듬성하게 난 수염을 손으로 쓸며 생각에 잠겼다. 지금 이도의 이야기는 왠지 미진했다. 잘못하면 그냥 오해받기 딱 좋은 말로 그저 그렇더라 하는 식이었다.

만일 이런 말을 밖에서 한다면 본인뿐만이 아니라 상황에 따라서는 개방과 솔사림의 관계가 틀어질지도 몰랐다. 아무래도 이 이야기는 이것으로 끝내는 것이 좋겠다는 생각이 들었다.

"하면 그 수장은 어떤가? 림주는 어떤 사람이지?"

"그것도 이상한 것 중의 하나입니다. 림주는 단 한 번도 나온 적이 없지요. 동정호 부근의 솔사림 본원에서도 아는 사람이 거의 없습니다. 다들 대단한 무위를 지니고 있을 것이란 추측만 하는 실정이지요."

현백의 질문에 이도는 옳다구나 하고 입을 열었다. 지금까지 이도의 말 중 가장 의심스런 구석이 바로 이 말인데 확실히 머리가 없는 단체가 십 년이 넘게 활동을, 그것도 번성한다는 것은 이상한 일이 아닐 수 없었다.

어쩌면 솔사림의 모습은 사람들이 생각하는 것과 많이 다를지도 모르지만 이 순간 그것이 중요한 것은 아니었다. 이젠 대화를 마무리해야 할 때가 온 것이다.

"하면 너희들은 지금 개방으로 가려느냐? 본타에서 이루어진 선발대회에 참여하려고?"

"아닙니다. 본타가 아니라 중경 분타에서 이루어집니다. 석 달 후에 열리는 본 대회이기에 가까운 중경에서 열리는 것이거든요. 해서 지금 그곳으로 가는 길이었습니다."

이도의 말에 현백은 고개를 끄덕였다. 석 달이라면 충분히 그럴 만했다. 지금 선발을 하고 남은 기간 동안 온 힘을 다해 따로 연공을 받을 것이 뻔하니.

"해서 부탁드립니다. 저희 대회에 같이 가주지 않으시겠습니까? 방주님께 사부님의 소식도 전해 드려야 되지 않겠습니까?"

"…응?"

뜻밖의 부탁에 현백은 살짝 눈을 찌푸렸다. 말을 한 사람은 오유였는데, 오유의 눈은 왠지 열망으로 가득 차 있었다. 아무래도 이 여인은 지금 다른 생각을 하는 것 같았는데 그게 무엇인지는 잘 알 수 있었다.

용음십이수의 진수를 개방 사람들에게 보여달라는 것일 터이다. 그렇게만 된다면 사부인 홍명의 이름이 다시 높아지게 되고 그의 제자인 두 사람의 위치는 더욱 공고히 될 수 있었다.

왠지 그런 생각이 들고 있었는데, 그때 현백의 생각을 눈치챘는지 오유의 목소리가 다시 들려왔다.

"절대 저희들이 잘살고자 해서 하는 말이 아닙니다. 지금 저희 개방은 계기가 필요합니다. 모두들 십 년간의 미진한 성과로 웃음이 사라진 지 오래입니다. 아마 선배님이 계신 화산도 마찬가지일 겁니다."

"……."

"충무대로 가셨던 저희 사부님, 그 사부님을 폄하하는 사람들이 솔직히 있습니다. 그들에게 사부님의 진면목만 가르쳐 주신다면 그것으로 족합니다. 제발 부탁드립니다."

두 사람은 마치 한마음이라도 된 듯 현백 앞에 일어나 고개를 조아렸다. 현백으로서는 조금 난감한 상황이긴 했다.

사실 그는 하루라도 빨리 화산으로 가고 싶었다. 그곳으로 가 일단 모든 것을 다 정리하고 새로 시작하고 싶었다. 그런데 사정을 들은 이상 모른 척하기도 좀 그랬다.

슬쩍 지충표의 얼굴을 보니 지충표는 입술을 비죽이며 어깨를 들어올리고 있었다. 뭘 어떻게 하든 상관없다는 듯한 표정이었다.

이리저리 잠시 생각을 하다 현백은 마음을 정했다. 그는 자신의 생각을 말하기 시작했다.

"너희들 생각이 그렇다면 홍명 그 친구의 얼굴을 봐서 이번엔 너희들 말을 따르도록 하지. 단, 조건이 있다."

"……."

한층 밝아진 얼굴을 하다 조건이란 말에 두 사람의 얼굴빛이 다시 어두워졌다. 딱 봐도 현백은 고수인데 고수들이 하수에게 조건을 걸 땐 상당히 쉽지 않은 조건을 거는 경우가 많으니 말이다.

"대협, 선배님, 이런 호칭만 아니라면 생각해 보겠다. 듣다 보니 영 적응이 안 돼서 말이야."

"……!"

이도와 오유 두 사람은 어두웠던 얼굴을 다시 환하게 밝혔다. 그 정도라면 그냥 간다는 말과 별다름이 없으니 말이다.

"하면 어떻게 불러 드릴까요? 다른 호칭을 생각하신 것이 있습니까?"

"그건 너희들이 생각할 문제다. 일단 난 잘 테니 내일 그 결과를 한번 보도록 하지."

현백은 빙글 신형을 돌리며 바로 바닥에 누웠다. 마치 이젠 더 이상 자신은 할 일이 없다는 듯 태평한 자세였는데 흘끔 그의 눈이 지충표에게 향했다.

"……."

지충표는 아무런 말 없이 그저 씨익 웃을 뿐이었다. 이도와 오유 두 사람이 보이지 않도록 엄지손가락을 살짝 들어올리고는 바로 몸을 누이고 있었다.

현백은 다시 눈을 돌려 어두운 밤하늘을 바라보았다. 총총히 빛나는 별이 이불처럼 느껴지는 그런 시간이었다.

2

"그래도 그 정도면 꽤 괜찮은 것 같은데……."

"이씨, 네가 한번 해봐. 얼마나 사람 미치는 줄 알아? 곤마평법은 말만 좋은 것뿐이지 실상 완전 사람 미치게 하는 무공이야."

"지 형도 참. 그 정도의 내력을 가지고 우리 둘의 무공을 막아내고 공격까지 할 수 있다면 곤마평법은 좋은 무공이죠 뭐. 이래 봬도 우리 둘, 꽤 하는 사람들이에요."

"헤이구, 퍽이나! 저 뒤의 현백이 웃겠다. 그만 하자."

이도와 오유, 그리고 지충표는 아주 죽이 잘 맞는 사람들이었다. 서로 같이 움직이게 된 지 이제 삼 일째인데 일행은 이삼 일만 더 가면 중경으로 들어갈 수 있었다.

호칭 문제는 해결이 되었다. 지충표는 그냥 지 형으로 불리게 되었는데, 나이 차이를 감안한다면 조금 버릇없을 수 있지만 지충표가 부득부득 그렇게 해달라고 난리를 치는 바람에 어쩔 수 없었다.

문제는 현백인데, 현 형이라 부르는 것은 이도, 오유 두 사람도 절대 반대였다. 어쨌든 무공의 실마리를 찾아준 것이 그였기에 절반은 스승이었던 것이다.

결국 현백의 칭호는 대형으로 정해지게 되었다. 일단 지충표가 형이란 운을 떼어놨으니 연배가 비슷한 사람에게 거대한 칭호를 붙일 수는 없었고, 현백 또한 그런 칭호를 가지고 싶지 않았기에 대형으로 낙찰된 것이다.

"대형이야 대단한데요 뭐. 지 형은 맞붙어봐서 알 것 아니에요?"

"누가 누구와 맞붙어? 내 죽는 꼴 보고 싶냐? 나, 눈치 빠른 사람이다."

이도의 목소리에 지충표는 지레 손을 흔들며 입을 열었다. 그러고 보면 지충표는 덩치에 비해 상당히 재미있는 사람이었다. 마냥 무섭고 피곤할 것 같은데 실상 하는 짓은 그 반대였던 것이다.

이도와 오유 두 사람은 지충표가 마음에 드는 듯 지난 삼일 내내 같이 붙어 다니고 있었다. 특히 밤마다 지충표가 연공하는 것을 보더니 같이 대련을 하기 시작했는데, 그 덕분에 지충표의 무공은 조금씩 진전을 보이고 있었다. 물론 현백이 말하는 바람 이야기 쪽은 아니었고, 곤마평법이 좀 더 다듬어졌던 것이다.

비록 내력은 현재 이 두 사람에게 비할 정도가 못 되지만 지충표는 그만의 경험이 있었다. 오랫동안 각종 전장과 강호의 싸움에서 다져져 있기에 초식의 운용이나 상대의 맥을 끊는 공격 등을 아주 잘 알고 있었다.

세 사람 모두 좋은 결과를 가져올 수 있는 일이기에 그들은 아주 열심히 했고, 그러한 환경이 서로에게 친밀감을 가져오고 있었다. 물론 그 안에 현백은 없었고 말이다.

현백은 세 사람의 뒤에서 천천히 걸어갈 뿐이었다. 그러나 그의 귓가엔 세 사람의 말이 모두 들어오고 있었다. 내내 쓴 웃음을 짓는 이유가 바로 그것이었다.

"하면 지 형님도 대형의 무공을 본 적이 없어요? 에, 좀 그러네."

"그렇긴 뭐가 그래? 안 싸웠을 뿐이지 실제로 본 적은 있지. 보면 놀랄걸?"

"정말요? 누구랑 싸웠는데요?"

아직은 어린 나이이기에 싸움 이야기가 나오자 귀가 솔깃한 모양이었다. 지충표는 슬며시 웃음 짓다 다시금 입을 열었다.

"누군지 설명해도 잘 모를 것이고, 한 가지 확실한 것은 저 엉덩이춤의 도가 뽑히면 철갑도 갈라 버린다는 거다. 일도가 번뜩일 때마다 베어지는 철갑, 못 본 사람은 몰라."

"정말요?"

두 눈을 동그랗게 뜬 채 오유가 되묻자 지충표는 그저 씨익 웃었다. 그리곤 전방으로 눈을 돌리더니 뒤로 고개를 돌리며 입을 열었다.

"어이, 저기 다루가 있는데 좀 쉬어갈까? 마침 살 것도 있고 하니 말이야."

살 것이란 건 다름 아닌 술일 터다. 오는 내내 술 타령을 했으니 아마도 그게 정답일 듯한데 그리 바쁜 것도 아니기에 현백은 고개를 끄덕였다. 그러자 지충표는 두 사람을 이끌고 다루 쪽으로 움직이기 시작했다.

"흐흐, 드디어 이 배가 술 맛을 보는구먼. 자자, 다들 어서 움직이자고!"

지충표는 씨익 웃으며 다루 안으로 들어가기 시작했고, 이도와 오유는 빙긋 웃으며 같이 끌려 들어갔다. 아무래도 이 세 사람은 정말 잘 만난 사람들이었다.

확실히 중원의 다루는 운남의 그것과는 비교할 수가 없었다. 지저분하고 어디에 앉아야 되는지조차 모르는 다루와는 질적으로 달랐는데, 비록 세 개밖에 없는 탁자지만 깨끗하게 치워져 있었다.

"크아아! 이거야, 이거! 이게 내가 원하던 바로 그거라구!"

독하디독한 죽엽청이지만 지충표는 입을 좌우로 크게 찢으며 즐거워했다. 평상시에도 술을 즐겼는지 죽엽청이 거의 물처럼 생각되는 모양이었다. 연거푸 세 사발을 마신 다음에야 그는 잔을 다탁에 내려놓았다.

"허허허, 손님. 그렇게 술만 드시면 몸이 축납니다. 자, 이것도 같이 드세요."

다루의 주인인 듯한 노인이 다가와 접시 하나를 건네었다. 그저 흔히 볼 수 있는 소채지만 꽤나 정갈해 보이는 것이 정성을 들인 것 같았는데 지충표는 반색을 하며 접시를 받아 들었다.
"아이고, 어르신! 정말 고맙습니다! 내 이 값은 후하게 쳐드리리다!"
"허허, 값은 되었고, 맛있게만 먹어주면 그것이 더 고마우이. 그럼 필요한 것이 있으면 부르시게나."
반백의 노인은 인자한 웃음과 함께 자리를 떴고, 지충표는 이제 소채와 함께 본격적으로 술을 퍼 마시기 시작했는데 현백은 그저 웃을 수밖에 없었다. 취하도록 먹지는 않기를 바라면서 말이다.
"어이구, 지 형. 이러다 취하겠어요. 적당히 좀 마셔요."
보다 못한 오유가 한마디 하지만 지충표는 그저 헤헤거릴 뿐이었다. 한술 더 떠 조금씩 벌게지는 얼굴로 한마디 했다.
"호, 요 녀석 보게나. 네가 여자가 맞기는 맞나 보구나. 그래, 그렇게 이야기하니 얼마나 좋으냐? 앞으로 좀 나긋하게 말 좀 해봐."
"갑자기 여자 이야기가 왜 나와욧! 내가 남자보다 못한 것이 있어욧!"
"얼래?"
전혀 예상치 못했던 뾰족한 반응에 오히려 당황한 것은 지충표였다. 하나 이도는 이미 잘 알고 있는 듯 그저 시선을 외면할 따름이었다.

아마도 오유는 여자답지 못하다고 개방 내에서도 상당히 면박을 받았던 모양이다. 그래서 이런 앙칼진 반응이 흘러나온 것인데 지충표는 얼굴에 떠오른 웃음을 더욱더 짙게 만들었다. 이제야 오유가 더 여자답게 느껴지는 모양이었다.

 그래서 내친김에 한마디 더 농을 건넬 생각이었지만 갑자기 상황이 여의치 않게 변했다. 처음 들어본 낯선 목소리가 중인들의 귓가에 울려 퍼졌던 것이다.

 "거지 놈들에게 술이나 처마시게 하면 돈이 되나, 영감? 그래 가지고 이번 달 세나 제대로 내겠어? 응?"

 눈썹이 꿈틀거리는 소리에 탁자에 앉은 현백 일행의 시선이 한꺼번에 돌아갔다. 그곳엔 건장한 장정들 여섯이 다탁을 바라보며 낄낄거리고 있었는데 한눈에 봐도 질이 좋지 않다고 얼굴에 쓰여 있었다.

 아니, 그렇게 보이도록 아주 애를 쓰고 있었다. 다들 한쪽 다리를 잘잘 떨면서 입술이 한일자가 되는 사람이 없었다. 한쪽 눈꼬리가 비틀려 올라간 것이 동네 건달이라는 말이 절로 나오게 했다.

 "아니, 이보게들, 왜 이러나. 내 조금만 참으면 해결해 준다고 하지 않았는가?"

 "이 영감이 누굴 바보로 아나! 조금만이 한 달 되고 두 달 되는 걸 몰라서 그래? 당장 내 앞에 은자를 보여봐!"

여섯 사람은 완전히 으름장을 놓고 있었고, 마치 이 세상이 자신들의 것인 양 굴고 있었다. 참으로 이런 상황은 지충표나 현백에게 있어서 아주 낯선 것이었는데, 거의 이런 상황을 생각해 본 적이 없었다. 다들 전장이나 강호 곳곳에서 싸우느라 시간을 다 보냈으니 말이다.

"이보게, 그것이 어제 이야기 아닌가? 적어도 보름은 기다려야 내 어찌해 보지 않겠……."

"빌어먹을 영감탱이가 어디 한군데는 부러져야 정신을 차리려나 보지? 정말 한번 제대로 염라대왕 보고 싶냐?"

"아이고, 영감! 명조(命調)야, 이러지 말아라! 네 어머니와 우리가 어떤 관계인데 이럴 수 있냐!"

뒤편 주방에서 한 노파가 달려와 노인과 젊은이 사이를 막아서고 있었다. 노파는 울먹이며 양팔을 쫙 벌리고 있었는데 명조란 젊은이는 썩은 미소를 지으며 다시 입을 열었다.

"큭, 미친 할망구가 노망이 들었나? 그 망할 년 이야기는 왜 들먹거려! 내 인생 요따위로 만들어놓은 게 그년이야! 어디서 누굴 말로 후려치려 들어!"

아무래도 사연이 있는 듯 명조란 친구는 눈이 반쯤 뒤집혀져 있었다. 그는 두 주먹을 부르르 떨며 분을 삭이는 듯했으나 이내 그 노력은 무너졌다. 뒤이어 들린 노파의 목소리 때문이었다.

"이 녀석, 아무리 그래도 네가 태어날 수 있었던 것이 네 어머니 덕분임을 몰라서 이러느냐! 돈이 문제가 아니라 사람이 그러면……."

"이 빌어먹을 노인네! 자꾸 사람 건드릴 테야!"

부우웅!

기어이 그의 주먹이 허공을 날고 있었다. 일견하기에도 명조의 주먹은 노인의 얼굴만 했는데 만일 노파가 맞으면 정말 목숨이 위험할지도 몰랐다. 그만큼 명조가 흥분한 것이다.

하지만 그의 손은 노파의 얼굴을 때리진 못했다. 아니, 노파의 얼굴 바로 앞에서 우뚝 멈출 수밖에 없었다는 표현이 맞으리라.

퍼억! 우두둑!

"우아악!"

명조는 온 얼굴에 인상을 쓰며 한쪽 무릎을 땅에 꿇었다. 그의 팔목은 꺾여진 채 언제 부러질지 모르는 상황이었는데 그를 땅에 꿇린 사람은 다름 아닌 벌건 얼굴의 지충표였다.

"이런 싸가지없는 놈이! 손댈 사람이 따로 있지 힘없는 노인을 건드리려 해?"

"우아아아악!"

지충표는 이들 여섯 명보다 더욱더 살벌한 얼굴로 손목을 확 비틀었는데 부러지는 듯한 충격에 명조는 거의 사색이 되었다. 그러자 남은 다섯 명의 건달이 허리춤에서 작은 소도를

이도와 오유 233

꺼내며 지충표를 에워쌌다.

"이 개자식이! 그 손 안 놔!"

"미친놈, 너 같으면 놓겠냐? 응?"

말도 안 되는 질문에 역시 말도 안 되게 대답해 준 지충표는 한 손으로 노인들을 뒤로 물리며 씨익 웃었다. 그리곤 손목을 꺾은 명조의 신형을 뒤로 밀면서 노인에게서 떨어졌다.

"우, 우욱! 야, 뭐 해! 이 새끼 죽여 버려!"

명조는 손을 잡혔으면서도 입은 살아 있었다. 지충표는 씨익 웃으며 이번엔 그의 손을 확 들어올렸다. 지충표의 힘은 상당해서 덩치 좋은 명조지만 단번에 허공으로 부웅 치켜 올라갔다.

"큭! 아악!"

"고놈 참, 어디 입만 살아 있는 놈은 아닌지 한번 볼까?"

타탓! 탁!

오른손으로 명조를 잡은 지충표는 순간적으로 허리를 확 틀었다. 그러자 등에 메고 있던 방패가 명조의 가슴에 착 달라붙었는데, 지충표는 이어 두 무릎을 살짝 굽히며 허리를 깊숙이 숙였다.

부우우웅!

삽시간에 명조의 신형은 지충표의 앞으로 고꾸라지고 있었는데 이대로 가면 땅바닥에 개구리처럼 처박히게 될 판이었다. 한데 지충표의 동작은 거기서 끝나지 않았다.

굽혔던 양 무릎을 펴며 허리까지 쭉 펴자 명조의 신형은 거의 일 장에 가깝도록 올려지고 있었다. 아직까지 명조의 손목은 지충표에게 잡혀 있는 상태였다.

명조의 신형이 공중의 정점에 이르는 순간 지충표는 그대로 명조의 손목을 잡아당겼다. 이에 명조의 신형이 빠르게 땅으로 추락하기 시작했는데 그대로 땅에 박히면 목이 부러질 게 뻔했다.

하지만 다행인지 불행인지 지충표는 그럴 생각까진 없는 것 같았다. 그의 머리가 지충표의 허리춤 부근에 올 때 지충표는 허리를 젖혔다가 앞으로 튕기듯 밀며 머리를 들이밀었다.

퍼어억!

"꾸왁!"

가슴 쪽에 극렬한 통증을 느끼며 명조는 저만치 날아가고 있었다. 마침 그곳은 현백 일행이 있는 쪽이었는데, 조용히 앉아 있던 오유의 신형이 허공으로 뽑혔다.

스슷.

아무리 여자지만 무공으로 단련된 오유라 거의 눈에 보이지 않을 정도의 속도였다. 정확히 명조가 떨어질 곳으로 먼저가 오른발을 살짝 앞으로 내놓았다.

터억.

날아오던 명조의 머리 부근이 발목 부근에 살포시 닿는 느낌이 들자 오유는 입술을 꽉 깨물었다. 그리곤 오른발에 힘을 주며 그대로 위로 차 올렸다.

파아앙!

"우억!"

머릿속이 울리는 충격에 명조는 정신을 차릴 수가 없었다. 오유의 힘 조절은 교묘해서 그는 공중에서 제비를 돌며 두 다리를 땅에 붙일 수 있었다. 그러나 붙이는 것만 가능한 것이지 서 있는 것은 불가능했다.

타탁! 쿠당탕!

다탁 하나를 박살 내며 그가 널브러졌다. 그것도 모자라 먹은 것을 다 게워내며 왝왝거리고 있었는데 그 모습에 같이 온 다섯 사람의 얼굴이 핼쑥해졌다.

"이런, 제길! 개방 거지 놈이잖아! 야, 가서 큰형님 불러와! 어서!"

그나마 어려 보이는 한 사람에게 누군가가 소리치자 그는 부리나케 뒤로 달리기 시작했다. 아마 같은 건달들을 불러모을 생각인 모양인데 그 모습에 현백은 조금 이상한 것을 느꼈다.

제아무리 저들이 날고기는 건달이라도 무인들을 이길 수는 없다. 지금 지충표는 내력을 거의 사용 안 하고 있었고, 오유 역시 극소량의 내력만을 사용하고 있었다. 정식으로 싸웠다간 필패인 것이다.

 그런데 개방의 사람인 것을 알면서도 저들은 덤비려 하고 있었다. 뭔가 믿는 구석이 있지 않고선 있을 수 없는 일인데 오유 역시 그런 기색을 눈치 챈 것 같았다.

 "큰형님? 우리가 어떤 사람임을 알면서도 불러오겠다? 정말 다 죽고 싶은 모양이구나!"

 서슬 퍼런 목소리가 그녀의 입에서 흘러나오자 네 건달의 얼굴이 더욱 핼쑥하게 변했다. 하나 그들은 손에 들린 소도를 치우려 하지 않았고 자리도 움직이지 않았다.

 "카아아악, 퉤! 빌어먹을! 이제 보니 계집이로구나! 좋아, 어디 한번 죽여봐라!"

 명조의 목소리가 들려왔다. 그는 비칠거리는 걸음으로 점차 오유의 앞으로 다가가고 있었다.

 "사람을 죽여? 너 같은 무림인들이 우리 같은 벌레들을 죽인다고? 그래, 죽여라! 죽여! 죽이라고!"

 "뭐 이런 게……."

 오유의 눈이 사납게 변하지만 그녀의 손은 더 이상 나가지 않았다. 아무리 악인이라도 함부로 죽일 수 없는 것이 개방의 법이다. 하물며 무공을 하지 못하는 사람을 일방적으로 죽인다는 것은 더 더욱 있을 수 없는 일이었다.

 오유가 쉽게 손을 쓰지 못한다는 것을 눈치 챘는지 명조는 더욱 사이한 미소를 지으며 앞으로 다가오고 있었다. 그러면서도 그는 손을 뒤춤에 넣으며 작은 소도를 꺼내고 있었다.

"크큭, 이 빌어먹을 년, 넌 날 못 죽이겠지만 난 널 죽일 수 있어! 어떻게? 이 아랫도리로 널 아주 죽여주마, 이년아! 어때? 한번 죽여줘? 그럼 어서 거기 누워, 이년아!"

"이 벌레만도 못한 놈! 죽는 것이 소원이라면 죽여주마!"

있는 대로 화가 난 오유는 정말 죽일 생각이었는지 앞으로 내달렸다. 그러자 명조는 머리와 가슴을 웅크린 채 그 앞으로 양손을 교차시켰다. 반사적인 동작이지만 말도 안 되는 짓이었다. 먹힐 리가 없었다.

퍼어어억!

"크아아악!"

한 팔이 부서졌는지 덜렁거렸다. 오유의 주먹은 정확히 교차시킨 지점을 후려쳤고, 명조의 왼손 팔꿈치가 부서져 버렸다. 하나 정말 죽일 수는 없기에 오유는 내력을 오성 정도도 쓰지 않은 상태였다. 명조는 비칠거리면서도 쓰러지지 않으며 다시 입을 열었다.

"미친년, 내가 아랫도리 벗고 누우라 그랬지 달려오라 했냐? 오냐. 정 급하면 네가 와라, 내가 벗을 테니! 킬킬킬킬!"

"이, 이놈이 정말!"

정말 화가 난 오유는 온 힘을 다해 주먹을 휘두르며 앞으로 달려나갔다. 그러자 명조는 또다시 손을 들어 얼굴을 막고 있었는데 역시 부러진 왼손이었다. 만일 이번에 또 맞으면 이제 완전히 병신이 되겠지만 오유는 지금 눈이 뒤집힌 상태였다.
"유, 유아야, 안 돼!"
소리를 지르며 이도가 앞으로 나가 막으려 했지만 이미 너무 늦은 감이 있었다. 그와 거리는 이 장이 훨씬 넘었고, 막으려면 지충표가 막는 것이 훨씬 나았다.

그러나 왠지 지충표는 가만히 보기만 했는데 지충표가 보기에도 지금 명조는 죽기 위해 애쓰는 중이었다. 이런 놈들은 그냥 본때를 보여주는 것이 제일 좋다는 것을 그는 경험을 통해 잘 알고 있었다.

한데 그런 지충표의 얼굴이 확 변하는 일이 일어났다. 막 오유의 주먹이 명조의 팔에 닿기 직전 한줄기 빛살과도 같은 것이 일어나며 오유의 목을 향하고 있었다.

"이런!"
지충표는 아차 싶어 앞으로 달려나갔다. 명조는 지금 이 순간을 기다리고 있는 것이었다. 사람을 도발하며 달려오게 만들고 피할 수 없는 순간을 만들려 했던 것이다. 아무리 무공을 하는 사람이라도 저렇게 가까운 거리에서 오는 검을 피할 수는 없다.

게다가 명조와 오유 둘 다 반 장도 안 되는 거리에서 마주치고 있었다. 이 정도라면 피하기는커녕 정통으로 맞지 않으면 다행인 상황이었다.

파아아앙!

온 힘을 다해 달리며 지충표는 손을 앞으로 뻗었지만 이미 너무 늦은 감이 있었다. 놀라는 오유의 얼굴 바로 아래 명조의 소도가 거의 닿아 있었다. 오유도 놀랐는지 어떻게 비키지 못하고 그대로 표정을 굳히고 있었다.

"오유! …이놈이!"

이미 오유가 위험할 것이라고 생각하고 지충표는 등 쪽의 방패와 박도를 꺼내려 손을 들어올렸다. 한데 눈앞에서 놀라운 일이 일어났다.

스스슷.

누군가 오유와 명조의 사이로 스며들고 있었다. 딱 그렇게밖에 표현하지 못할 정도로 절묘한 신법이었는데, 오유와 명조의 신형이 서로 엇갈리고 있었다.

부우웅!

마치 바람이 나무둥치를 타고 넘듯 그렇게 두 사람은 서로 엇나가고 있었다. 오유는 뒤로 나가 몸을 세웠지만 명조는 그렇게 하지 못했다. 그는 앞으로 쓰러지며 육두문자를 뱉어냈다.

"이런, 젠장! 이 빌어먹을 놈들! 오냐, 나 한 놈에게 다 덤빈다 이거지? 죽여라, 죽여! 그래! 끙차!"

힘겹게 일어서며 그는 다시 소도를 잡고 있었다. 그리곤 신형을 돌려 성공할 뻔한 공격을 무위로 만든 인물을 바라보았다.

그는 흰색 도포를 입고 있었다. 왠지 도사들이나 입을 것 같은 옷이긴 한데 그 모양이 꽤나 옛날의 것으로 소매가 기이하도록 컸다. 문득 그의 눈이 그 소매에 수놓아진 작은 매화 송이로 향했다.

"그래, 좋아. 어차피 밀려난 강호에서 살 일이 막막하다 이거지? 좋아, 죽여봐! 어디 한번 죽여보라고!"

이번엔 그 흰색 도포를 입은 자, 현백에게 대들고 있었다. 모든 사람들이 다 황당하게 여기는 가운데 현백만이 무표정한 얼굴을 하고 있었다.

둘 사이의 거리는 약 일 장. 두세 걸음이면 다가갈 거리였는데 문득 현백의 오른발이 움직였다.

"죽는 것에도 여러 방법이 있다."

턱!

한 발을 놓으며 그가 말하자 현백의 전신에서 기이한 기류가 뿜어져 나왔다. 눈에 보일 듯 말 듯한 그 기가 보이자 왠지 현백의 몸이 일렁이는 듯 보였다.

"원하는 방법이 있다면……."

턱!

또 한 발을 내디디며 그의 말이 들려왔다. 그리고 이번엔 현백의 전신에서 살을 에는 듯한 기운이 흘러나왔다.

"그대로 죽여주마."

턱!…콰아악!

또 한 걸음을 걸으며 다가온 그는 이번엔 명조의 멱살을 잡아 일으켰다. 명조는 막 입을 열려다가 꽉 다물었다. 아니, 본능적으로 다물 수밖에 없었다.

"…다… 당신……."

그 말이 전부였다. 이 세상 그 누구라도 이 사내 앞에 서면 자신과 같이 될 것이라고 명조는 생각했다. 그의 눈은 이미 사람의 것이 아니었다.

야수, 그것도 피에 굶주린 야수의 눈이었다. 새파랗게 빛나는 그의 눈 속에서 명조는 자신의 모습을 보고 있었다.

죽음, 그것도 그냥 죽는 것이 아니라 갈기갈기 찢겨 죽게 될 터다. 지금 자신의 눈앞에 서 있는 사람은 그저 세상을 이롭게 하기 위해 무공을 배운 사람이 아니었다.

처절한 살인을 한 사람이 바로 이자였다. 한순간에 느껴지는 기운 하나로 그는 본능적인 판단을 하고 있었다. 이 사람은 진짜 자신을 죽일 것이다.

"아… 아……!"

입을 열어 뭔가 말을 하고 싶었지만 공포심에 아무런 말도 할 수가 없었다. 그저 바지춤으로 뭔가 흐르는 것만 느낄 뿐이었다.

투투투투.

긴장 속에 실례를 했지만 그는 부끄럽지 않았다. 지금 이 순간엔 오로지 한 생각, 살아야 한다는 마음뿐이었다. 그리고 그런 그의 소원은 곧 이루어졌다.

"미처 아이들이 고인을 몰라보았구려. 내 이리 왔으니 나랑 이야기합시다."

"……."

뒤쪽에서 들려온 목소리에 현백은 신형을 돌렸다. 그곳엔 한 사내가 서 있었다.

깨끗한 백의에 영웅건을 쓴 사내, 주황이 아니라 푸른 옥을 영웅건에 박은 선비풍의 사람이 서 있었다. 그의 뒤편으로 꽤나 많은 건달들이 서 있는 광경도 보였다.

"하하하! 부끄럽지 않으십니까? 그 친구, 무공도 모르는 사람입니다. 행여 이런 사실을 강호 사람들이 알게 된다면 어찌 될……."

"전쟁을 겪어보았나?"

"……."

그의 말을 끊고 현백의 목소리가 울려 퍼졌다. 현백은 등을 돌린 채 명조의 멱살을 잡고만 있었고, 일순 나타난 사내는 뭐라 이야기할지 몰라 가만히 있었다. 좀 뜬금없는 질문이니 말이다.

"전쟁터에 가면 누구나 다 적이 된다. 그리고 그 적 중에 무공을 익힌 자는 극소수다."

쫘아악!

"커컥!"

더욱더 조여오는 목 어림의 감각에 명조는 아무 말도 하지 못하고 있었다. 현백은 오른손을 들어 그의 신형을 공중으로 높이 들었다.
 "그런 세상에선 무공을 익혔든 아니든 상관하지 않는다."
 부우우웅!
 현백은 오른손을 살짝 내렸다가 들어올리며 손을 놓았다. 그러자 명조의 신형이 또다시 공중으로 떠올랐는데 현백은 그 상태에서 오른손을 뒤로 빼내었다.
 "나는……."
 퍼어어엉!
 "으아아아아악!"
 장력이 모여 있었는지 명조의 가슴에서 파공성이 일며 명조가 저만치 날아가고 있었다. 가슴, 배, 입, 할 것 없이 모두 피를 쏟아내며 날아가던 그는 근 일 장 반을 날아 땅바닥에 처박혔다.
 퍼어억!
 처박히는 순간 그는 이미 정신을 잃고 있었다. 명조가 무림인이 아닌 것을 보면 정말 무자비한 공격이었는데, 그제야 현백은 신형을 돌리며 말했다.
 "그런 곳에서 온 놈이다. 그러니 네놈들이 누군지 간에 덤빈다면……."
 "……."

돌아선 현백의 눈을 본 사내는 흠칫 몸을 떨었다. 현백의 두 눈에 서린 야수의 모습은 태어나 처음 보는 광경이었던 것이다.
 "다 죽인다."
 차분히 현백이 입을 열었지만 그 말 한마디에 모두의 신형이 뒤로 물러나고 있었다. 눈앞에 보이는 현백의 모습은 정말 이 사람들 전부를 다 죽이고도 남을 태세였던 것이다.

第七章

악연의 시작 (1)

1

명조가 하마터면 오유를 이길 뻔한 것은 솔직히 경험의 차이였다. 극한의 상황을 겪은 사람과 그렇지 않은 사람의 차이인데 명조는 애당초 단 한 가지 상황만을 생각하고 있었다.

무슨 일이 있어도 자신이 생각한 대로 흘러가야만 하는 상황을 만들기 위해 노력한 것이고 결국 그렇게 만들었다. 단 한 번의 반격으로 성공할 뻔했던 것이다.

하나 미리 눈치를 챈 현백이 막아선 것이고, 현백 앞에서 명조는 고양이 앞의 쥐가 되었다. 그건 명조와 현백이 가진 경험의 차이였다.

기껏해 봐야 명조는 같은 건달패들 정도나 상대해 봤을 테지만 현백은 달랐다. 명군의 소속으로 충무대 속에서 수많은 생명을 스러뜨렸다. 그것이 어떤 형태이든지 말이다.

현백은 모르겠지만 그는 내력을 일으키면 자연스럽게 살기가 피어오르고 있었다. 그것도 보통 사람은 벌벌 떨며 서 있기도 힘들 정도의 강한 살기였다. 명조가 버텨낼 재량은 없었던 것이다.

"어서 일어나라. 다친 곳은 없느냐?"

지충표는 몸을 움직여 오유에게 다가갔다. 그는 오유를 부축해 일으켜 세우곤 혹 다친 데가 없는지 보고 있었는데 오유는 그를 보지 않았다. 그는 지금 전면에 나서 있는 현백을 보고 있었다.

"…지 형, 대형의 분위기가 원래… 저런가요?"

문득 옆에서 들려오는 소리에 지충표는 고개를 돌렸다. 그곳엔 이도가 가까이 와 현백을 바라보고 있었는데 그 말에 지충표는 살짝 웃었다.

"그럼 뭘 바랐는데? 정명한 기운? 하늘을 대변하는 기상?"

확실이 이 두 사람은 아직 몰라도 한참 모르는 사람들이었다. 무공을 배우고 그 무공을 쓰면서, 그것도 쓰는 곳이 전장이라면 어떻게 사람이 변하는지 정말 모르고 있었던 것이다.

또한 세상에 정명한 기운 따위는 없었다. 그 기운을 어떻게 쓰는가에 따라 사람이 변하는 것이기에 기운의 색깔론(?) 따윈 의미가 없었다. 물론 이 두 사람이 말하는 뜻 정도는 알고 있었다.

 무공을 하는 사람이라면 누구나 꿈꾼다. 늙지 않는 신체에 강한 힘, 거기에 언제 봐도 입가에 웃음이 지어질 정도로 광명정대한 힘, 그런 것들을 꿈꾸는 것이 이제 무공을 배우려 입문하고 또 배운 지 얼마 안 되는 사람들의 공통점인 것이다.

 그 자신도 마찬가지였기에 지충표는 이 두 사람의 심정을 잘 알 수 있었지만 곧 깨진다는 것 역시 잘 알고 있었다. 그는 입을 열어 이도, 오유 두 사람을 향해 입을 열었다.

 "잘 봐두거라. 두 사람 모두 무공으로 사람을 상하게 한다는 것이 어떤 의미인지를 말이다. 결코 아름답거나 보기 좋은 것은 아니지만 그것이 그토록 혐오스럽지도 않다는 것을 말이다."

 "……."

 뜻 모를 지충표의 이야기에 두 사람은 눈을 동그랗게 뜨며 그를 바라보았다. 지충표는 입을 꽉 닫고 앞에 서 있는 현백만을 바라볼 뿐이었다.

 "이거 뭔가 오해가 있어도 단단히 있는 것 같군요. 당신 같은 사람에게 이 녀석이 덤볐다니 말입니다."

 "……."

 백의를 입은 사내가 하는 말에 현백은 미간을 살짝 찌푸렸다. 무슨 말을 하려는지 모르지만 왠지 기분이 좋지 않았는데, 사내는 손짓으로 널브러진 명조를 데려오라 하면서 입을 열었다.

"일단 제 소개를 해야 하겠죠. 전 허기평(虛琦平)이라 합니다. 여기서 조금 더 가면 나오는 금사(金砂)라는 곳에서 사는 사람이지요. 미욱하나마 이 불쌍한 녀석들의 밥벌이를 도와주는 사람입니다."

불량배의 밥벌이를 도와준다고 하면 대체 무슨 일을 하는 것인지 솔직히 현백은 감이 잡히질 않았다. 하나 중요한 것은 눈앞에 있는 이 허기평이란 인간이 그리 마음에 들지 않는다는 것이었다.

생긴 것은 그리 나쁘지 않으나 특유의 분위기가 이상했다. 왠지 사이한 것이 가까이 할 마음을 절로 달아나게 만들고 있었던 것이다.

"잠시만 기다리시지요. 일단 전 제 수하를 좀 돌보겠습니다."

허기평은 슬쩍 눈을 돌려 옆을 바라보았다. 그곳엔 가슴과 입 모두 피범벅이 된 명조가 와 있었는데 누워 있는 그를 향해 허기평의 입이 열렸다.

"쯧쯧, 그렇게 사람 보는 눈을 키우라고 몇 번을 이야기했거늘. 이래 가지고 어느 세월에 돈을 모아?"

"…죄… 죄송합… 쿨럭!"

제대로 말도 못할 정도로 명조의 상세는 심했다. 그도 그럴 것이, 현백의 일격은 내력이 실린 것이었다. 명조가 받아낼 만한 힘이 아니었던 것이다.

"죄송할 것은 없고, 모든 것은 순리대로 풀 생각이다. 항상 그렇게 해왔으니 이번에도 그렇게 하면 되겠지?"

"나, 나으리… 제발……."

갑자기 얼굴빛이 변하며 명조가 꿈틀대었다. 허기평은 일순 입꼬리를 살짝 말아 올리더니 그대로 손을 내려 명조의 목어림에 대고 있었다.

"크악! 크르르륵!"

피피피핏!

명조의 목에서 피 분수가 쏟아져 나왔다. 허기평의 하얀 옷에 붉은 피가 홍건하게 적셔지지만 허기평은 별로 신경 쓰지 않는 것 같았다. 그가 손가락에 한 번 더 힘을 주며 비틀자 섬뜩한 소리가 들려왔다.

우드드득!

그 소리와 함께 명조의 신형이 축 늘어졌다. 한순간에 목을 비틀어 목뼈를 부러뜨린 것이었다.

"지면 죽는다. 그것이 우리의 순리이지."

역시 사이한 미소와 함께 그는 신형을 일으켰다. 그러자 현백의 눈에 허기평의 양손이 보였는데 일반적으로 보이는 하얀색이 아니라 거무튀튀한 빛깔이었다.

그건 철로 만들어진 수갑(手鉀)이었다. 아무래도 조공을 익힌 자 같았는데, 문득 현백의 귓가에 그의 목소리가 들려왔다.

"아무래도 이쪽의 피해가 막심하군요. 어떻게 하시겠습니까? 이 친구의 목숨 값을 주시겠습니까, 아니면 제가 죽여 드릴까요?"

"…큭!"

현백은 살짝 웃었다. 말도 안 되는 소리였다. 비록 그의 무공은 알 수 없지만 지금 손을 써 명조를 죽인 동작만 봐도 그의 무공 수위를 알 수 있었다. 그리 높지 않았던 것이다.

저 허기평의 무공은 뒤에 있는 지충표에게도 되지 못할 정도였다. 그런데도 이렇게 나오는 것을 보면 확실히 무언가 있기는 한 자 같았다.

"하고 싶은 대로 해봐."

결국 현백의 입에서 나온 말은 그것이었다. 그러자 허기평의 입가의 사이한 웃음이 더 짙어지기 시작했다. 그는 천천히 자신의 장삼을 벗기 시작했다.

"……"

이도의 눈이 커졌다. 설마하니 싸움에 졌다고 죽일 줄은 몰랐다. 물론 그것이 싸움에 졌다는 이유인지 무엇인지는 알 수 없지만 그래도 눈앞에서 한 생명이 죽어나가는 것은 그리 좋은 광경이 아니었다.

이해할 수가 없었다. 현백과 지금 죽은 저 명조라는 자, 차이는 현격했다. 명조가 이기는 것은 있을 수 없는 일이지만 저 허기평은 승리를 강조하고 있었다. 무조건적인 승리를 말이다.

승리를 위해선 어떤 것이든 다 합법화된다고는 하지만 저런 모습을 보면서 얻는 승리가 과연 어떤 의미가 있을지 그는 생각했다. 비록 어린 나이지만 확실히 세상의 옳고 그름은 판별할 수 있다 생각했었기에 지금도 그 결과가 나와 있었다.

저건 옳지 않았다 그의 신념과 생각에 위배되는 행동을 허기평은 하고 있었다. 아니, 그를 위해서가 아니라 저 아래 죽어 있는 명조를 위해 그냥 있을 수는 없었다. 명조 역시 이 땅에서 잘살아보려 노력하던 사람이 아니었겠는가?

그런 사람들의 고혈을 빨고 목숨까지 뺏는 사람이다. 멀쩡하게 생긴 사람이지만 이미 그의 눈엔 멀쩡해 보이지 않았다. 한 마리의 짐승일 뿐인 것이다.

"이도, 어딜 가?"

갑자기 움직이는 이도를 향해 오유가 물었지만 이도는 아무런 말이 없었다. 그저 현백을 향해 다가갈 뿐이었다.

"제가 상대하겠습니다."

"……"

갑작스런 이도의 등장에 현백은 고개를 돌렸다. 굳은 얼굴의 이도는 그를 보지 않고 저 앞의 죽은 명조를 바라보고 있었다. 순간 현백은 손을 들어 그를 제지하려 했다.

그런데 이어 보인 그의 눈 속을 보는 순간 현백은 제지할 수가 없었다. 행동은 싸구려 동정심으로 인해 움직이는 것 같지만 그의 눈에 비친 것은 열정이었다. 뭔가 좀 앞뒤가 맞지 않았던 것이다.

열정은 의지를 뜻한다. 열정이 없는 사람은 의지 역시 없는 것이고, 그 의지를 관철하기 위해 끝없이 열정을 불사르는 것이 사람이다. 그리고 그런 사람이 어리다면 충분히 그 결정을 존중해야 될 필요가 있었다.

더욱이 지금 이도의 열정은 그냥 즉흥적으로 생긴 것이 아닌 듯했다. 오랜 시간 동안 본인의 가치관에서 나온 그런 열정으로 생성된 의지가 그를 움직인 것이다. 만일 즉흥적으로 나온 이야기라면 현백에게 오자마자 그런 이야기를 하진 않았을 터이다.

뭔가 자신을 돋보이기 위해 한마디라도 더 했을 터이다. 그러나 이도는 그렇지 않았고 간략하게 자신의 결정만 이야기했다. 그건 그만큼 많은 생각 속에 이루어진 것을 뜻했다.

"쉽게 볼 상대는 아니다."

"알고 있습니다."

역시나 간결한 대답이었지만 이 정도만으로도 현백은 고

개를 끄덕일 수 있었다. 진정 그것이 본인의 의중이라면 존중해 줄 수밖에. 더구나 실수로 귀수안을 보인 후이다. 더 이상 귀수안을 보여 쓸데없는 이목을 끌 필요는 없었던 것이다.

스읏.

현백은 몸을 돌려 움직이기 시작했다. 그리곤 지충표와 오유가 있는 곳을 향해 움직였다.

"이, 이도……."

오유는 작게 이도의 이름을 불렀다. 어릴 때부터 같이 보고 자라온 이도. 그녀는 그의 성격을 아주 잘 알고 있었다. 남자답지 않고 여리지만 그 생각을 관철시키는 데는 완전 황소 저리 가라라는 것을 말이다.

말리고 싶지만 이도는 말을 듣지 않을 터이다. 더구나 오랫동안 이도와 오유는 같이 생활을 하면서도 서로 간의 생활에 대해서는 거의 간섭을 하지 않았다. 서로가 뭔가 함께 하는 것을 빼면 각자 무얼 하든 신경 쓰지 않았던 것이다.

지금 이 일도 그녀가 말릴 이유가 없었다. 그저 무사하기만을 바랄 뿐.

"걱정 마라. 이도 녀석, 잘할 거야."

"……."

문득 옆에서 지충표의 목소리가 들려오자 그녀는 고개를 돌렸다. 이 험상궂은 아저씨는 생각보다 자상한 면이 있었다.

부드러울 것 같으면서도 차가운 현백과는 아주 좋은 비교가 되는 사람이었다.

그녀는 아무런 말도 없이 고개를 돌렸다. 이번엔 말없이 다가와 신형을 돌린 현백을 바라보고 있었는데 그녀는 말하고 싶었다. 무슨 일이 생기면 현백 당신이 나서달라고 말이다.

하나 그 결정은 지금 싸우는 이도에게 아무런 도움이 되지 않을 것이다. 이도 자신이 그 결정을 받아들이지 않을 테니 말이다. 그녀가 할 수 있는 것은 그저 이 한마디뿐이었다.

"이도 이 등신! 나갔으면 지지 마!"

빽하니 소리를 지르는 오유였다.

이도는 피식 웃었다. 오유의 말이라는 것은 보지 않아도 잘 알 수 있었다. 이렇게 자신의 마음과 전혀 다른 말을 하는 것이 그녀였다. 쌍둥이 남매지만 둘의 성격은 판이하게 달랐다.

하지만 세상 그 누구도 오유만큼 자신을 생각해 주는 사람은 없었다. 오유는 자신에게 때론 누나처럼, 그리고 어머니처럼 굴었다. 그리고 그런 오유를 실망시킬 마음은 이도의 마음 어디에도 없었다.

"큭, 눈물겨운 장면이구먼. 좋은 짝이 있으면 시골 구석에나 처박혀 있을 것이지 어째서 이곳에 나와 난리를 치나?"

"네가 상관할 일이 아니다. 준비나 하시지."

문득 들려온 허기평의 목소리에 이도는 상념을 접었다. 허기평은 피가 잔뜩 묻은 장포를 벗고 경장 차림이었는데 그 모습을 보는 이도의 눈이 좁아지고 있었다.

왠지 여기저기 보이는 태들이 심상치가 않았다. 저것이 진짜 사람의 몸이라곤 생각지 못하고 있었는데, 문득 그의 고개가 끄덕여졌다. 그제야 나타난 자의 소속을 알게 된 것이다.

"십 년 전이라면 개방의 제자에게 내 이리 함부로 소매를 걷어붙이지 못했겠지. 하나 지금의 개방이라면 신경 쓰지도 않는다. 아마 나뿐만이 아니라 대다수의 무림인들이 그리 생각할걸?"

"남들이 뭐라고 하던지 내 알 바 아니다. 하나 확실한 것은 나 역시 양명당(揚名當) 따윈 두렵지 않다."

일단 출신 문파 이야기를 하며 속을 긁어놓으려던 허기평은 이어진 이도의 대꾸에 오히려 낯빛을 바꾸었다. 그러다 다시금 얼굴을 풀더니 자신의 앞섶을 수갑으로 움켜잡았다.

"내가 양명당 사람이라는 것을 알고 있으니 이야기가 편하군. 그럼 이따위 위장은 필요없겠지?"

부우우욱!

스스로의 앞섶을 찢자 그곳에는 번들거리는 금속의 광택이 보였다. 허기평은 옷 안에 갑주를 입고 있었던 것이다.

"뭐야, 저놈은? 게다가 양명당은 또 뭐고?"

지충표 역시 양명당이란 이름은 낯선지 중얼거렸는데 그 말에 오유가 답변을 했다.

"강호엔 날파리들이 많습니다. 지 형님도 잘 아시겠지만 강한 자의 주변엔 그 힘을 이용해 먹고살고자 하는 자들이 부지기수입니다. 바로 저 양명당이 그런 셈이죠."

"그럼 저놈들이 기대는 곳이 어디인데?"

지충표의 물음에 오유는 입을 꽉 다물었다. 잠시 생각을 하던 오유는 이내 다시금 입을 열었다.

"현 강호의 힘을 가진 곳, 저들이 기댈 만한 곳은 단 한 군데뿐입니다. 솔사림… 그곳이죠."

"……."

오유의 말에 지충표는 눈을 돌렸다. 이제 두 사람이 서서히 승부를 겨루려 하고 있었던 것이다.

양명당이 무섭진 않았다. 이도가 아는 양명당은 솔사림에 매년 기부금을 바침으로 인해 그 세를 조금 업어보려는 심산을 가진 사람들이었다.

그리 두려울 것도 없는 단체지만 문제는 그 숫자에 있었다. 이 허기평 같은 자들이 수도 없이 있는 것이다.

겉보기에 양명당은 그저 하나의 단체일 뿐이다. 특별히 대단한 사업을 가진 것도 아니고 돈줄이 든든한 것도 아니다.

다 이런 짓을 해 벌어들이는 돈인 것이다.

그 돈을 솔사림에 내어놓고 생색을 내고 있었다. 솔사림에선 매년 돈을 받고 그에 상응하는 무인을 보내는 것으로 그는 알고 있었다. 그 무인은 허기평 같은 놈들에게 무공을 가르쳐 주고 말이다.

물론 그러한 돈으로 산 무공을 두려워할 이도는 아니었다. 그러나 지금 허기평의 손에 끼워진 수갑과 몸에 찬 갑주는 쉽게 볼 것이 아니었다. 조금의 내력만 있어도 배 이상의 위력을 내기에 방심할 수 없었다.

"큭, 어디 얼마나 대단한 이결제자인지 한번 볼까나? 합!"

스슷! 파아앙!

살짝 몸을 한번 떨던 허기평은 그대로 공중으로 신형을 띄웠다. 이건 뭐 준비 동작이고 뭐고 없었는데 이도는 차분하게 기다렸다. 근 일 장이 조금 안 되게 뛰어오른 허기평의 무위는 생각보다 건실한 편이었다.

서로 간의 거리는 약 일 장 반 정도. 그중 일 장 정도의 공간을 좁혀오자 이도가 움직였다. 지금이 그가 생각하던 때였던 것이다.

사사사삿.

양 발꿈치를 들고 잰걸음을 놀리며 그가 내려설 곳으로 이동한 이도는 양손을 가슴께로 끌어 올렸다. 그리곤 섬전같이 양손을 반복적으로 내밀며 날아오는 허기평의 가슴을

악연의 시작 (1) 261

노렸다.
　타타타탁!
　전혀 기대하지 않은 소리가 흘러나왔다. 역시 가슴의 갑주에 맞게 되자 위력이 나질 않았고, 허기평은 그저 몸을 움찔거리는 것으로 반응을 대신한 채 차갑게 웃고 있었다.
　"그따위 손놀림은 우습다!"
　피이이잇!
　양팔을 빠르게 놀리며 이번엔 허기평의 공격이 시작되었다. 애당초 내려서자마자 공격을 시작할 생각이었는데 그 순간이 조금 늦었을 뿐이다. 허기평의 양손은 송곳이 되어 이도의 가슴과 목을 동시에 후려치고 있었다.
　"……."
　이도는 한 번의 공격 실패 후 그저 보고 있을 뿐이었다. 날아오는 허기평의 양손은 언제든 변화할 수 있었고, 이렇게 가만히 있다간 당할 뿐이었다.
　"애송이, 얼어붙은 거냐!"
　피리리리링!
　둘 사이의 공간이 반 장도 안 되는 순간 그 짧은 사이에 허기평의 초식이 변했다. 송곳처럼 모았던 손가락을 한순간에 쫙 펴며 본격적으로 조공을 펼쳐 왔다.
　하지만 이도 역시 그냥 가만히 있었던 것이 아니었다. 그는 슬며시 모로 서 있다가 허기평의 공격이 다가오자 바로 뒤로 한 걸음 움직였다.

파아아앗!

순간 이도의 오른 어깨에서 핏방울이 허공으로 튀어 올랐다. 철조가 살짝 스친 것인데 이도는 인상 한번 찡그리지 않고 한 걸음 더 뒤로 물러섰다. 덕분에 허기평의 공격은 그 이상의 타격이 없었다.

"어디까지 도망치나 보자! 하압!"

스파파파팡!

허공 가득 철조의 수영을 보여주며 허기평이 다가왔다.

"……."

뭐라도 어떻게 해봐야 하는데도 이도는 계속 움직이지 않고 있었다. 그는 뒤로 한 걸음씩 물러서며 상대의 공격권에서 벗어나는 것만 계속하고 있었고, 허기평은 그런 이도를 죽일 생각으로 몰아붙이고 있었다.

"이 바보! 뭐 하는 거… 대형!"

"그냥 두고 봐."

소리치며 앞으로 나가려는 오유를 현백은 한 팔을 들어 막아섰다. 그러자 오유의 뾰족한 목소리가 들려왔다.

"보면서도 몰라요? 이러다 이도 죽어요!"

"……."

오유의 말에 현백은 아무런 말도 없었다. 그냥 아무런 말

없이 전방만을 바라볼 뿐이었다.

"아니, 정말……."

"경갑주(輕甲冑)다."

"…에?"

갑자기 현백의 입에서 나온 소리에 오유는 의아한 목소리를 내었다. 대체 지금 경갑주라는 말이 왜 튀어나오는지 알 수가 없었는데 그 말의 대답은 지충표가 하고 있었다.

"그래, 경갑주야. 철이긴 하지만 경갑주는 경갑주지."

"……."

서로가 말을 주고받기는 하는데 솔직히 오유는 하나도 알아듣지 못하고 있었다. 한참 두 사람을 번갈아 보던 오유는 결국 먼저 입을 열었다.

"지 형님, 지금 무슨 이야기를 하는 거예요? 경갑주하고 이도하고 무슨 사이인데요?"

오유의 신경질적인 반응에 지충표는 씨익 웃었다. 그리곤 주먹을 들어 보이며 조용히 입을 열었다.

"갑주라고 다 똑같은 것이 아니야. 경갑주, 중갑주, 편갑주 등 이루 헤아릴 수 없을 정도로 많아. 물론 그중 가장 많이 사용하는 건 저 경갑주지만 말이야."

"그래서 그게 뭐요?"

지충표의 설명에도 오유는 알 수가 없었다. 그러자 지충표가 다시 입을 열었다.

"하나 경갑주는 가벼운 대신 단점이 많다. 특히 가장 큰 단점은 이거에도 쉽게 박살나는 것이지."

"예?"

그제야 오유는 왜 지충표가 주먹을 들어 보였는지 알게 되었는데, 지충표가 전방으로 시선을 던지며 입을 열었다.

"저런 경갑주 따윈 내력을 익혔다면 두려울 것이 없지. 이도가 충분히 해볼 만하지. 그리고 모르겠냐? 지금 이도가 뭔가를 노리고 있음을?"

"……!"

그제야 오유는 현백이 왜 자신을 말렸는지 알 것 같았다. 경갑주 어쩌고 하는 이야기는 잘 모르겠지만 이도가 뭔가 노리고 있는 것은 알 수 있었다. 화려한 몸동작을 선호하는 그가 지금 가만히 있는 것 자체가 이상한 일인 것이다.

그리고 오유가 막 눈을 돌려 이도를 보는 순간 이도의 의도가 드러났다. 그 한 수는 정말 오유의 두 눈을 크게 만들기에 충분했다.

"개방 거지 놈아! 내가 두렵냐!"

피피피피핏!

대체 얼마만큼 휘둘렀는지 모르지만 정말 허기평으로선 아까운 순간이 수도 없이 지나가고 있었다.

눈앞의 이도는 딱 두 가지만 하고 있었다. 뒤로 신형을 빼

악연의 시작 (1)

거나 혹은 좌우로 움직이는 것. 하지만 그 동작만으로도 허기평의 공격을 충분히 피하고 있었다.

허기평의 입장에서는 참 될 듯 될 듯하면서도 안 되는 순간이었다. 조금만, 딱 조금만 더 하면 한번에 이 건방진 거지의 몸에서 피가 쏟아지게 만들 수 있겠는데 그것이 잘 안 되었던 것이다.

"이놈! 끝이다! 크아압!"

다시금 허기평은 온 내력을 끌어올려 양손을 앞으로 뻗었다. 하나 이번엔 손만 뻗었을 뿐 발은 반 족장 정도만 나가고 있었는데, 순간 이도의 몸이 움직이는 것이 보였다.

좌측으로 움직이고 있었다. 그리고 그가 움직이는 순간 허기평은 쾌재를 불렀다. 이것이 그가 기다리던 때인 것이다.

타닷! 파아앗!

순간 허리를 틀며 왼발을 크게 앞으로 내디디면서 허기평은 오른손을 쫙 뻗었다. 어깨까지 힘들여 꺾었기에 그 길이는 일반적인 공격보다 한 뼘 이상이 더 커졌다. 그렇다면 이번 공격으로 이도를 땅에 누일 수 있을 것이라 그는 생각하고 있었다.

기다리고 있던 것은 허기평뿐만이 아니었다. 이도 역시 이 순간을 기다리고 있었다.

이도는 이 기회에 자신이 가진 모든 무공을 바로 세우려 하고 있었다. 바로 용음십이수의 진실한 위력을 몸으로 체득하려는 계획을 가지고 있었던 것이다.

지금 그의 몸에선 내력이 모조리 상체로 이동하고 있었다. 얼마 전 현백이 가르쳐 준 대로 힘을 응집하려 하고 있었다. 한데 그러다 보니 다른 결과도 나타나게 되었다.

움직임이 한결 수월하고 빨라진 것이다. 무게 중심을 아래쪽에 잡았을 때는 상체의 움직임이 좋기는 하지만 한정된 움직임이었다. 한데 내력을 위쪽으로 올려 힘을 분배하니 오히려 가볍게 움직이는 것이 가능하게 된 것이다.

어깨의 상처는 처음 예전처럼 움직였을 때 입은 것이었고, 그 이후에 이도는 상처를 입지 않았다. 아니, 입을 수가 없다는 표현이 맞을 터이다.

이제 힘의 발출만 남았을 때 이도에게도 기회가 왔다. 허기평이 반쯤 함정을 파는 것이 보였던 것이다.

걸려드는 척하면서 이도는 왼편으로 움직여 주었다. 그러자 허기평이 재빨리 왼발을 크게 내디디며 오른손을 내밀었고, 바로 이 순간이 그가 기다리던 순간이었다.

타탓! 파아앙!

앞에 나가 있던 오른발을 힘껏 구르자 그의 신형이 뒤로 움직였다. 허기평은 이번에야말로 잡겠다는 듯 어깨까지 틀면서 손을 내밀고 있었다.

이도는 왼발을 뒤로 쭉 뻗기 시작했다. 뻗기는 뻗었는데 그냥 뻗은 것이 아니라 약간 좌측으로 밀면서 뻗자 그의 신형이 비스듬히 서기 시작했다.

"타아압!"

어깨까지 밀려온 내력을 오른팔로 이동시키며 이도는 오른팔로 크게 원호를 그렸다. 앞에서부터 뒤로 그리며 휘돌아 간 팔은 어깨와 수평이 되자 단단히 고정되었다.

피이잇!

팔뚝과 허기평의 오른손 수갑이 스치며 핏물이 다시 허공으로 튀었지만 이도는 멈추지 않았다. 여기에 오른발을 앞으로 힘껏 차 올리며 허리를 뒤로 슬며시 휘었다.

"……!"

이도의 눈에 놀라는 허기평의 모습이 보이고 있었다. 이도는 다시 허리를 뒤로 한껏 틀며 오른손의 내력을 정권에 집중시킨 채 허기평의 가슴을 쳐냈다.

쩌어어엉!

"커어억!"

귀청을 울리는 소리가 들리며 허기평의 신형이 왔던 속도만큼 뒤로 튕겨나가고 있었다. 날아가는 그의 가슴 부위에 대어진 철갑은 주먹의 모양이 확연하게 찍혀 있었다.

"후우우우웁!"

한데 이도의 몸에선 아직도 남아 있는 내력이 휘돌고 있었다. 그동안 해왔던 용음십이수의 느낌과는 사뭇 달랐는데 이도는 순간 오른발 쪽으로 내력을 밀어 내렸다. 그리고는 오른발을 들어 대지를 찍었다.

꾸우우웅!

"하아아……!"

대지가 울리는 소리와 함께 이도는 긴 숨을 뱉어내었다. 그의 눈에 허기평의 신형이 보이고 있었다. 무려 일 장여를 넘게 날아가 땅에 처박힌 그는 믿을 수 없다는 눈으로 자신을 바라보고 있었다.

2

"저게 무슨 무공이지?"

오유는 벌어진 입을 다물 수가 없었다. 단 한 수에 승부가 결정되다니…….그것도 맨손으로 가슴에 댄 경장 갑주를 우그러뜨리면서 말이다. 그녀가 아는 한 이도는 저만한 내력이 없었다.

분명 초식은 낯익은 것이었다. 용음십이수 내의 이학비형(異鶴飛形)이란 초식으로 몸의 방향과 전혀 다른 방향, 혹은 정반대의 방향으로 공격을 하는 것이었다.

그런데 이학비형은 아무리 해도 저만한 힘이 없었다. 제대로 위력이 나는 것은 얼마 전 현백이 손을 잡으며 해주었던 통지벽(通地劈)뿐이었다. 게다가 내력이 남는 것도 이해가 되질 않았다.

용음십이수가 개방에서 비전으로 여겨지는 것은 다름 아닌 그 위력이었다. 용음십이수는 본인의 내력에서 두 배 정도의 힘을 낼 수 있게 만들어주었던 것인데 그동안 그 방법이 실전된 상태였다.

그러한 것을 얼마 전 현백이 가르쳐 주었던 것이다. 일반적으로 그냥 기를 모아 때려내는 것이 아닌 상하 순환에 좌우 이동까지 같이 움직여야 가능함을 현백이 몸소 보여주었다.

그때 몸 안에 움직였던 힘의 방향이 아직도 기억에 생생했다. 일반적으로 대주천을 통해 일어나는 기운이 아닌 혈맥까지도 이용해야 하는 총체적이고도 복잡한 운용이었다. 그러한 운용이라면 한번 해내고 난 후 몸의 힘이 한꺼번에 빠지는 현상이 나타나는 것이 이상하지 않았다.

지난번에도 그랬었다. 그런데 이도는 저 정도의 위력을 내면서도 힘이 남아 그 힘을 해소하였다. 이해할 수가 없는 일인 것이다.

"용음십이수의 맛을 한번 본 것인가?"

"…저게 용음십이수란 말인가요?"

들려오는 현백의 중얼거림에 오유는 눈을 동그랗게 떴다. 현백은 그녀를 돌아보지도 않은 채 입을 열었다.

"힘이 남는 것을 이상하게 여긴다면 그건 진짜 상대를 해

보지 않아서 그렇다. 힘이라는 것은 내가 보낸다고 해서 다 가는 것이 아니다. 또한 그 힘은 다시 반탄력이라는 것을 동반하여 되돌아오게 된다. 해서 힘이 남아 있는 것처럼 보이게 되는 것이지."

"……."

"용음십이수가 진짜 무서운 것은 저러한 특성 때문이다. 세상에 돌아오는 반탄력을 이용하여 연속으로 내력을 실은 타격을 가하는 무공은 그리 흔치 않다. 더욱이 그 반탄력은 발출할 때마다 나오는 것이기에 용음십이수를 펼치게 되면 시전자가 버틸 수 있을 때까지 연속적인 타격이 가능하다. 내가 대지를 상대로 펼쳐 준 통지벽 같은 경우는 반탄력이 거의 없기에 네가 느끼지 못한 것뿐이다."

"……!"

오유는 입을 벌렸다. 지금껏 그녀가 알아온 용음십이수는 그야말로 껍질뿐이었다. 이 정도의 것이 진짜라면 실로 용음십이수는 대단한 무공이었다.

"이젠 정신력으로 봐야 하나?"

"아마도 그렇겠지. 지금부터가 진짜 싸움이니……."

문득 들려오는 현백과 지충표의 말에 오유는 의뭉스런 눈을 만들었다. 누가 봐도 지금의 상황은 이도가 유리한데 뭐가 진짜라는 것인지 알 수가 없었던 것이다.

오유는 현백에게 그게 무슨 말인지 물어보려다 입을 다물었다. 현백의 표정이 조금 심상치가 않았는데 그는 지금 저 앞을 보고 있지 않았다. 그는 눈을 돌려 관도의 저편을 보고 있었다.

"……."

현백의 시선을 따라 눈을 돌린 오유는 아무것도 볼 수 없다. 그저 수풀이 우거진 것 외엔 보이지 않았는데 왠지 모르지만 현백은 그곳만 주시하고 있었다.

"쿨럭! 쿡! 카아악! 퉤!"

질펀한 피 가래를 뱉어내며 허기평은 신형을 세우고 있었다. 단 한 번의 공격이었지만 그 공격이 가져다준 효과는 대단히 컸다. 제대로 숨을 쉴 수가 없었던 것이다.

권에 깃든 내력도 내력이지만 문제는 가슴의 철갑이었다. 갑주의 중앙 부근이 완전히 우그러져 가슴을 누르고 있었던 것이다.

"이런 제길! 이익!"

떨그렁!

가슴에 댄 철판을 신경질적으로 떼어내 던지며 그는 이도를 노려보기 시작했다. 이도는 그저 담담한 표정이었지만 실은 이도 역시 그리 좋은 상황은 아니었다.

비록 내력을 주입했다고는 하나 맨손으로 쳐낸 일격이었다. 그것도 가슴의 철판을 향해 쳐냈으니 손이 온전할 리 없었다. 다행히 내력이 주먹을 감싸주었기에 붉게 변하기만 했던 것이다.

그러나 이후의 싸움은 어찌 될지 몰랐다. 어쩌면 정말 난투가 될 수도 있는데 그렇게 된다면 이도가 불리했다. 가슴과 얼굴 부근을 제외하곤 모든 곳을 경장 갑주로 싸고 있으니 말이다.

"이 빌어먹을 거지 새끼. 설마 명조와 같은 방법을 쓸 줄은 꿈에도 몰랐다. 이 한 방은 아주 잘 받았다."

확실히 이도의 이번 일격은 상당한 충격을 준 것이 확실했으나 허기평은 갑주 때문에 이 정도로 버틸 수가 있었다. 그렇지 않았다면 당장에 가슴뼈가 부러질 수 있을 만큼 강대한 충격이었던 것이다.

한번 맛을 봐서 그럴까? 허기평은 이를 부득부득 갈면서도 함부로 나서지 않았다. 차근차근 방위를 밟으며 이도에게 다가갔는데 이도는 이번에도 그냥 보고 있을 뿐이었다.

물론 똑같은 방법을 다시 사용하지는 않을 터다. 그건 이도도 허기평도 느끼고 있을 터이고, 그렇다면 이제가 진검 승부였다. 허기평은 살짝 이를 보이며 입을 열었다.

"미처 알아보지 못해 정말 죄송하군. 그래, 어디 한번 그 잘난 개방의 무공 좀 한번 보자. 아니, 누구의 무공이 강한가 보자."

파아앙!

먹이를 노리는 매의 형상처럼 허기평은 다시금 허공으로 도약했다. 그리고 그와 함께 이도 역시 정적인 움직임을 풀고 적극적으로 달려나가고 있었다.

"……."

오유는 바짝 마른 입술에 연신 혀로 침을 묻히고 있었다. 그만큼 그녀는 긴장하고 있었는데 그럴 수밖에 없었다.

두 번째 격돌은 그야말로 난투극이었다. 허기평의 정체를 알 수 없는 조법에 이도의 권각술이 어우러지니 근접전밖에 할 수 없었던 것이다.

당연한 이야기지만 이도의 두 손은 점차 피로 물들어가고 있었다. 벌써 일다경 정도를 권각술로 싸웠으니 그 상처야 이루 말할 수 없을 정도인 것이다.

아까 현백이 이야기했던 반탄력을 이용한다면 좀 더 좋은 결과가 나올 것 같으나 애석하게도 이도는 그러한 원리를 모르는 것 같았다. 그저 육장으로 부딪치기 급급했던 것이다.

이렇게 가다간 이도의 목숨이 위태로울 것 같았지만 지충표와 현백 두 사람은 그저 아무 말 없이 바라보기만 하고 있었다. 그저 오유 자신만 발을 동동 구르고 있는 상황이었다.

하지 않으려고 해도 양 주먹이 부르르 떨렸다. 굳이 생각하지 않아도 이런 상황이 지속된다면 어떤 결과가 나올지는 잘 알고 있었다. 패퇴는 물론 두 팔을 못 쓰게 될 수도 있었던 것이다.

그러나 여기서 물러설 수는 없었다. 이도는 주먹을 쫙 펴고 이젠 장으로 상대하고 있었는데, 그가 생각하는 그 순간에도 허기평의 공격은 계속되고 있었다.

피피핏!

순간적으로 머리를 향해 철조가 날아왔고, 이도는 고개를 틀며 이를 피했다. 그러자 철조는 집요하게 그의 머리를 향해 다가왔는데 왠지 그 궤적은 함부로 볼 수 없을 정도로 독특한 형태를 이루고 있었다.

공세와 수세 이 두 가지는 무공의 기본이다. 그리고 그 두 개는 언제나 공존하는데 한쪽이 공세면 또 한쪽은 수세였다. 당연한 이야기지만 공세를 많이 취한다면 그만큼 이길 수 있는 확률이 높았다.

한데 공세를 계속 취한다는 것은 쉬운 일이 아니었다. 초식의 끊어짐도 그렇지만 내력의 지속 역시 한순간 공세에서 수세로 변화시키는 기폭제 역할을 한다. 그런데 허기평은 처음부터 지금까지 계속 공세를 잡고 있었던 것이다.

그건 바로 지금 날아오는 이 철조의 움직임에 기인했다. 도무지 철조를 정확히 볼 수가 없었다. 잔 떨림이 계속되며 좌우로 흔들리는데 어찌해 볼 도리가 없었던 것이다.

물론 그는 그 방향을 예측하고 상대해 볼 수는 있지만 단 한 번의 예측 실패는 패퇴로 연결된다. 그러니 함부로 움직일 수가 없었던 것이다. 그가 궤적을 알아볼 수 있는 순간은 거의 공격이 코앞으로 다가왔을 때뿐이었다.

타닷! 파아앙!

양손을 빠르게 놀려 눈앞의 철조를 걷어낸 후 이도는 앞으로 바싹 다가들었다. 어쨌든 자신 역시 근접전을 하기에 거리 유지는 필수였던 것이다.

스슷! 피이잉!

한순간 날아오는 철조를 또 한 번 피하며 이도는 허리를 살짝 숙였다. 그리고 허리를 숙이는 순간을 이용하여 왼팔을 땅에 짚으며 그대로 신형을 위로 솟구쳤다.

탓!

그가 움직이는 순간 아주 작은 소리가 났지만 그 움직임은 실로 기민했다. 어느 틈에 이도는 허기평의 앞에 팔을 땅에 댄 채 솟구쳤는데 이도는 오른발을 크게 휘돌리며 그대로 허기평의 관자놀이를 노렸다.

카아아앙!

하나 들려오는 소리는 여전히 둔탁한 소리뿐이었다. 아무리 이도의 발이 빠르다고 해도 허기평이 손을 들어 머리를 막는 것보다 빠를 수는 없었던 것이다. 이도는 신형을 바로 세

우자마자 뒤로 튕겨 나왔다.

"후우우우!"

또다시 잔존해 있는 내력을 해소하며 이도는 호흡을 고르기 시작했다. 현 상황을 대체 어떤 수로 돌파해야 하는지 이도는 막막한 심정이었다.

손이고 발이고 욱신거려 제대로 싸울 수가 없었다. 차라리 처음처럼 강렬한 타격을 성공시킬 수 있다면 이렇게 어려울 것 같진 않았다.

하나 이미 한 번 당한 허기평이 극도로 이도의 공격을 경계하고 있어 그것이 쉽지가 않았다. 그 한 방이 터지질 못하고 있었던 것이다.

"큭큭, 이제 좀 정신이 드나? 내 무공이 그리 녹록치가 않다는 것을 말이야. 아니, 개방의 무공 따윈 솔사림의 무공에 댈 것이 아니라는 것을 말이야."

이도를 비웃으며 허기평은 양손을 툭툭 털었다. 아마 이도의 피가 조금씩 묻어 있는 것을 털어내려는 듯 보였는데 그 모습을 보던 이도의 눈이 반짝였다.

"…그런 것이었나?"

흔들리고 있었다. 가까이서 보았을 때 심한 흔들림으로 어디를 공격할지 몰랐던 저 움직임은 일반적인 것이 아니었다. 속임수에 가까웠던 것이다.

흔히들 날아오는 정권이 흔들려 보인다면 그건 정말 경계해야 하는 것이다. 손목만 흔들리는 것이 아니라 팔부터 어깨까지 전혀 다른 방향을 향해 움직이며 환영을 만들기 때문이다.

그런데 지금 허기평의 양손은 그저 떨리고 있을 뿐이었다. 무언가 용수철 같은 것을 사용하여 이렇게 할 수 있는 것이 분명했다. 그럼 이도가 할 수 있는 것은 무엇인지 답은 확연했다. 지금 이 싸움에서 허기평의 장점은 갑주를 쓴 것밖에 없는 것이다.

근소한 차이로 내력과 초식 모든 것이 다 자신이 우세에 있었다. 그 우세를 갑주라는 것이 메워주고 있었던 것인데 이제 문제는 이도 자신에게 있었다. 욱신거리는 손발로 얼마나 참으며 싸울 수 있는가 하는 문제였던 것이다.

그냥 앞으로 달려나가 싸우는 것, 그것밖에 방법이 없었지만 왠지 자신이 없었다. 한데 그때였다.

톡, 데구루루루!

문득 그의 발 앞에 뭔가 구르는 것이 느껴지자 이도는 눈을 내렸다. 돌멩이였다. 순간 이도의 눈이 굴러온 쪽을 향하여 돌려졌다.

"……"

현백이었다. 그냥 바닥에 구르는 돌멩이를 발로 차 이도의 앞으로 굴린 것인데 이도는 그 뜻이 뭔지 몰라 멍한 표정을 지었다.

"큭큭, 그래, 차라리 그 돌이라도 들어봐라. 그럼 혹 알겠느냐, 손의 고통이 덜할지. 크하하하하!"

같은 편까지도 이도를 조롱한다고 생각했는지 허기평은 이도를 비웃었지만 이도는 아무런 말이 없었다. 진짜로 현백이 이 돌을 들고 싸우라고 던졌을 리는 없다.

뭔가 다른 것이 있을 터이다. 그리고 그 다른 점은 현백이 던진 돌을 쥐었을 때 알 수 있었다.

"……."

따뜻했다. 아마도 그냥 툭 발로 찬 것이 아니라 내력을 실어 보낸 것 같았는데 그 돌을 쥔 순간 그는 알 수 있었다. 내력이라는 것은 이렇듯 단단한 돌에도 그 힘을 전달하는 것임을 말이다.

갑주를 썼다고 해도 고통이 없는 것은 아니다. 결국 서로 동등한 입장이라는 것을 이제야 그는 알게 된 것이다.

부우우욱!

양팔의 소매를 잡아뜯은 후 이도는 양손에 감기 시작했다. 꽈악 감겨 있는 팔의 천을 확인한 후 그는 앞으로 달려가기 시작했다. 이젠 정신력의 싸움임을 그는 확연히 깨닫게 된 것이다.

"어째 일이 엉뚱하게 흘러가는 것 같다? 현백, 저 녀석 지금 못 알아들은 것 같은데?"

지충표는 고개를 갸웃거리며 입을 열었다. 확실히 이도는 현백의 의도를 잘못 알아듣고 있었다. 현백은 이도에게 내력의 반탄력을 이용하여 움직이는 용음십이수의 원리를 알려주려 했다.

저 돌멩이에 내력을 담아 움켜쥐기만 해도 충분히 알 수가 있는 일이었다. 반탄되는 힘이 몸 안으로 들어가 또 다른 힘을 파생시키는 것을 느낄 수 있도록 현백은 해놓았다.

그런데 지금 이도는 다른 생각을 하고 있는 것같이 보였다. 돌이라도 들고 치라는 것으로 생각을 했는지 양손에 팔소매를 질끈 감고 덤비고 있었던 것이다.

"근데… 내 생각엔 저게 나을 것 같은데?"

지충표는 오히려 잘되었다는 듯이 이야기하고 있었다. 그도 그럴 것이, 승부를 결정짓는 여러 가지 요소 중 가장 중요한 것은 바로 정신력이기 때문이다.

반드시 이기겠다는 마음, 그리고 그 마음을 관철시키겠다는 의지가 바로 승부를 결정짓는 가장 중요한 요소였다. 솔직히 큰 차이가 나지 않는 한 무공은 그 후의 문제였던 것이다.

비슷한 무공을 가진 사람이라면 특히 그 마음이 중요했다. 어쩌면 앞으로 세상을 살아가는 데 있어 가장 중요한 것을 지금 깨달은 것이니 말이다.

"그럼 한번 볼까, 얼마나 깨달았는지를? 엉? 자네, 어디 보나?"

넉넉한 얼굴로 지충표는 전방을 향해 시선을 고정시켰다.

하나 그 옆에 있는 현백은 아니었다.

"……."

또다시 관도 저편의 숲을 바라보고 있었다. 시선을 고정시킨 현백의 모습을 지충표는 그저 숲과 함께 번갈아 볼 뿐이었다.

"차아앗!"
"하압!"
파파팡! 쩌어엉!
"큭!"

전세는 확실해졌다. 이젠 누가 봐도 이도의 승세였다. 이도는 그야말로 이를 악물며 주먹을 날리고 있었고, 이전과는 달리 상당한 타격을 주고 있었다.

권과 장, 그리고 수많은 각법이 터져 나오고 있었고, 연이어 격중하고 있었다. 이렇게 가다간 허기평은 곧 피를 토하고 쓰러지는 일밖엔 남지 않은 듯했다.

"크으… 이런, 제길!"

허기평은 입가에 묻은 실낱같은 피를 지우며 이도를 노려보았다. 눈길만으로 사람을 죽일 수 있다면 이미 수백 번은 죽이고도 남을 눈빛이었다.

그는 도대체 이해가 되질 않았다. 이도는 한순간에 다른 사람이 되어버린 듯했다. 조금 전까지만 해도 어찌할 줄 몰라 유약하던 놈이 아니었던 것이다.

더욱이 이젠 자신의 공격이 전혀 먹히지가 않고 있었다. 이 젠 저 이도가 양손의 철조를 전혀 두려워하지 않는다는 것인데 아무래도 뭔가 눈치를 챈 것 같았다.

 그의 무공은 양조환권(兩爪幻拳)이란 무공이었다. 양명당의 돈을 쏟아 부은 솔사림에서 흘러나온 무공인데 사실 별것은 아니었다. 일반적인 조법과 큰 차이가 없었던 것이다.

 그러나 그 조법 속엔 상당한 변화가 있었는데, 그것은 무공이 아니라 만들어놓은 철조가 더 중요했다. 철조에 여러 가지 장치가 되어 있었던 것이다. 그리고 그 장치들로 인해 자연스럽게 흔들리는 철조가 그가 가진 무공의 대부분이었던 것이다.

 한데 이젠 그런 것들도 장점이 되지 않았다. 그러니 독하게 마음먹을 수밖에 없었는데, 사실 그도 더 이상 견디기 힘들었다. 비록 철갑으로 감싼 부분만 타격을 받도록 노력해 왔으나 이젠 타격이 쌓이고 쌓여 버티기가 쉽지 않았던 것이다.

 "오냐! 이제 끝을 내주마! 아주 박살을 내주마!"

 파아앙!

 허기평은 온 힘을 다해 허공으로 솟구쳤고, 이어 이도의 신형 역시 허공으로 솟구쳤다. 정말 승부를 내겠다는 듯 양측의 내력은 최고조로 늘어나고 있었다.

 "잠시 자네 방패 좀 빌리지."
 "응?"

지충표가 말릴 사이도 없이 현백은 지충표의 방패를 등에서 꺼내 들었다. 그리곤 앞으로 한 걸음 나서기 시작했는데 지충표는 그저 의아할 뿐이었다.

"혹 그거… 네가 지금 보는 것과 관련이 있나?"

조금 이상한 기분에 지충표가 다시 묻자 현백이 고개를 살짝 끄덕였다.

"정말 누가 있는 거였나?"

지충표는 슬며시 등 뒤로 손을 가져가 박도를 꺼내 들기 시작했다. 현백이 허튼소리를 할 것 같지는 않았고, 뭔가 있기 때문에 그런 것일 터다. 서서히 지충표와 현백의 몸에서 기운이 차오르는 가운데 두 사람의 눈은 전방으로 향했다.

타탓! 파앙!

"크윽!"

허기평의 가슴에 일권을 꽂아 넣은 후 이도는 신형을 낮추었다. 이젠 끝을 내야 할 때였다. 무릎과 허리를 굽힌 채 이도는 다시 내력을 모았다. 그리고 그와 함께 오른손을 땅으로 내리며 신형을 공중에 띄웠다.

이도의 눈에 허공으로 살짝 떠오르는 허기평의 신형이 보였다. 가슴 한쪽을 맞은 채 그 반탄력에 뒤로 튕겨지고 있었던 것이다.

용음십이수는 장점이 많은 무공이었다. 특히 그중 하나가 바로 연격인데, 몸의 중심을 여러 곳으로 이동시키며 독특한 공격을 가능하게 했다.

화려한 공격, 그리고 그 화려함 속에 깃든 웅혼한 위력이야말로 용음십이수의 진미였다. 이도는 이제야 용음십이수의 참맛을 본 것이다.

"합!"

쉬이익!

허리를 힘껏 비틀며 이도의 양 발이 물레방아처럼 돌기 시작했다. 허기평의 신형이 채 땅으로 내려와 중심을 잡기도 전 이미 그의 양팔은 이도의 양 발에 의해 난타당하고 있었다.

스파파파팡! 치이이잉!

기이한 소리와 함께 허기평의 양손이 허공으로 치솟자 그의 손에 끼워져 있던 철조가 하늘로 튀어 오르고 있었다. 기어이 이도는 허기평의 양손 철조를 박살 낸 것이다.

이젠 승리가 눈앞에 보인다는 생각에 이도는 땅에 내려서자마자 허기평에게 달려들려 했다. 한데 순간 허기평의 얼굴이 눈에 들어왔다.

"……."

웃고 있었다. 실낱같은 웃음이었지만 분명 그는 웃고 있었다. 상황은 그에게 불리해져 가고 있건만 그는 오히려 웃고 있었다. 그리고 그때,

딸각!

"……!"

들릴 듯 말 듯한 작은 소리가 들려오고, 그가 소리가 난 곳을 향해 눈을 돌렸을 때 두 개의 철조가 보였다. 이어 그의 머릿속에 한 가지 사실이 떠올랐다. 이도 자신의 공격은 허기평의 왼손에 집중되었다. 오른손엔 전혀 타격이 없었던 것이다.

스웃! 파아아앙!

불길한 느낌에 그는 뒤로 몸을 날렸다. 한쪽 구석에 있는 다탁을 향해 몸을 날렸는데 이도가 본 것은 다루의 기둥 한쪽이었다. 비록 노천에 있는 다루일망정 기둥은 근 한 자가 될 정도로 두꺼웠던 것이다.

그러나 그가 근처에 가기도 전, 그의 귓가에 강렬한 폭음이 들려왔다.

꽈아앙! 피피피피핏!

철조 두 개가 모두 폭발하며 이도의 전신을 옥죄어오고 있었다. 미리 화약이라도 넣어놓은 모양인데 이도는 날면서 허리를 뒤틀었다.

파파팟!

몇 개의 철편이 그의 몸을 살짝 스치고 있었다. 하나 정통으로 맞은 것은 없어 이도는 여전히 몸을 움직였다. 그리고 다시 한 번 철편의 폭풍이 이도를 향해 날아왔다.

"이야아압!"

쩌저저저정!

이도는 온 힘을 다해 양손을 휘둘렀다. 강기가 담긴 그의 주먹질에 철편은 부서지진 않았지만 튕겨 나가기는 하고 있었다. 그렇게 이도가 기둥 쪽으로 거의 다 왔을 때다.

쐐애애액!

"……."

이도의 눈이 커졌다. 이제까지 다가왔던 파편들과는 비교할 수도 없는 속력으로 무언가 그의 머리를 향해 날아오고 있었다. 그 정체조차 무엇인지 알 수 없을 정도로 빠른 속력이었다.

사력을 다해 발을 놀려 기둥의 뒤로 가지만 조금, 아주 조금 신형이 늦어지고 있었다. 이대로 가다간 자신의 미간에 무언가 박힐 찰나였다.

쉬리리링! 콰가가각!

"……."

이도의 신형이 멎었다. 그는 아직 기둥 뒤로 숨지 못했지만 그는 멀쩡했다. 대신 무엇인가가 날아오는 물체를 막아내 주었다.

물푸레나무를 둥글게 말아놓은 그 물체 안에는 차가운 철의 편광이 보이고 있었다. 삼분지 일쯤 기둥에 박힌 그 물체는 바로 지충표의 방패였다.

第八章

악연의 시작 (2)

1

"큭, 정말 몹쓸 놈들이로군. 어째 무공 차이에도 불구하고 태연하다 생각했더니 이런 것을 노리고 있었냐?"

지충표는 한쪽 눈썹을 꿈틀거리며 넘어져 있는 허기평을 비웃었다. 허기평은 이를 악물며 이도를 바라보고 있었는데 그는 더 이상 웃는 얼굴을 하고 있지 않았다. 대신 이를 악물며 현백 일행을 쏘아볼 뿐이었다.

"괜찮아?"

오유가 이도를 향해 묻자 이도는 고개를 살짝 끄덕였다. 가까이서 본 이도의 모습은 생각보다 훨씬 심각했다. 양 주먹과 발 모두 붉은 피로 물들어 있었던 것이다.

이 고통을 꾹 참으며 그는 싸워왔고 누구보다도 정정당당하게 싸웠다. 한데 이런 이도를 상대로 암격이라니……. 오유는 새삼 분노가 가슴 저 아래에서부터 치밀어 오르고 있었다.

"이 빌어먹을 놈! 기껏 생각한 것이 이따위 방법이냐? 뭐가 솔사림의 무공이란 말이냐!"

씩씩거리며 오유는 현백과 지충표의 앞으로 나왔고, 이어 그녀의 날카로운 목소리가 흘러나왔다.

"그 숲 속에서 암기나 날린 놈! 당장 이리 나왓! 어떤 비열한 놈인지 얼굴이나 한번 보자!"

살기 어린 눈빛을 쏘아내며 그녀는 보이지 않는 어두운 숲 속을 향해 소리를 질렀지만 숲 속에선 아무런 반응도 없었다. 그저 불어오는 산들바람에 나무만 흔들리고 있었는데 오유는 한 번 더 소리를 지르려다 말았다. 그녀보다도 먼저 그곳으로 달려간 사람이 있었던 것이다.

"오냐, 나오기 싫으면 내가 나오게 해주마. 어디, 얼마나 버티나 한번 볼까? 차아아압!"

지충표가 달려가고 있었다. 한쪽 손에 박도를 든 채 그는 전방에 보이는 아름드리 나무로 달려들고 있었고, 어느 정도 거리가 가까워지자 그대로 박도를 비스듬히 내리그었다.

파아아앗!

하얀 백광이 사람들의 눈에 보였고, 이어 지충표는 나아가는 탄력을 죽이지 않고 허리를 틀었다. 그리곤 왼발을 허공으로 차 올려 자신이 칼질을 한 아름드리 나무를 발로 걷어찼다.

꾸우웅…….

소리를 들어보니 내력이 많이 깃든 것은 아니었다. 그저 체중을 실은 공격 같았는데 워낙 장사인 지충표인지라 베어진 나무는 그대로 앞으로 쓰러지고 있었다.

우지지지직! 꾸구궁!

연쇄적으로 다른 나뭇가지들을 박살 내며 순식간에 숲이 아수라장이 되자 그 속에서 뭔가 허공으로 떠올랐다. 그것은 공중을 사뿐히 날아 관도의 한가운데로 떨어져 내리고 있었다.

타닷!

떨어진 것은 사람이었다. 역시나 허기평처럼 백의를 입고 있었고, 얼굴에 비해 몸이 약간 큰 것으로 보아 그도 경장 갑주를 입고 있는 듯 보였는데 그는 강팍한 인상의 사십대 장한이었다.

"호오, 이거야 원, 오늘 이 사람이 안계를 넓히는 날이로군요. 강호의 신성들이 이리도 한꺼번에 등장할 줄이야……."

슬쩍 현백 일행을 둘러보며 그가 한 말이었다. 얼굴 생김과는 다르게 목소리는 아주 저음이었는데 눈을 감고 들으면 완전히 강호의 협사처럼 생각될 정도였다.

하지만 암기를 날린 비열한 행동을 한 자임을 이미 알고 있기에 현백 일행의 눈은 싸늘히 식어 있었다. 문득 현백은 이도 주변으로 가 기둥에 박힌 방패를 꺼냈다.

"……."

암기는 그저 일반적으로 볼 수 있는 강침이었다. 그런데 뭔가 조금 다른 것이 보였는데 마치 낚싯바늘처럼 편린이 여러 개 동체에 나 있었다.

아니, 그것은 붙어 있는 것이 아니라 작은 못을 사용해 박아놓은 것이었다. 날아갈 때는 동체와 딱 붙어 저항없이 날아가다 일단 누군가의 몸에 박히면 뺄 수가 없는 형상이었다. 잡아당기면 몸 안에서 편린들이 일어서게 만들었던 것이다.

상당히 악독한 암기였고, 이 암기가 이도의 몸에 꽂혔다면 정말 위험할 뻔했다. 현백은 눈을 돌려 묵직한 목소리를 내었다.

"꽤나 위험한 것을 암기로 쓰는군. 이것이 양명당의 독문 암기인가?"

"꼭 그렇지만은 않소이다. 적에 따라, 그리고 그 무공 수위에 따라 달라질 수 있는 것이오만……."

사내의 말에 현백은 살짝 웃었다. 하나 그 웃음은 기분 좋아 웃는 것이 아니었다. 뼛속까지 차갑게 느껴지는 살소였던 것이다.

"그럼 너희들은 우리를 살아선 안 되는 적으로 봤다는 것이냐, 이런 암기를 쓸 정도면?"

"비슷하다고 생각하면 될 터. 이미 너희들의 소식은 우리 양명당의 윗전으로 올라갔다. 앞으로 강호 생활이 상당히 힘들어질 것은 자명한 일이고……."

허기평과 같이 이 사내 역시 뭘 믿고 이토록 강하게 나오는지 현백 일행은 알 수 없었다. 사내는 말을 마치고 허기평의 신형을 잡아 일으키며 다시 입을 열었다.

"오늘은 이 정도로 하는 것이 좋을 것 같군. 하나 앞으로는 쉽게 잠들 수도 없을 것이다. 이 모든 것은 다 너희들 스스로 만든 것이니 원한도 없겠지."

뭐가 그만 하는 것이 좋다는 것인지 알 수 없지만 사내는 허기평과 같이 온 건달들을 추스르고 있었다. 문득 지충표의 굵직한 목소리가 허공에 울렸다.

"미친놈, 네놈 혼자 지껄이고 튀면 그만이냐? 누가 그냥 가게 놔둔대?"

지충표의 한마디에 사내는 다시 고개를 돌렸다. 그리곤 한쪽 입술을 살짝 비틀며 입을 열었다.

"그렇지 않으면? 날 죽이기라도 할 것이냐?"

마치 너 따위는 안중에도 없다는 듯이 그는 말하고 있었다. 지충표는 기가 차서 말이 안 나오고 있었는데 그때 현백의 조용한 목소리가 다시금 들려왔다.

"굳이 우리가 널 죽일 필요도 없을 것 같은데?"

"……!"

 현백의 말에 사내는 눈을 살짝 좁혔다. 그러다 뒤쪽에서 느껴지는 강대한 힘에 깜짝 놀라며 고개를 돌렸다.

 손. 하얀 손 하나가 그의 시선에 들어왔다. 반사적으로 사내는 양손을 들어 그 손을 막으려 했는데 그것이 쉽지 않았다.

 쉬시시식!

 손 그림자가 늘어나고 있었다. 한두 개가 아니라 근 십여 개 이상으로 늘어나며 기괴한 모양으로 변화시키고 있었다. 사내는 등줄기에 식은땀이 흐르는 것을 느낄 수 있었다. 이 정도라면 보통 무공이 아니었던 것이다.

 그러나 이대로 당할 수는 없는 노릇이라 그는 양손을 휘저었다. 그러나 돌아오는 것은 아랫배에 느껴지는 극렬한 타격이었다.

 퍼어억!

 "우욱!"

 자신도 모르게 그는 허리를 꺾었다가 다시 쫙 폈다. 하나 그 동작은 사내가 원해서 된 것이 아니었다.

 우두둑!

 그의 목이 잡혀 있었다. 하얀 손을 지닌 자. 그자의 빠르기는 상상을 초월하고 있었다. 사내는 간신히 눈을 들어 초점을 잡았다.

"진짜 웃기는 놈들이구나. 양명당 따위가 감히 개방 사람을 어떻게 해보겠다고? 우리 개방이 그토록 업수이 보이더냐!"

"……!"

사내의 눈이 휘둥그레졌다. 눈앞에 보이는 삼십대의 장한은 그도 잘 아는 사람이었다. 가슴에 네 개의 매듭을 단 채 한 수에 십여 개 이상의 환영을 보여주는 자.

그는 개방의 희망이었다. 십여 세에 개방 방주의 눈에 들어 개방의 모든 무공을 섭렵하고 스스로 창안해 낼 수 있을 만큼 대단한 무공을 지닌 자였다. 바로 호지신개(護志新丐) 명사찬(茗史贊)이었던 것이다.

"당주님, 진정하십시오. 하는 짓이 건방지긴 하나 아직 충돌을 해선 안 됩니다."

"송암, 뭐가 두려워서 그러느냐! 너도 지금껏 보지 않았더냐, 이도가 하마터면 비겁한 수에 죽을 뻔했음을!"

명사찬의 옆엔 대여섯 명의 사람이 있었다. 당주라 부르는 것으로 보아 아마도 그의 수하들 같았는데 송암이란 사내는 굽히지 않았다.

"압니다. 하나 지금은 그럴 수밖에 없습니다. 방주님의 엄명입니다."

"…제길!"

퍼어어억!

목을 잡았던 사내를 옆으로 집어 던지며 명사찬은 이를 갈았다. 함부로 강호 세력과 마찰을 일으키지 말라는 방주의 엄명이 있었던 것이다.

왜 그런지 모르지만 요즘 개방은 웅크리기 일쑤였다. 명사찬이 생각해도 그 도가 지나친 것 같았는데, 그렇기에 이런 일이 생길 수 있었다. 무공이 조금 떨어지는 제자들이 해를 입을 수 있었던 것이다.

누군가 그들을 건드린다면 철저히 보복해야만 했다. 그래야 두 번 다시 이런 일이 반복되지 않을 것이라는 게 그의 생각이었다. 하니 이 상황이 마음에 들지 않는 것은 당연했다.

"큭! 그래, 그런 자세가 좋지. 그래야 개방이지, 강호의 중심에서 형편없이 밀려난."

"입 닥치고 조용히 사라져라, 마음이 바뀌어 죽이기 전에!"

일어서면서 속을 긁어놓는 사내를 보며 명사찬은 으르렁거렸지만 사내는 비릿한 웃음을 지을 뿐이었다. 그는 허기평과 함께 명사찬의 옆을 스치며 다시 입을 열었다.

"궁금한데 그래? 죽으면 앞으로 어찌 될까? 한번 해보지?"

"……."

명사찬은 이를 꽉 깨물었다. 왜 자신이 이런 수모를 당해야 하는지 모르겠지만 지금은 참을 수밖에 없었다. 그것이 어릴 때부터 자신을 키워준 방주에 대한 보답이니 말이다.

"그럼 난 갈 테니 잘 생각해 봐. 왜 이렇게 개방이 업신당하는지를 말이다. 크하하하!"

웃을 때마다 배가 울릴 터인데도 사내는 웃고 있었다. 명백한 비웃음이지만 명사찬은 아무런 행동도 할 수가 없었다. 한데 그때였다.

"미친놈, 아픈 배 붙잡고 웃으면 누가 대단하다고 할 것 같으냐? 그리고 누구 마음대로 여길 떠나?"

"……."

어느새 눈앞에 한 사내가 나타나 있었다. 바로 지충표 그였는데 그의 눈은 이미 사납게 변해 있었다.

"네놈 눈엔 내가 개방 사람으로 보이더냐? 나도 그냥 있을 것 같아?"

"이놈이!"

갑작스런 상황에 사내는 당황했지만 이어 바로 손을 날렸다. 겉보기엔 그리 강해 보이지도 않는 놈이 이죽거리니 화가 머리 끝까지 난 것이다.

하나 그건 그의 오판이었다. 오로지 현백이란 사내만 조심하면 될 것이라 생각한 그 자체가 잘못된 것이었는데, 당연히 그는 지충표의 머리를 자신의 손으로 부수어놓을 수 있다고 생각했다. 한데,

콰각! 휘이잉!

"어엇!"

자신도 모르게 세상이 뒤집히고 있었다. 손목을 누군가에게 잡힌 것 같았는데 그 이후는 도무지 그의 의지대로 되지 않았다. 게다가,

콰아아앙!

"커억!"

가슴 쪽에 극렬한 고통이 느껴지며 그는 뒤로 나가떨어졌다. 몸을 뒤집은채 확 일어서려고 했지만 그것이 용이하지 않았다.

"큭, 되지도 않은 갑옷을 입고 다니면 장땡인 줄 알았냐? 모든 세상 이치에는 다 장단점이 있는 걸 몰라?"

지충표는 박도를 들어 가슴께로 올리고 있었다. 자세히 보니 날이 아니라 도배로 친 것이었다. 가슴의 연결 부위까지 한꺼번에 찌그러져 버렸다.

관절 부위가 뻣뻣하니 제대로 일어날 수가 없었던 것이다. 그는 옆의 허기평의 도움을 받아 겨우 몸을 일으키고 있었다.

"너… 이놈… 반드시 없애주겠다. 이 제송강(濟宋剛)의 이름을 걸고 그냥 안 둔다!"

"등신, 나 같으면 그냥 가겠다. 꼭 날 도발시켜 죽고 싶냐?"

"……."

이어진 지충표의 말에 스스로를 제송강이라 밝힌 사내는 입을 꽉 다물었다. 그 말이 절대 틀리지 않았던 것이다.

제송강과 허기평은 그저 이를 북북 갈며 움직이기 시작했

다. 끌고 왔던 패거리와 함께 패잔병의 모습으로 움직이고 있었는데, 그들의 뒤편으로 호지신개 명사찬의 웃음소리가 허공에 울렸다.

"크하하하하하! 간만에 이렇게 웃어보는구나! 크하하하하!"

"……."

제송강과 허기평이 할 수 있는 것은 그저 두 눈에 독기를 품는 것밖엔 없었다.

"하면 당신이 홍명 그 친구와 같이 있었단 말씀이오?"

"……."

명사찬의 말에 현백은 조용히 고개를 끄덕였다. 일행은 지금 다루로부터 꽤나 떨어진 야산에서 다시 노숙을 하고 있었는데 이젠 인원이 꽤나 불어난 상태였다.

명사찬은 개방 내에서 집법당을 맡고 있었다. 이제 삼십이 조금 넘은 현백과 동년배로서 상당한 지위를 가지고 있었는데 보통 이런 자리는 장로급의 사람들이나 가는 자리였다.

그런 집법당주를 차지한 명사찬의 개방 내 위상은 확실히 보통 이상인 듯싶었다. 차기 개방의 미래라 해도 과언이 아닌 것이다.

"게다가 대형께선 저희들에게 제대로 된 용음십이수를 가르쳐 주셨습니다. 사부님의 부탁이셨대요."

"용음십이수! 그것을 당신이 알고 있단 말이오?"

명사찬은 연속으로 놀라고 있었다. 한데 그의 반응은 현백의 생각과는 조금 의외였다. 지금 오유의 말은 차라리 하지 않는 것이 옳았다. 일반적인 상황이라면 말이다.

강호 문파란 자파의 무공을 상당히 중시한다. 그리고 그 무공을 외부에 전파하는 것을 극도로 꺼린다. 유출된 무공은 결국 파훼법을 가지고 창이 되어 돌아오니 말이다.

그런데 지금 명사찬은 그런 것을 생각지 않는 것 같았다. 그저 유실된 무공이 다시 돌아왔다는 것 자체가 중요한 듯이 보였는데 그건 그만의 생각이었다. 그 뒤에 같이 온 집법당의 개방도는 현백의 염려와 같은 반응을 보이고 있었다.

"외인이 우리 개방의 무공을 알고 있단 말입니까? 당주님, 이 일은 쉬이 넘길 일이 아닙니다."

"그렇습니다, 당주님. 지금이라도 자초지종을 먼저 알아보아야……"

"모두들 입 닫아라! 지금 너희들이 하는 행동이 개방의 무공을 돌아오게 해주고 거기에 개방의 어린 동량을 봐준 사람에게 할 소리냐! 어찌 그리 마음이 좁아!"

"……"

단번에 명사찬은 그들의 입을 막고 있었다. 그는 걸터앉은 그루터기에서 눈도 돌리지 않은 채 다시 입을 열었다.

"용음십이수는 나도 모르는 무공이다. 내가 본격적으로 무공을 익히려 할 때 나의 친구 홍명이 열과 성을 다해 익히는 것을 보고 포기했다. 그리고는 그 친구가 충무대로 간 후 잊혀졌다. 아니, 사실 그 친구도 용음십이수의 모든 것을 다 알지 못했지."

씁쓸한 표정을 지으며 명사찬은 눈을 돌려 이도와 오유를 바라보았다. 두 사람의 사부인 홍명은 완벽하게 용음십이수를 깨우친 것이 아니었다. 애당초 용음십이수는 개방에서도 미완의 무공이었던 것이다.

아니, 절전되었다는 표현이 맞을 터이다. 그러한 무공을 홍명이 초식을 찾아놓았다. 무공 욕심이 남다른 명사찬도 그래서 용음십이수는 건드리지 않았던 것이다.

곡절이야 어찌 된 것인지 몰라도 홍명은 지금 완성된 용음십이수를 개방에 돌려준 셈이었다. 그 결정적 역할을 한 현백을 명사찬은 탓할 마음이 전혀 없었던 것이다.

"잘 익히거라, 이도와 오유. 너희들은 홍명의 유지를 따라야 할 것이다. 그리하여 강호에 개방의 무공이 또 하나 살아있음을 증명해야 할 것이야."

"예, 사숙님."

두 사람은 명사찬의 말에 고개를 끄덕이며 입을 열었다. 명사찬은 잠시 무명천으로 친친 감겨진 이도의 팔다리에 눈길을 주었는데 사실 그는 무공보다 이도가 이러한 마음을 가지게 된 것이 더 기뻤다.

무공이야 자신이 가르칠 수도 있었다. 하지만 싸움에 임하는 자세는 그가 가르칠 수 없었다. 스스로 이를 깨달아야 하는 것인데 이도는 그것을 깨달은 것이다.

명사찬은 지금 중경으로 가는 길이었다. 솔직히 이도와 오유는 만날 것이라 생각하지 못했는데 가는 도중 우연히 만나게 된 것이었다. 그것도 다루에서 싸우는 것을 다 지켜보았었다.

아마도 현백은 이를 눈치 채고 있었던 것 같았지만 그는 별 내색을 하지 않고 있었고, 당시에도 그는 그냥 눈길 한번 주곤 끝났다. 그래서 나서지 않았던 것이다.

"그나저나 양명당 놈들이 당신들을 그리 쉬 놔주지 않을 겁니다. 무공이야 보신 대로 별것 아닌 놈들이지만 생각이 쓰레기 같은 놈들이라 상식을 깨는 경우가 많습니다. 조심해야 할 것입니다."

"캇, 그런 놈들이라면 신경 쓰지도 않소이다. 솔사림인지 뭔지 믿고 까부는 놈들인 것 같은데 솔사림의 고수가 나선다면 몰라도 그런 놈들이라면 그리 두렵지 않지."

지충표가 콧김을 뿜어내며 입을 열자 사람들의 얼굴에 작은 미소가 감돌았다. 같은 말을 해도 지충표는 분위기를 풀 줄 아는 사내였다. 얼굴은 우락부락해도 그건 얼굴뿐이었다.

하지만 상황은 지충표가 말하는 것처럼 그리 낙관적이지 않았다. 비록 양명당이 그 무공이 별로라 하지만 암기에서 볼 수 있듯 여러 가지 비열한 수단을 잘 쓰는 곳이었던 것이다.

그러나 지충표가 아니라 현백이란 사내를 볼 때 명사찬은 한숨 놓을 수 있었다. 현백은 그냥 흔히 볼 수 있는 무인이 아니었다. 언뜻 봐도 그의 기도는 장난이 아니었다.

아무리 봐도 자신의 아래가 아니었다. 솔직히 명사찬의 마음 한구석에선 호승심이 불같이 일어나고 있었는데 일단 이도와 오유의 은인이기에 꾹 참고 있었던 것이다.

"일단… 현 대형은 지금 화산으로 돌아가시는 중이랍니다. 해서 중경까지 저희와 같이 가기로 했어요. 그래도 괜찮겠죠, 사숙님?"

이도는 살짝 말끝을 흐리며 입을 열었는데 중경까지 간다는 사실은 개방의 회합에 간다는 뜻이고, 이는 외인이 개방의 회합에 참여한다는 말이었다. 어찌 보면 쉽지 않은 일이기도 했다.

한 문파만의 대회는 여러 가지 일이 일어난다. 특히나 외부인이 알아서는 안 되는 사실을 이야기할 때도 있고 자파의 무공에 대한 것도 모조리 드러날 수가 있었다. 그러니 외부인이 끼어들면 아무래도 운신이 쉽지 않았던 것인데 역시 명사찬은 이번에도 화통하게 입을 열었다.

"물론이다. 사부님도 보셔야지. 나야 언제든 환영이다."

환하게 웃으며 그는 입을 열었는데 그 말에 이도와 오유 역시 함박웃음을 지었다. 그러다 다시 이어진 그의 말에 얼굴

표정이 살짝 흐려졌다.

"한데… 우리 쪽 대회에 오시는 것도 좋지만 화산의 대회에 가셔야 하지 않겠느냐? 화산으로 돌아가시는 중이라 하지 않았어?"

"…중경에 화산 무인들도 오는 것이오?"

현백은 그를 향해 되물었다. 중경에 화산 사람들의 회합도 있다면 현백이 굳이 화산으로 갈 필요는 없었다. 명사찬은 고개를 끄덕이며 입을 열었다.

"물론이외다. 화산뿐만이 아니라 청성이나 아미도 다 중경에서 회합을 가지고 있지요. 이번 영무지회가 소림에서 열리니 아마도 그 준비는 가까이에서 하려 할 것입니다."

"소림에서 열리나요? 솔사림의 본산이 아니라요?"

매년 솔사림이 우승하기에 이번에도 솔사림에서 열릴 것이라 생각했는지 이도가 물어오자 명사찬은 고개를 끄덕이며 말을 이었다.

"그래, 이번엔 소림에서 열린단다. 솔사림의 본산에서 무슨 일이 있는 모양이야. 그래서 다들 더욱더 노력하고 있지. 솔사림의 본산에 가면 다들 반쯤은 주눅이 드니 말이야."

조금은 씁쓸한 표정을 지으며 명사찬이 입을 열자 지충표는 귀가 솔깃했다. 무림인이 어딜 가 주눅이 든다는 것 자체가 그는 이해할 수 없었다. 그렇게 바보처럼 구는 무림인이 있다는 것을 믿을 수 없었던 것이다.

슬쩍 지충표의 얼굴을 본 명사찬은 대충 그의 생각을 읽은 듯했다. 그는 작은 웃음과 함께 다시 말을 이었다.
 "제 말이 믿기지 않는 모양인데 나중에 한번 가보시면 압니다. 황금 정원을 들어서면 기가 질리지요. 그만한 금력을 동원할 수 있는 솔사림주가 대단하게 느껴질 수밖에요."
 "황금 정원?"
 진짜 황당한 소리였다. 눈에 보이는 모든 것이 황금이라는 뜻인데 설마 그 정도의 재력을 가진 사람이 세상에 있는가 하는 것이 의문이었다. 아니, 그만한 재력이 있다 해도 그런 정원을 만들 수는 없었다.
 그건 황제나 가능한 일이고, 만일 정말 그런 정원이 있다면 황제의 권위에 도전하는 셈이었다. 이도가 솔사림이 황실과 연계되어 있다고 말하는 이유가 있었던 것이다.
 "그 정원을 볼 때마다 사람들은 긴장하곤 합니다. 또한 바닥이 황금으로 되어 있다 보니 어색한 것도 있고 도약도 좀 힘들고요. 해서 이번 소림대회에 신경을 쓰는 것입니다."
 "…쩝, 그렇군요."
 지충표는 고개를 끄덕이며 입을 닫았다. 과연 그런 곳이라면 자신도 조금은 주눅이 들 것이다. 문득 현백이라면 어떨까 하는 생각이 들어 그를 향해 눈을 돌렸는데 현백은 다른 생각에 잠겨 있는 듯했다.

그는 자신의 소매에 그려진 작은 매화를 손가락으로 더듬고 있었다. 왠지 모를 깊은 눈동자를 통해 지충표는 현백이 많은 고민을 하고 있음을 느낄 수 있었다.

왠지 오늘 밤은 현백에게 아무런 말도 시켜선 안 될 것 같았다. 아마도 혼자서 많은 생각을 해야 할 터이니…….

2

"정말 지겨운 자식들이군. 이것들은 자존심도 없나?"

지충표는 인상부터 벅벅 쓰고 있었다. 그의 눈은 지금 관도의 저 앞을 바라보고 있었는데 그곳엔 일단의 무리가 버티고 서 있었다.

"끈질긴 면이 있는 놈들이라고는 알고 있었지만 이 정도일 줄은 나도 몰랐어. 한데 이번엔 좀 다른 느낌인 듯한데?"

지충표의 옆에 선 명사찬이 작은 목소리로 중얼거렸다. 그러자 지충표는 등에 멘 박도와 방패를 풀어내며 입을 열었다.

"어쨌든 저 고개만 넘어가면 중경이지? 그럼 더 이상 저놈들 걱정은 안 해도 되는 거지?"

"저놈들도 바보가 아닌 이상 중경에서까지 덤비진 못할 거야. 중경엔 우리 문파뿐만이 아니라 다른 문파들도 있으니 함부로 나서다간 무림의 영향력있는 문파들의 눈도장을 받는 수가 있으니……."

"젠장, 그럼 볼 것도 없지. 사찬, 넌 여기서 사람들과 있어라. 난 당장 가서 저놈들을 박살 낼 테니."

지충표는 말을 마치자마자 앞으로 나서고 있었다. 움직이는 그의 얼굴엔 퉁명스러움이 가득했는데 그도 그럴 것이, 이틀이면 올 거리를 벌써 일주일째 움직이고 있었다.

양명당의 무사들이 계속 그들의 발목을 잡았던 것이다. 보는 대로 그냥 후려치면 될 것이라 생각했건만 그대로 하자니 시일이 상당히 걸렸다. 그래서 얼굴 가득 짜증이 일었던 것이다.

물론 그러면서 좋은 점도 있었다. 워낙 사람 사귀기를 좋아하고 호방한 지충표는 그 와중에 명사찬과 말을 놓고 지낼 만큼 친해졌다. 현백과 명사찬이야 현백이 말수가 없는 편이기에 그럴 수가 없었지만 말이다.

"어어! 이봐, 충표! 그렇게 만만히 볼 놈들이 아니야! 생각 좀 하고……."

명사찬은 앞으로 나간 지충표를 말리려다 입을 꽉 닫았다. 현백이 나가고 있었다. 그동안 지충표에게 맡겨놓고 가만히 있던 현백이 무슨 일인지 지충표의 뒤를 따라가고 있었던 것이다.

아마도 현백은 저들의 무위를 가늠한 것 같았다. 그래서 지충표 혼자서는 힘들다고 느낀 것 같은데 명사찬은 작은 미소와 함께 앞으로 움직이고 있었다. 아무래도 좀 더 가까이 보고 싶은 마음이 무럭무럭 일고 있었던 것이다.

　모두 여섯 명이었다. 그동안 자신들에게 덤빈 숫자치곤 꽤나 적은 숫자였는데 일견하기에도 상당한 무위를 가지고 있는 듯이 보였다. 과연 중경으로 들어가는 마지막 관문이라 그런지 신경을 쓴 듯 보였던 것이다.
　앞으로 나가 호흡을 고르며 지충표는 상대의 무위를 가늠하려 했다. 한데 그때 저 뒤편에서 낯익은 얼굴 하나가 나타나자 지충표는 씨익 웃으며 소리쳤다.
　"어이, 미친놈! 오려면 어서 와! 어쩐지 네 얼굴이 안 보이니 섭하더라!"
　그가 손을 흔들면서까지 환영을 하는 사람. 그는 바로 제송강이었다. 오늘 그는 경장 갑주 대신 목면 천을 이곳저곳에 칭칭 감은 채로 나타나 있었다.
　"이 빌어먹을 놈! 오늘이 네놈 제삿날인 줄 알아라! 네 앞에 계신 분들이 그저 나 같은 사람인 줄 알았다면 그건 오산이야!"
　제송강은 이를 부득부득 갈며 소리쳤지만 지충표는 여전히 웃음을 지우지 않았다. 이미 이 여섯 명이 상당하다는 것을 잘 알고 있었던 것이다.
　웃지만 그의 속은 긴장감으로 꽉 차 있었다. 지충표는 양손을 꽉 쥐며 앞으로 나아갔다.

"큭큭, 그래, 네놈이 언제까지 웃는지 보자. 오늘 네놈은……."

"제송강, 그 입 좀 닥쳐라!"

"……."

기가 살아 소리치던 제송강은 입을 꽉 다물었다. 눈앞의 여섯 명 중 제일 뒤에 있는 사람이 소리친 것인데 신분의 차이가 상당한 듯 그 한마디에 아무런 말도 못하고 있었다.

여섯 사람은 이후 아무런 말이 없었다. 그저 지충표와 현백을 번갈아 보기만 할 뿐이었는데, 문득 그중 한 사람이 앞으로 나섰다.

"기이하군. 둘 다 내력이 그리 잘 보이지 않는다라……. 하나 화산의 표식을 달고 있으니 화산 문하라 해야 하나?"

현백을 겨냥한 질문이었다. 아무래도 지충표보다 현백이 더 신경이 쓰이는 듯했는데, 지충표는 한 걸음 앞으로 나서며 입을 열었다.

"난 지충표, 문파 따윈 없다. 저 친구는 화산 친구가 맞지만 자세한 것을 알려면 시간이 좀 걸릴 거다."

"……."

"일단 나부터 뉘어야 가능할 거다!"

타탓! 파아앙!

거구의 몸놀림이라곤 믿기지 않을 정도로 빠른 움직임이 중인들의 눈에 보이고 있었다. 그리고 일말의 주저함도 없이 한번에 여섯 명의 백의인을 향해 나아가고 있었다.

"사숙님, 지 형이 괜찮을까요? 저 여섯 명, 그냥 평범해 보이지 않습니다."
"평범한 놈들은 아니지. 명육선(名六仙)이라 스스로를 칭하는 놈들이다. 생각보다 무공도 괜찮은 놈들이지. 양명당에서 경계해야 할 놈들 중 하나다."
"예?"
이도와 오유는 걱정스런 얼굴이 되었다. 명사찬이 이렇게 말할 정도라면 저 여섯 명은 지금껏 만나왔던 자들과는 확연히 다를 것이다. 자칫하면 지충표가 다칠지도 몰랐다.
이도와 오유는 지충표의 무공을 안다. 이곳까지 오면서 서로가 비무를 펼쳐 본 바에 의하면 그리 높은 수준이 아니었다. 물론 그것이 지충표가 가진 무공의 전부는 아니겠지만 말이다.
어쩌면 지충표의 무공은 현재 자신들보다 낮을 수도 있었다. 그간 지충표를 보면서 충분히 생각해 봤지만 그런 생각을 지울 수가 없었다.
"하면 사숙님, 지금이라도 저희가 나서야 되는 것이 아닙니까? 지 형님에게 저희 둘은 상당한 도움을 받았습니다. 그런 저희가 문파의 상황 때문에 그냥 있다는 것은 좀……."

이도는 말끝을 흐렸다. 현백 일행과 함께 이곳으로 온 기간은 짧지만 그 짧은 기간에 지충표는 참 기억에 남는 일을 많이 했다. 그중 가장 많이 생각나는 것은 역시 그 넉넉한 웃음이고 말이다.

왠지 이도는 그런 지충표가 쓰러지는 것을 볼 수가 없었다. 아니, 그만이 아니라 이곳에 있는 사람들 모두가 그런 생각을 할 것이었는데, 의외로 대답을 하는 명사찬의 목소리는 상당히 밝았다.

"물론이다. 하나 굳이 우리가 나서지 않아도 나설 사람이 있다. 그러니 이렇게 편하게 볼 수 있는 것이지."

"…현 대형을 말씀하십니까?"

오유의 말에 명사찬은 고개를 끄덕였다. 마음이 잘 통하는 지충표의 위기를 명사찬이 두고 볼 리 없었다. 한데 그보다 더 마음을 끄는 것이 있었다. 그건 현백의 무공 수위였던 것이다.

조용히 이도와 오유에게 물어보아도 그 두 사람이 아는 것은 아주 단편적인 것에 불과했다. 현백은 자신의 무공을 제대로 펼쳐 보인 적이 없었으니 그 무위가 궁금했던 것이다.

게다가 어제인가? 지충표와 같이 오다 우연히 들은 말이 있었다. 운남의 전장 속에서 전호라 불릴 정도로 대단한 무위를 지니고 있다고 말이다. 명사찬은 바로 그 점이 궁금했던 것이다.

"일단 지켜보자꾸나. 현백이 저리 충표의 옆에 바싹 붙은 것도 오늘이 처음 같은데⋯⋯."

명사찬은 말끝을 흐리며 전방을 향해 눈을 고정시켰다. 비록 지금은 지충표가 조금 밀리는 듯해도 위험하지는 않았다. 그가 위험한 순간이 바로 현백이 나서는 시점이 될 터이다.

터터터터텅!

왼쪽 어깨가 뻐근할 정도로 힘이 들어가고 있었다. 여섯 번의 공격이 한꺼번에 방패로 쏟아지니 그럴 수밖에 없는 상황이었다. 지충표는 이를 악물며 한 걸음 더 뒤로 물러났다. 생각보다 이 여섯 명의 무위는 상당한 편이었던 것이다.

어쩌 분위기가 좋지 않다 했더니 결국 이놈들은 실력을 갖춘 놈들이었다. 그것도 상당한 무공을 지닌.

"합!"

퍼엉!

살짝 한 걸음 앞으로 더 나아가 오른발을 구르며 지충표는 오른손의 박도를 크게 휘둘렀다. 먼저 덤벼들던 두 명의 백의인은 그 서슬에 잠시 주춤하고 있었다.

"기다렸다!"

탓! 파아아앙!

일갈과 함께 지충표는 다시 거구를 움직여 앞으로 달려나갔다. 그리곤 허리를 힘껏 틀며 왼손의 방패를 지면과 수평으로 만든 채 휘둘렀다.

부우웅! 까라라랑!

물러나던 두 백의인의 얼굴이 살짝 변할 정도로 방패에 실린 힘이 예사롭지 않았다. 하나 내력으로 막지 못할 정도는 아니었기에 두 사람은 동시에 팔을 뻗으며 방패를 밀어내었다. 한데 그 방패가 너무 쉽게 밀리고 있었다.

화악!

"……!"

허수였다. 진짜는 그 방패가 사라지고 난 자리에 오는 박도였던 것이다. 지충표는 신형을 풍차처럼 회전시키며 그 원심력으로 두 사람을 공격했던 것이다.

까라라라랑!

두 백의인의 양손에서 불꽃이 일고 있었다. 지충표의 박도는 그저 일자로 쳐 오는 것이 아니었다. 아래위로 떨리며 그 궤적이 일정치 않았는데 정말 간발의 차이로 막을 수 있었다. 두 사람은 뒤로 근 반 장여를 미끌어지며 나아가 멈추었다.

"확실히 애들이 당할 만하군. 우리 두 사람을 이렇듯 뒤로 물러서게 하는 내력이라면 말이야."

"그래, 육제 자네의 말이 옳으이. 하나 우릴 만난 게 잘못

된 것이지."

두 사람은 조용히 서로 간에 의견을 교환하고 있었다. 두 사람의 옆으로 나머지 네 사람이 다가와 진을 치고 있었는데 그 모습에 지충표는 씨익 웃으며 입을 열었다.

"내력? 누가? 누가 지금 내력을 썼다 그러나? 진짜 내력 한 번 써볼까?"

"……."

지충표의 말에 여섯 명 모두 동시에 눈썹을 꿈틀거렸다. 그럼 지금의 공격은 오로지 힘으로 한 공격이란 뜻이었다. 만약 사실이라면 쉽지 않은 문제인 것이다.

내력이 강한 사람은 확실히 상대하기 어렵다. 그건 가냘픈 여인이라도 마찬가지인데, 그만큼 내력의 힘은 육체의 힘보다 한참 더 강한 힘이란 뜻이었다.

하나 그렇다고 해서 육체의 힘이 쓸모없는 것은 아니다. 이 내력의 힘 속에 육체의 힘이 보태진다면 그만큼 더 강한 힘을 낼 수가 있었다. 그리고 그것은 그저 산술적으로 하나 더하기 하나는 이란 개념이 아니었다.

일이 될 수도 있고 삼이 될 수도 있었다. 사람에 따라선 십이 될 수도 있는 것이 이 둘의 조화인데 지금 지충표의 말이 사실이라면 십 이상이었다. 타고난 신력에 내력까지 깃든다면 그 위력이 어찌 될지 아무도 몰랐던 것이다.

"지충표, 이젠 내가 하지. 잠시 뒤로……."

"아니, 현백. 너의 배려는 고맙게 생각한다만… 아직 난 보여줄 것이 남아 있다."

현백은 앞으로 나서며 지충표를 물러서게 하려 했지만 지충표는 이를 거부하고 있었다.

"그간 내가 앞장서며 움직일 때 뒤에서 봐준 것 다 알고 있다. 그리고 내가 생각하는 어떤 것을 완성하기 위해 앞으로 나서고 있는 것 또한 네가 잘 알고 있다고 생각한다."

"……."

현백은 새삼 지충표를 다시 보게 되었다. 생긴 것에 비해 정말 눈치가 빠른 친구였다. 사실 그동안 현백은 일부러 나서지 않았다. 지충표가 전면에 나서며 움직일 때 뭔가 노림수가 있음을 느꼈던 것이다.

그것이 뭔지 모르지만 무공과 관련이 있었다. 솔직히 그간 그들의 앞을 막아섰던 자들은 현백이나 명사찬 정도의 힘이면 그냥 쓸면서 올 수 있었다. 이삼 일 걸리는 거리를 근 열흘이나 걸릴 이유가 없었던 것이다.

무언가 지충표는 만들려 하고 있었고, 어느 정도 결과에 이른 것을 현백은 알 수 있었다. 그리고 지금 이 순간 그 성과를 보이려 하고 있는 것이다.

"딱 까놓고 이야기하지. 나… 내력을 합치는 데 실패했다. 네 말대로 그 바람 이야기를 어찌해 보려 했는데 그게 잘 안 되더라. 그러다 생각한 것이 이거다."

"……."

"쓸 수 없는 내력, 아니, 아주 작은 내력이지만 그 내력을 최대한 키울 수 있는 것은 초식이라 생각했다. 그리고 이제 조금 뭔가 알 것 같아. 여기서 봐줄 수 있나?"

"그렇게 하지."

현백은 대답과 함께 뒤로 물러나고 있었다. 지충표는 살짝 웃으며 현백을 향해 한쪽 눈썹을 찡그리곤 앞으로 나아가기 시작했다.

"자, 다시 시작해 볼까?"

우우우웅!

지충표의 몸에서 강한 기운이 일기 시작했다. 아니, 강하다 곤 말할 수 없지만 분명히 내력이 일고 있었다. 그 기운을 양 팔 가득 담은 채 지충표는 앞으로 쏘아져 나가고 있었다.

"…지 형, 고수였네요."

이도는 넋이 나간 듯 중얼거렸다. 지금 지충표의 움직임을 보면 그런 말이 나올 수밖에 없었다. 명사찬도 경계하는 저 여섯 명 사이에서 지충표는 한 마리 범과 같이 뛰놀고 있었다.

한 개의 방패와 한 개의 박도. 무기는 그것뿐이었지만 여섯 명이 가진 열두 개의 철조보다도 강했다. 여섯 명은 공격은커녕 지금 수비하기에도 벅차 보였다.

독특한 움직임이었다. 흔히들 방패를 사용한 무공은 정적이기 마련이다. 그건 방패라는 것이 방어를 위한 것이기에 선 방어, 후 공격의 개념이 짙었다. 그런데 지충표의 방패는 그 목적이 아니었다.
　마치 양손에 각기 하나씩 박도를 든 것이나 마찬가지였다. 그만큼 공격적이었고 의외였지만 사실 위험하기도 했다. 이렇게 움직이려면 정말 양손에 다 박도를 든 것이 나을지도 몰랐던 것이다.
　그런데 지금 보는 지충표의 모습에서 저 방패가 쓸모없다는 생각은 들고 있지 않았다. 공격과 수비가 한순간에 흐르는 것이 힘의 안배가 정말 대단히 정교했던 것이다.
　"정말 놀랍군. 저 정도로 섬세한 움직임이 가능한 친구였나?"
　보고 있던 명사찬이 놀랄 정도로 지충표의 모습은 놀람 그 자체였던 것이다.

　그가 할 수 있는 것, 지충표 본인이 가장 잘할 수 있는 것은 바로 이것이었다. 유술을 응용한 동작. 힘을 한순간에 흘리고 방향을 틀어버리는 것이었다.
　그간 지충표의 무공은 힘을 위주로 하는 것이 대세였다. 그런데 현백을 보는 순간 그는 달라지기 시작했다. 본격적으로 잊었던 무공을 되살리기 시작한 것이다.

그냥 되살리는 것이 아니었다. 좀 더 발전적인 상황으로, 그리고 그의 현 상황에 맞게 되살린 것이 바로 이것이었다. 아직 이름도 없지만 나름대로 그 틀이 잡혀가고 있었던 것이다.

쐐애애액! 키리리릭!

한순간 철조 하나가 무서운 기세로 달려들었지만 지충표는 아주 쉽게 방패로 흘려내었다. 철조는 다시 뒤로 돌아가야 하지만 웬일인지 그렇지 못하고 방패의 표면을 미끄러지고 있었다.

이것이 지충표의 무공이었다. 방패와 철조가 닿는 순간 방패가 오히려 앞으로 나가며 공격의 방향을 틀어버린 것이다. 그리고 그만큼 상대와 자신의 거리는 좁혀지고 말이다.

지충표는 비틀린 방패의 아래쪽으로 오른손을 찔러 넣었다. 그리곤 내력을 실어 그대로 박도를 밀어 넣었다.

까자자작!

철조와 박도가 얽히면서 불꽃이 일었다. 지충표는 잡혀 있는 도를 잡아당기지 않고 대신 허리를 틀었다. 하체를 휘돌린 힘을 상체로 연결하고 다시 이 힘을 오른팔로 돌렸다.

파가가각!

몸의 회전력으로 얽힌 박도를 풀어낸 그는 그대로 낮게 신형을 유지한 채 박도를 휘둘렀다. 반경 반 장이 넘는 공간이 도의 영향력에 점거되자 달려들던 여섯 명의 백의인은 허공으로 신형을 띄웠다.

"차압!"

몸의 회전력을 죽이지 않으며 지충표는 허공으로 도약했다. 그리곤 양 발과 양손을 휘둘러 허공에 현란한 그림자를 만들어냈다.

스파파파팡! 까라라랑!

한순간에 날린 그의 공격에 여섯 명의 신형이 뒤로 쫙 물려지고 있었다. 끌어당길 대로 사람들을 끌어당긴 후 놀라운 속도로 공격한 것인데 왠지 그 화려한 움직임에 비해 공격의 효과는 그리 없는 것처럼 보이고 있었다. 물러난 여섯 명의 백의인들은 놀라기만 할 뿐 적중한 부위에 신경도 쓰지 않았던 것이다.

"쿨럭! 제길, 내가 내 흥에 겨웠군."

무리였다. 마지막 순간 그는 예전의 기억을 되살려 내력을 끌어올렸지만 몸 안의 내력이 서로 충돌해 버렸다. 결과는 입가에서 붉은 피를 흘리게 되었고 말이다.

"대단하군. 지충표라 했나? 그대의 무공에 경의를 표한다. 우리 명육선에게 이 정도의 두려움을 줄 수 있다니……."

제송강에게 한마디 했던 사내가 입을 열고 있었다. 그는 앞으로 한 걸음 나서며 이야기하고 있었는데 그의 어깨엔 지충표의 족인이 선명하게 찍혀 있었다.

"하나 자네의 몸이 정상이 아닌 것은 하늘이 우리 편이란

악연의 시작 (2) 319

이야기겠지. 결과는 달라지지 않는다."

스슷.

말과 함께 그는 어깨를 살짝 떨었고, 그 단순한 동작에 벌어졌던 이 장여의 공간이 좁혀지고 있었다. 삽시간에 지충표의 눈앞에 철조 두 개가 보이고 있었다.

이들은 허기평이나 제송강처럼 입만 살아 있는 사람들이 아니었다. 빠르고 강한 힘을 지녔고 제대로 된 무공을 익힌 사람들이었다. 기혈이 뒤틀린 지충표가 막아낼 수 있는 공격이 아닌 것이다.

지충표는 자신도 모르게 입술을 꽉 깨물었다. 두려움이 아니라 화가 나서였다. 과거의 욕심 때문에 망쳐 버린 육체에 대한 스스로의 자책이었던 것이다. 순간,

파아앗!

"……."

기괴한 소리가 귓가에 들려왔고, 닥쳐올 철조는 더 이상 보이지 않았다. 대신 그의 눈앞엔 허공에 떠오르는 철조가 보이고 있었다.

"크아아악!"

두 팔을 잘린 사내의 비명 소리가 들려왔다. 하나 그 비명도 곧 사그라졌다. 한순간 사내의 가슴에서부터 이마까지 긴 혈선이 하나 그어지고 있었다.

피핏! 털썩!

잊고 있었다. 그 자신의 무공에 대한 도취로 한 가지 깜박한 것이 있었다. 바로 뒤에 누군가 있었다는 사실을 말이다. 현백이라는 이름을 가진 괴물을…….

"멋진 무공이었다."

"……."

현백이 앞으로 나서고 있었다. 어느새 뽑아 들었는지 기형도를 오른손에 꼭 쥔 채 그렇게 살아남은 다섯 명 앞으로 가고 있었던 것이다.

"……!"

명사찬의 어금니가 꽉 깨물렸다. 보이지 않았다. 방금 움직인 현백의 신형이 전혀 보이질 않았던 것이다.

솔직히 무공이라면 명사찬도 한가락 한다고 스스로 생각했었다. 이번 대회에서 우승은 힘들어도 결승엔 갈 수 있을 것이라 생각했었던 것이다.

그런데 지금 그 생각이 얼마나 우둔한 것인지 뼈저리게 느끼게 되었다. 저런 움직임이라면 그는 이길 수 없었다. 이런 속도라면 말이다.

아니, 속도도 속도지만 그 위력은 어떤가? 철갑과 뼈와 살을 동시에 베어버리는 저 도의 움직임은 어떠한 예비 동작도 없었다. 철저한 쾌검뿐이었다.

"이, 이제……!"

다섯 명의 백의인은 동요하고 있었다. 단 한순간, 그 한순간에 동료 하나가 저승으로 떠나고 있었다. 그들로서는 참을 수 없는 순간이기도 했다.

"이 빌어먹을 놈! 우리와 무슨 원한이 있기에 이제를 죽이느냐!"

한 사내의 입에서 노성이 튀어나왔다. 그는 현백을 죽일 듯이 노려보고 있었는데, 현백은 작은 웃음을 지으며 입을 열었다.

"웃기는군. 그럼 너희들은 무슨 원한이 있어 저 친구를 죽이려 했지? 게다가 우리 앞을 막아서는 이유는 또 무언가? 그건 설명할 수 있나?"

"이놈이……!"

현백의 차분한 말에 사내들은 말문이 막혔다. 확실히 이건 말이 안 되는 이야기였다. 아니, 그들의 입장에선 말이 안 되는 것이었다.

그들은 하나의 단체. 하나 여기 눈앞의 인간은 개인일 뿐이다. 홀로 움직이는 고통이 어떤 것인지 알기에 그들은 양명당에 몸을 의탁했다. 명문정파에 몸을 담기엔 이미 나이가 너무 많았다.

그들은 믿었다. 이런 자신들의 선택이 옳은 것이라고 말이다. 그리고 그 선택 후 후회는 없었고, 더욱더 큰 발전이 있을 것이라 생각했다. 실제로 무공도 한 단계 더 올렸고, 나름대로 돈도 모았다.

솔직히 양명단이 뭐 하는 곳인지 생각하지도 않았다. 그저 그들을 받아주고 힘을 실어줄 수 있는 곳이란 생각에 충성을 다해왔다. 언젠가 이런 상황이 벌어질 수 있음을 그들은 항상 마음에 두고 있었지만 막상 정말 이런 상황이 벌어지니 가슴이 떨려오고 있었던 것이다.

"마지막 경고다. 비켜서면 살고 막아서면 죽는다. 선택은 너희들의 몫이다."

"…우리가 어떤 선택을 할 것 같나?"

현백의 말에 다섯 명이 일제히 앞으로 나왔다. 한 명이 죽으면 다 함께 죽자고 서로 이야기했던 지난날이다. 이제 그 약속을 지킬 때가 되었던 것이다.

"이제의 원수를 갚아주마!"

"차아아앗!"

파파파파팡!

다섯 명의 신형이 허공으로 솟구쳤다. 현백은 그들의 신형을 보며 오른손의 기형도를 거꾸로 쥐었다.

스륵.

호구 위에 도가 있는 것이 아니라 약지 부근의 바탕손날 아래 도날이 있었다. 현백은 그 상태로 손목을 틀어 도배와 팔목이 딱 붙도록 만들었다.

고오오오오!

다섯 명이 만들어내는 합격으로 인해 허공에 기이한 기류가 형성되었다. 확실히 이 다섯의 합격에 정면으로 대응하는 것은 쉽지 않은 문제였다. 그러나 현백은 침착하게 앞으로 달려나가다 허리를 틀며 오른손을 휘돌렸다.

스피이이잉!

현백의 오른손을 따라 백광이 번뜩였다. 백광은 허공에 정원을 만들었고, 현백은 그 정원을 여러 개 만들어내기 시작했다. 삽시간에 현백의 주위엔 네 개 이상의 빛의 고리가 만들어졌다.

다섯 개째 고리가 완성된 순간 명육선이 들이닥쳤다. 현백은 왼손에 내력을 담은 채 살짝 허공을 향해 들어올렸고, 순간 여섯 개의 고리가 허공으로 둥실 뜨며 이동했다. 각기 날아오는 명육선 한 명 한 명의 신형 앞에 있었고, 명육선은 온 힘을 다해 그 고리를 후려갈겼다.

휘휘휑!

한데 그건 그냥 빛의 고리일 뿐이었다. 그들이 좌우로 갈라낸 고리는 아래위로 쫙 갈라질 뿐 아무런 위해도 가하지 못했다. 한데,

스슷! 파아아아앗!

한순간 현백의 신형이 흐릿해지고 있었다. 하체, 특히 발 부분은 거의 보이지 않을 정도였는데 그와 함께 다섯 개의 빛

의 고리가 세로로 양분되었다.

그리고 그 양분된 고리 뒤편엔 다섯 남자가 있었다. 달려오던 탄력 그대로 현백을 향해 무서운 기세로 달려오고 있었다. 현백은 그 자리에서 앞으로 한 걸음 내디뎠다.

그리곤 어깨를 틀었다. 정면에서 다가오던 백의인의 철조를 피하기 위함인데 피하는 동작치곤 너무 어설펐다. 당장 철조의 방향이 틀리면 현백의 몸에서 피분수가 쏟아질 테니 말이다.

그런데 이상한 일이 일어났다. 백의인들이 그냥 현백의 주위를 지나치고 있었다. 그러다 현백이 있던 자리에 모두 모이며 뒤엉키기 시작했다.

쿠다다당!

말도 안 되는 광경이었다. 한순간 모두 눈이라도 멀어버린 것이 아닌가 하는 착각이 들고 있었는데, 그렇게 중인들이 의아한 눈을 만든 순간이었다.

파파파파팟!

"……!"

지켜보던 사람들의 눈이 휘둥그레지고 있었다. 피. 다섯 명의 몸에서 피분수가 뿜어지고 있었다. 어느 틈에 그들의 아랫배에서부터 이마까지 긴 혈선이 나 있었던 것이다.

쇄애액!

도에 묻은 피를 허공에 흩날리며 현백은 도집으로 돌렸다.

그리곤 옆에 있는 지충표의 어깨를 잡고 일으켰다. 제송강은 언제 도망쳤는지 보이지도 않았다.

"큭, 괴물 같은 놈."

지충표는 고개를 살래살래 흔들고는 현백의 부축을 받으며 일어섰다. 그리곤 그와 함께 눈앞에 보이는 강기슭을 향해 나아가기 시작했다. 현백은 아무런 말도 없이 그냥 지충표를 부축할 뿐이었다.

"유룡검(遊龍劍)! 곤륜의 유룡검이야!"
"예?"

명사찬의 입에서 경악성이 흘러나오자 이도와 오유는 눈을 동그랗게 뜨며 반문했다. 하나 명사찬은 아무런 말도 없이 그냥 서 있을 뿐이었다.

"당주님, 유룡검이라니오? 유룡검은 흐르고 노닐 듯한 검법입니다. 저런 내력의 환을 만들어내는 것이 아닐 텐데요?"

명사찬의 말에 뒤쪽에 있던 사내들이 입을 열었지만 명사찬은 고개를 좌우로 젓고 있었다. 틀림없는 유룡검이었다.

그는 보았다. 그의 발이 흐릿하게 보일 정도로 빠른 움직임을 보이는 그 순간 현백은 이미 허공에 신형을 띄운 상태였다. 그리곤 보이지도 않는 신형으로 도를 휘둘렀음을 말이다.

마치 그가 길게 늘어난 듯한 그런 느낌이 들었다. 인간이 길게 늘어난다는 것이 말은 안 되지만 분명 안력을 집중했던 명사찬의 눈에는 그리 보였던 것이다.
"현백, 정말 흥미가 이는 친구로군."
작은 중얼거림과 함께 명사찬은 양손을 꽉 쥐었다. 흥건하게 배인 땀을 느끼며 명사찬의 얼굴엔 미소가 떠오르고 있었다. 무인으로서 강한 상대를 찾아낸 희열감의 표현이었다.

第九章

화산의 품에…

1

"어디 한번 이야기해 보거라. 내가 너희 두 놈을 죽이지 못할 이유가 과연 어디에 있는지 말이다."

"다, 당주님!"

허기평과 제송강은 사시나무 떨 듯 떨었다. 두 사람 다 넓은 대청 아래 바짝 부복해 있었는데 감히 얼굴을 들 생각도 못하고 대청 바닥에 머리를 밀착시키고 있었다.

"네놈들이 본 당의 명예를 떨어뜨린 것도 죽일 죄이거늘 거기에 명육선까지 부추겨 고혼으로 만들어놔?"

"제, 제발 한 번만… 자비를……."

두 사람이 할 수 있는 것이라곤 이렇듯 사시나무 떨 듯 떠는 일밖에 없었다. 눈앞에서 호통을 치는 이 사람은 도저히 그들이 상대할 수 없는 사람이었던 것이다.

"제룡(制龍), 놈들은 어디 있나?"

커다란 태사의에서 소리치던 사람은 이번엔 꽤나 권태로운 소리를 내고 있었다. 그러자 제룡이라 불린 사내가 옆에 시립해 있다 한 걸음 나서며 입을 열었다.

"현재 적수하(赤水河)를 건너 집진(集進)이란 마을에 있습니다. 아마도 개방 사람들이 모일 예정인 강진(姜眞)으로 향할 것으로 보입니다."

"흠……."

태사의의 사내는 심드렁한 표정을 지었다. 보통 사람보다 두 배 정도는 더 큰 살집을 가지고 있는 그는 잠시 생각할 것이 있다는 듯 세 겹 이상의 턱살을 들추고 퉁퉁한 손을 올려놓고 있었다.

"그럼 지금 암룡(暗龍)이 감시하고 있나?"

"그렇습니다. 적수하를 건넌 후 암룡이 따라붙었습니다. 꽤나 강한 놈들이기에 근접 불가 명령을 내린 상태입니다."

"그래, 잘했다."

축 처진 살들을 밀어내며 그는 힘겹게 입을 열고 있었다. 두터운 입술에선 작은 침이 슬쩍 흘러내리지만 그는 닦을 생각도 않고 다시 입을 열었다.

"한데 그중 한 놈이 화산의 놈이라고? 화산에 명육선을 한 수에 죽일 수 있는 놈이 있었나? 그 다 쓰러져 가는 문파에?"

"저도 의외라 지금 조사 중입니다. 하나 시일이 좀 걸릴 것 같습니다. 십 년 전의 기록까지 샅샅이 훑어봤지만 현백이란 이름은 나오질 않고 있습니다."

말을 하면서도 제룡은 살짝 땀을 흘렸다. 이 태사의에 앉은 사내는 한순간에 기분이 바뀌는 사내였던 것이다.

"큭, 그따위 놈이 뭘 어떻게 하든 화산이 개판인데 뭘 어찌할 수 있어? 이봐, 소룡(昭龍). 위쪽에선 뭐라고 하더냐?"

"신경 쓰지 않는 분위기로 아무래도 한번 이야기를 해야 할 것 같습니다. 현재 본 당 내의 무사보단 윗선의 무사들이 더 나을 테니까요."

소룡이라 불린 사내는 입꼬리에 웃음을 틀어 말고 있었다. 그 웃음이 어떤 의미인지는 모르지만 자세히 본다면 그건 입꼬리가 말린 웃음이 아니라 흉터임을 알 수 있었다. 웃고 싶지 않아도 웃는 것처럼 보이는 얼굴이었던 것이다.

"그쪽에서 사람이 올까나?"

"장담할 수는 없습니다. 하나 오기는 할 것입니다. 그게 언제인지는 알 수 없어도……."

"음, 좋아."

사내는 턱을 괴었던 손을 뗴었다. 입가를 한번 훔치며 태사의 옆의 다탁으로 눈을 돌렸는데, 그곳엔 그가 먹다 남긴 삶은 닭 한 마리가 있었다.

사내는 한 손으로 닭다리를 쭉 뽑아 올리더니 입으로 가져갔다. 몇 번 오물거리는 사이에 순식간에 뼈만 남아 입가에서 달그락거렸다.

"참, 네놈들의 거취를 생각해야지."

"다, 당주님, 자비를……."

눈앞에 부복해 있는 자, 허기평과 제송강을 보는 그의 눈은 그리 곱지 않았다. 순간 사내의 양 볼이 빵빵하게 부풀어 올랐다.

"푸웃!"

콰아악!

"……!"

허기평의 눈이 휘둥그레졌다. 그 옆에 있던 제송강은 이미 싸늘한 시체가 되어 있었다. 비대한 사내의 입에서 발출된 뼈다귀가 정확히 제송강의 백회혈에 깊숙이 박힌 것이다.

"난 실패한 놈은 살려두지 않아. 다만 그놈의 얼굴을 아는 놈이 너밖에 없어 할 수 없이 살려두는 거다. 알겠냐?"

"가, 감사합니다, 당주님!"

"알면 어서 꺼져!"

일어설 생각도 못하고 그는 기다시피 움직였다. 당주라 불린 사내는 그 모습을 보며 입을 열었다.

"쯧, 확실히 본 당의 문제는 무공 격차에 있어. 저런 하급 놈들의 무공이 너무 달려. 이런 일 하나 제대로 처리하지 못하니……."

"하나 이번 일은 신중해야 할 것 같습니다. 아무리 하급이라 하지만 명육선은 다릅니다. 개개인의 무공이 일류고수는 안 되어도 그 이하라 보기 힘들었습니다. 그런 자들을 단숨에 처리한 현백이란 자는 조심해야 합니다."

"큭큭, 제룡 넌 참 생각이 복잡한 놈이야. 제아무리 나대는 놈이라도 결국 죽게 돼 있다. 우리가 여기까지 무공이 강해서 올라왔느냐?"

"……."

제룡은 아무런 말도 할 수가 없었다. 만일 여기서 한마디라도 더 하게 되면 그는 죽는다. 그것이 그가 아는 당주의 성격이었다.

"내일 위쪽에서 사람이 오면 원살(遠殺) 쪽 아이들을 같이 보내. 그럼 되겠지. 이렇게 확실히 하지 않으면 별의별 잡것들이 다 우릴 깔볼 테니."

"원살을……. 알겠습니다, 당주님."

제룡은 순간 이견을 제시하려다 입을 꽉 다물었다. 순간적으로 당주의 몸이 경직되는 것이 보였던 것이다.

턱살을 움직이며 당주는 계속 닭 한 마리에 손을 보내고 있었다. 문득 그의 손이 멈추더니 걸걸한 목소리가 흘러나왔다.

"그건 그렇고, 그 운남에서 온 계집은 어찌 됐나? 꽤 반반한 년이던데?"

"무슨 일인지 모르지만 얼굴이 파랗게 질려서 어제 여길 떠났습니다. 잠시 시간이 걸릴 것이라 하더군요."

"그래? 큭! 거래만 아니면 그냥 한번 품어볼 만한 계집인데 말이야."

당주란 사내는 그렇게 입맛만 쩍쩍 다시고 있었다. 그러다 뭔가가 생각났는지 자리에서 몸을 일으켰다.

끼이이이익!

태사의에서 비명 소리가 나오고 있었다. 조금 있으면 부서질 듯한 태사의였지만 항상 듣던 소리인 듯 당주란 사내는 신경 쓰지 않고 내당으로 들어갔다.

"제룡, 어제 계집들이 좀 들어왔다고 들었다. 반반한 년으로 들여보내."

"…알겠습니다, 당주님."

제룡은 허리를 깊숙이 숙이며 입을 열었고, 그렇게 당주의 신형은 내당으로 사라졌다. 제룡은 그제야 허리를 펴며 조용히 입을 열었다.

"이보게, 소룡. 창룡(槍龍)은 이번에도 나서지 않는다고 하나?"

"흥, 그자야 우리와 태생부터 다르다고 생각하는 놈이 아닌가? 몸은 시궁창에 들어가도 마음은 신선이라 생각하는 놈이 무슨."

제룡의 말에 소룡은 이를 북북 갈며 퉁명스런 목소리를 내었는데, 제룡은 그 반응에 그저 쓴웃음을 지을 뿐이었다.

"그 친구, 그래도 나서줄 것이네. 내 보기에 우리 당 내에서 그 현백이란 자를 상대할 사람은 창룡 외엔 없네."

"누가 몰라서 그러나? 그 빌어먹을 놈이 뻑하면 금제를 들먹이니 미칠 노릇이지. 아주 우릴 떠나려고 작정을 한 것 같더구먼."

"……."

툭 한마디 뱉어내고 소룡은 신형을 돌렸다. 그 역시 대청에서 나가며 남아 있는 제룡을 향해 소리쳤다.

"그놈을 설득하는 건 제룡 자네가 하게! 난 그놈하고 만나기도 싫어!"

그 말을 남기고 소룡은 대청을 빠져나가고 있었다. 완전히 사라지는 그의 뒷모습을 보며 제룡은 아무런 표정도 없이 그저 바라보고만 있었다. 문득 그의 입에서 나직한 목소리가 흘러나왔다.

"후우! 결국 우려했던 암운이… 시작되는 것인가?"

* * *

"야, 임마! 세상에 이런 게 어디 있어? 사람이 내기를 하면 딱 부러지게 해야지!"

"그럼 여기서 더 뭘 어떻게 해요? 내가 지금 속임수 썼어요?"

"그러게요. 아저씨, 너무 심한 거 아네요?"

"누가 아저씨야? 아직 장가도 못 가본 사람에게 왜 이래?"

객잔 방 안이 떠나가라 큰 소리가 들려왔다. 현백은 신형을 돌린 채 뜨거운 차를 마시고 있었는데 마치 세상이 뭐라 하든 난 신경 쓰지 않는다는 듯한 표정이었다.

하나 그 앞에 같이 앉아 있던 사내들은 각양각색의 표정이었다. 대부분 인상을 쓰며 지충표와 이도, 오유를 바라보고 있었는데 그들의 인솔자인 명사찬은 빙글빙글 웃고 있었다. 이도와 오유를 보는 것이 정말 재미있었던 것이다.

"거참, 신기하네. 충표 저 친구는 정말 기이한 힘이 있는 것 같아. 비뚤어져도 한참 비뚤어져 가던 저 두 녀석을 단숨에 저리 사로잡을 수 있다니……."

고개를 좌우로 설레설레 흔들며 당최 이해가 안 간다는 듯했는데 그도 그럴 것이, 처음 현백이 이 두 사람을 만났을 때 그 행동이 이들에 대한 개방의 태도 그 자체였다.

이미 절전되어 버린 무공을 연구하면서 두 사람은 거의 편벽한 사고를 가지게 되었던 것인데, 여태껏 다른 개방 사람들과 별다른 교류조차 없는 것을 보면 확실히 성격이 그리 좋지 못했던 것이 저 이도와 오유였다.
 그런데 그런 모습들이 단 며칠 사이에 바뀌게 된 것이다. 이 현백과 지층표란 두 사람을 만나고 난 후부터 그리된 것인데 명사찬으로서는 참으로 믿기 힘든 반응이었다.
 "뭐, 어쨌든 그 엇나가던 놈들이 저리 잘 노는 것을 보니 좋은 일이긴 하지. 한데 이봐, 현백. 앞으로 양명당 놈들이 꽤나 설쳐 댈 것 같은데 어떻게 할 거야?"
 지층표만큼이나 이 명사찬이란 인물도 격식을 차리는 것 자체를 그리 좋아하지 않는 듯 보였다. 자신의 친구였던 홍명과 친구였다는 핑계로 이젠 현백에게도 말을 놓고 있었다. 물론 현백도 그게 편하긴 했다. 상하 계급이 분명한 군대는 그 계급만 맞추어 대우해 주면 딱딱한 격식 따윈 없었으니 말이다.
 그곳에서 십 년 이상을 살아온 그였기에 이렇게 편한 것이 좋았다. 잠시 차 맛을 음미하던 현백은 명사찬을 향해 입을 열었다.
 "그거야 그쪽 하기 나름이겠지. 정말 끝을 보자고 하면 볼 수밖에. 나로선 더 이상 귀찮게 하지 않으면 제일 좋지만······."
 "······."
 아무런 것도 아니라는 듯 현백은 대수롭지 않게 말했다. 하나 그가 정말 대수롭지 않게 생각하는 것은 아니었다. 지금도

온 신경을 날카롭게 만들며 주위를 느끼기에 바빴는데 그 모습에 명사찬이 입을 열었다.

"아마 지금 이 객잔에 있는 꼬리는 암룡이란 놈일 거다. 다른 무공은 어느 정도인지 모르지만 추적술과 잠행술만큼은 탁월한 놈이지. 놈의 기척을 알기가 쉽지 않을 거야."

"…암룡?"

현백은 나직이 그의 말을 되물었다. 지금 명사찬이 말하는 것은 정체를 알 수 없는 감시자였다. 적수하를 건너고부터 보이지 않는 눈길이 감지되었던 것이다.

"그래, 암룡이라 부르는 놈이지. 생긴 것은 몰라. 양명당 내에서도 그의 얼굴을 아는 사람은 거의 없다고 알려져 있지."

명사찬은 손을 뻗어 탁자 위에 놓여져 있는 잔에 술을 따랐다. 그리곤 쭉 들이켠 후 다시 입을 열었다.

"기왕 하는 것 다 이야기하도록 하지. 사실 양명당의 중추 세력은 뻔한 상황이야. 오룡일제(五龍一帝)라 해서 여섯 명이 중추 세력이지. 뭐, 지들이 오룡일제라는 거지 실제로 사람들은 오구일돈(五蚯一豚)이라 부르지만 말이야."

명사찬은 입술을 살짝 비틀며 이야기했고, 현백은 그의 말에 귀를 기울였다. 생각보다 명사찬은 양명당에 대해 많은 것을 알고 있었다.

오룡이라는 것은 실제로 양명당의 살림을 맡고 있는 다섯 사람을 말하는 것이었다. 암룡, 제룡, 소룡, 패룡, 창룡의 다섯 이름을 가지고 있었는데 각기 하나씩 독특한 절기를 지니고 있다 했다.

 암룡은 앞에서 이야기한 것처럼 은밀한 잠행과 추적이 특기였고, 소룡은 사람을 대하는 기술이 아주 좋았다. 패룡은 낭아곤에 특기를, 그리고 창룡은 창술에 일가견이 있다고 했다.

 특이할 만한 것은 제룡이란 자인데, 이 네 사람을 조율하면서 우두머리 역할을 하고 있었다. 거의 부당주 정도의 역할을 하는 자였는데 당주도 당주지만 이 제룡의 무공이 상당한 것으로 알려져 있었다.

 그리고 당주는 고도간이란 자였다. 별호는 포합자(抱合子)라 불리고 있었는데 그건 그의 무공에서 연원된 것이었다. 비대한 자신의 몸을 사용하여 상대를 내리누르는 무공을 사용해 이러한 별명을 가지게 된 것이다.

 "그 고도간이란 놈, 정말 비대한 놈이라 하더군. 게다가 주색을 엄청나게 밝혀 얼굴을 잘 볼 수가 없을 정도라니. 하지만 그 무공만큼은 상당하다는 것이 사람들이 가진 일반적인 생각이야."

 "일반적인 생각? 다른 생각도 있나?"

 왠지 다른 생각을 하고 있는 것 같은 느낌에 현백은 다시금 입을 열었다. 그러자 명사찬은 슬쩍 한번 웃고는 현백에게 말했다.

"그래, 다른 생각도 있지. 특히 내가 생각하고 있는 것인데 오룡 중에 창룡이란 자, 그냥 쉽게 생각할 자가 아닐 거야. 다른 사람은 몰라도 그의 창술은 일절이라 해도 과언이 아니란 소문을 들었어."

"창룡……."

현백은 조용히 그의 말을 되뇌었다. 진짜 이름은 알 수 없고 그냥 창룡이라 하는 자였지만 명사찬이 이리 말할 정도면 조심해야 할 듯싶었다. 적어도 개방의 집법당주가 하는 말이다. 남들보다 많은 정보를 다루는 직책이니 뭔가 더 아는 것이 있을 것 같았던 것이다.

"하긴 그런 사람들이 온다고 해서 자네가 눈 하나 깜짝하진 않을 것 같긴 해. 우리 개방의 용음십이수에 화산의 무공, 게다가 곤륜의 유룡검까지 알고 있는 것 같으니 말이야."

슬쩍 눈치를 보며 그는 입을 열었는데 현백은 담담한 얼굴이었다. 아무것도 모른다는 듯 그저 자신의 찻잔에 담긴 찻물만 홀짝거리고 있었다.

"……."

이유는 모르지만 현백은 많은 무공을 알고 있었다. 그것이 충무대로 갔기 때문에 얻은 것인지 아닌지는 알 수 없지만 확실히 보기 드문 실력을 지닌 것은 확실했다. 아니, 용음십이수를 가진 것만으로도 이미 개방의 관찰 대상이 된 것이다.
"우씨! 아저씨, 또 그러시네."
"이 녀석이 어른에게 못하는 말이 없어! 딱 놔, 이 자식아!"
한쪽 구석에선 주사위 놀이를 하는 지충표와 이도, 오유의 음성이 들려오는 가운데 명사찬은 작게 미소 지었다. 참으로 기이하면서도 재미있는 일행이었던 것이다.
현백과 지충표, 그리고 이도와 오유. 왠지 명사찬은 이들의 행보를 주의해 봐야 할 것 같은 느낌이 들고 있었다.

2

우려하던 습격은 더 이상 없었다. 중경으로 들어오면 양명당도 조심해서 움직일 것이라던 명사찬의 말은 사실이었다.
집진을 떠난 현백 일행은 어느덧 강진에 도달했다. 이곳 강진이 바로 개방의 제자들이 모두 모인 집결지였는데, 지난 십년 동안 개방은 이곳 강진 분타에서 대회에 나갈 사람을 선발해 왔었다.
집진에서 이곳 강진에 도착할 때까지 걸린 시간은 약 사일. 그 정도의 시간이면 충분히 암격이 있을 수 있었지만 왠지 양명당은 아무런 행동도 취하지 않았다. 물론 그 암룡이라는 자의 움직임 역시 사라지진 않았다. 그저 지켜만 보고 있을 뿐이었다.

어쨌든 일행은 유람하듯 올 수 있었고, 지금 분타 안으로 들어서고 있었다. 사립문을 지나 들어온 장원은 상당한 규모였다.

"히유! 개방의 금전력도 상당한 모양이네? 이 정도의 장원이면 시세가 얼마야?"

"뭐가 얼마야? 사면 뭘 해? 보수 들어가면 새로 짓는 게 나을 정도인데, 충표 자네 같으면 사겠나?"

지충표의 목소리에 명사찬은 퉁명스런 목소리로 말을 이었다. 아닌 게 아니라 여기저기 보수할 곳이 보였는데 꼭 해야 할 부분만도 십여 군데가 넘었다.

어쩌면 흉가라 해도 과언이 아닐 정도로 쓰러져 가는 상황이었는데, 문득 지충표의 귓가에 이도의 목소리가 들려왔다.

"하하하! 겉으로 보면 그렇긴 하지요. 하나 안에 들어가면 달라요. 지 형님이 보면 좋아할걸요?"

"넌 네 기분 좋을 때만 형님이냐? 또 성질나면 아저씨라 하게?"

"그건 그때 가봐서 결정하죠."

씨익 웃으며 이도는 지충표를 향해 입을 열었고, 지충표는 그저 눈을 흘길 뿐이었다. 그렇게 일행이 대청으로 들어설 때였다.

"호오! 이도와 오유 너희들도 이번 대회에 참여하느냐? 기어이 용음십이수는 포기한 것이고?"

한 노인이 그들의 앞을 막으며 종알거렸다. 오 척이 조금 넘는 키를 가진 노인은 등마저 구부정했는데 지팡이를 짚지 않는 것이 희한할 정도였다.

깡마른 데다 힘이라곤 하나도 없어 보이는 노인이지만 그 노인의 정체를 안다면 그렇게 생각지 않을 것이다. 개방을 지탱하는 세 개의 기둥이라 불리는 개방삼장로(丐幇三長老) 중의 일인이니 말이다.

"그럴 리가요. 대회는 참여할 수 없을지 몰라도 포기는 안 합니다. 두고 보세요."

"예, 모인(母仁) 장로님. 꼭 용음십이수를 완성시킬 겁니다. 그럼요."

"호오!"

왠지 모를 자신감이 어린 목소리에 모인 장로는 눈을 반짝였다. 그가 보기에도 이도와 오유 두 사람의 심성이 변한 것이 느껴지고 있었던 것이다.

"하하하! 이장로(二長老)님도. 이 녀석들이 뭔가 이상한 것을 느끼신 모양이군요. 지나친 자신감 아닙니까?"

"홀홀! 그래, 그렇구나. 하나 이 늙은이는 그래서 더욱 좋은데? 대체 누가 너희들을 이렇게 만들었을꼬?"

말과 함께 고개를 돌린 모인의 시선 끝엔 현백이 있었다. 그가 보기에도 현백의 무위는 단숨에 느껴졌는지 대번에 그를 주목했다.

화산의 품에… 345

"쿠하하! 어르신, 지충표라 합니다. 의탁한 문파는 없으나 어찌 흐르다 보니 이곳까지 오게 되었습니다. 잠시 동안이나마 잘 부탁드립니다."

문득 옆에서 들려오는 목소리에 모인은 다시 시선을 돌렸다. 거의 두 배 이상의 덩치 차이가 나고 있었지만 지충표는 허리를 깊숙이 숙이고 있었다. 볼 때마다 느끼는 거지만 눈치 하나는 정말 빠른 친구였다.

"홀, 고 녀석. 싹싹한 것이 마음에 드는구나. 한데 뭘 그리 복잡한 내력을 익혔누?"

"…하하하!"

단숨에 몸 상태를 들켜서 그런지 지충표의 얼굴이 살짝 벌겋게 물들고 있었다. 하나 이어진 모인의 말은 더욱 놀라운 내용이었다.

"현단지가에서 이만한 인물이 나오다니… 홀홀, 이거 시간이 좀 흐르고 나면 내 한번 가봐야겠는걸?"

"……."

지충표는 두 눈을 휘둥그렇게 떴다. 무공을 본 것도 아니고 그저 감으로 읽은 내력으로 상대의 출신까지 맞히자 너무나 놀란 것인데, 놀란 것은 그만이 아니었다.

지충표가 현단지가의 사람일 줄은 명사찬도 생각지 못했기 때문이다. 물론 강호에서 현단지가가 대단한 위치를 차지하고 있지는 않았다. 그러나 무시할 만큼 허약한 세가 또한 아니었다.

"사정이 있어… 그쪽을 보고 소변도 안 보고 있습니다. 뭐, 언젠간 좋은 날이 오겠지요."

"홀홀, 그래, 곧 올 것도 같구나. 지금 하고 있는 내력을 좀 더 갈고닦으면 말이야."

지충표가 뭔가 노력하는 것까지도 잘 안다는 듯 모인은 마지막으로 한마디 한 후 입을 닫았다. 그러자 지충표는 입을 딱 벌린 채 생각에 잠겼는데 아마도 현백의 영향을 받아 무공을 하나로 아우르는 것을 말하는 듯싶었다.

모인의 시선은 이번엔 현백에게 이어져 있었다. 그는 현백의 몸을 아주 흥미있다는 듯 바라보고 있었는데, 문득 현백의 귓가로 모인의 목소리가 들려왔다.

"홀, 네가 바로 현백이란 아이로구나. 참으로 복잡한 아이로고. 저기 저 녀석보다 네가 더 힘들겠구나."

"……."

현백은 아무런 말을 할 수가 없었다. 지금껏 그 누구도 현백의 내부를 들여다본 사람은 없었다. 심지어 과거 충무대원들도 현백의 내력 자체를 환히 알지 못했다.

그런데 이 노인은 한 번에 꿰뚫어 보고 있었다. 아무도 모르는, 심지어 옆의 지충표조차 모르고 있는 현백의 고통을 모두 알아본 것이다.

"벌써 이곳까지 소문이 났습니까?"

"비록 하는 짓은 마음에 들지 않지만 양명당 역시 문파의 하나로 불릴 만큼 큰 세를 유지하는 곳. 그곳의 무사들을 줄줄이 박살 내며 중경으로 오는데 모를 사람이 어디 있을까?"

명사찬의 말에 모인이 싱긋 웃으며 대답해 주었다. 그러자 명사찬은 이해가 간다는 듯 고개를 끄덕였는데, 강호의 소문이 빠른 것이야 굳이 더 말할 필요가 없었다.

더구나 현백은 단칼에 명육선을 고혼으로 만들어 버린 사내였다. 강호 전체로 본다면 별로 대단할 것이 없는 명육선이지만 적어도 이 중경 내에선 유명한 그들이었기에 소문이 빨리 날 수밖에 없었던 것이다.

"한데… 옷을 보니 화산에 적을 두고 있느냐? 허허허, 참으로 오래간만에 보는 매표(梅表)로구나."

"예, 그렇습니다."

현백은 담담하게 입을 열었지만 그의 마음속에선 궁금함이 올라오고 있었다. 오래간만에 보는 매표라면 이젠 그렇지 않다는 뜻이니 말이다.

아무리 그가 화산을 떠난 지 오래고 화산에 있을 때 그리 주목받지 못한 사람이라고 해서 화산에 대한 그 마음이 사라진 것은 아니었다. 자연히 화산의 현황이 좋지 못하다는 말을 들으니 마음 한구석에 어두운 그림자가 드리워지는 것은 어쩔 수 없었다.

"흐음, 아주 독특한 도를 지니고 있구나. 한 번 봐도 괜찮을까?"

"……."

조금은 황당한 요구에 현백은 잠시 노인의 얼굴을 바라보았다. 모인의 얼굴은 그야말로 호기심에 꽉 차 있었고, 그 외에 다른 감정은 서려 있지 않았다.

남의 병기를 보자는 말은 어쩌면 실례일 수도 있었다. 거절해도 상관없는 일이지만 현백은 순순히 허리춤의 도를 뽑아 건네었다. 악감정이 있는 것도 아니고 그렇게 해주지 못할 이유가 없었던 것이다.

"역시 보통 도가 아니었군. 투박해 보이긴 하지만 상당한 예기가 서려 있어. 그나저나 아주 특이하군, 자네. 검의 본산 중의 하나인 화산에서 도객이 나왔다?"

무엇이 그리 재미있는지 모르지만 모인은 빙글빙글 웃으며 다시 도를 돌려주었다. 한 손으로 거뜬하게 돌려주는 모인을 보며 현백은 다시금 놀랐다. 이 도는 겉보기완 달리 상당히 무거웠다.

아마도 검 다섯 개 정도의 무게와 맞먹을 터다. 한데 그러한 도를 한 손으로 가볍게 휘두르는 모인의 무공은 상상하기 어려웠다. 현백 자신보다도 더욱 가볍게 휘두르는 모습으로 볼 때 적어도 내력은 완전히 현백이 아래였다.

"장로님, 저희랑 비무해요!"

"그래요, 장로님. 이번엔 확실히 다를 겁니다."

"호오, 요 녀석들이 뭘 알기는 안 것 같구나. 어디 한번 볼까나?"

옆에서 부추기는 이도와 오유를 데리고 모인은 뒤편으로 돌아서고 있었다. 아마도 건물 밖의 연무장으로 나가는 듯한데, 현백은 마냥 그의 모습을 바라보고만 있을 뿐이었다.

"역시 이장로님이야. 그 앞에 서면 정말 발가벗겨지는 듯한 기분이 든다니까. 참나, 대체 얼마나 더 수련을 해야 비슷하게나마 갈 수 있을지……."

명사찬은 고개를 흔들며 입을 열었다. 그의 말처럼 현백은 거의 벌거벗겨진 기분이었다. 그러나 상대가 상대인만큼 어쩌면 당연한 소리일 수도 있었다.

개방삼장로의 이름은 허명이 아니었다. 오랜 세월 개방의 진실한 힘이라 불리는 그들 중 한 사람이 눈앞에 나타난 것이니 어쩌면 전설과도 같은 인물을 본 것이었다. 문득 현백의 귓가로 지충표의 목소리가 들려왔다.

"한데 아까 잘 들어보니 요즘 화산이 별로 안 좋다는 소문이 있는 것 같던데……. 이봐, 사찬. 화산에 무슨 일이 있는 거야?"

"음… 그게 말이지……."

사찬은 잠시 현백의 얼굴을 보며 말을 주저하고 있었다. 현백이 화산의 무인임을 알고 있는데 대놓고 세가 약해진 화산의 이야기를 하는 것이 조금 마음에 걸렸던 것이다.

그러나 어차피 그도 알게 될 것이란 생각에 사찬은 마음을 굳혔다. 그리곤 현백이 들을 수 있도록 충분히 목소리를 높여 말했다.

"그래, 요즘 화산이 좋지 않아. 아니, 구파일방 모두가 좋은 시절이 아니지. 그중 특히 화산의 상황은 최악으로 치닫고 있고 말이야."

"…그게 무슨 말이지?"

현백은 명사찬에게 다시 물었다. 명사찬은 잠시 씁쓸한 얼굴을 하다 이내 말을 이었다.

"다른 문파 모두 그리 좋은 상태가 아니라는 것은 다들 알고 있을 것이야. 한데 거기에 화산은 한 가지 더 좋지 않은 일이 있지. 반으로 분열되는 양상을 보이고 있어."

"뭐?"

지충표는 조금 이해가 가질 않았다. 문파들, 특히 거대 문파는 그 결속력이 장난이 아니었다. 분열은커녕 만일 엮어진 끈이 있다면 그 끈을 끊어내는 것 자체가 불가능할 정도이니 말이다.

그런데 문파가 반으로 갈라졌다니……. 상당히 시사하는 바가 컸다. 그만큼 서로 반감의 골이 깊다는 뜻이니 말이다.

"그래, 나도 처음에는 반신반의했어. 명문으로 불리는 화산에서 설마 그 같은 일이 일어났을까 하고 말이야. 하나 알

화산의 품에… 351

아보니 정말이었어. 진보를 원하는 세력과 전통을 고수하려는 세력이 서로 의견 차이를 내게 된 것이지."

"진보와 보수? 단순히 그 이유로 화산이라는 거대 문파가 갈라지게 되었다고? 그게 정말이야?"

지충표는 도무지 믿을 수가 없었다. 문파가 갈라졌다는 것에서 그는 왠지 자신의 본가 생각이 났는데, 자신의 가문 역시 둘로 갈라져 있는 것이 남의 일 같지 않아 물어본 것이다.

"내가 화산의 사람이 아닌 바에야 더 깊이 알아볼 수는 없지. 어디까지나 화산의 문제이니 화산 스스로 풀어내야 할 것이지. 물론 무림동도로서 아쉬운 것은 사실이지만 말이야."

왠지 명사찬은 끝까지 뭔가를 숨기는 것 같았다. 하나 현백으로서도 더 이상 그에게 무슨 일이냐고 물을 수는 없었다. 결국 지금의 이야기는 남의 문파 험담이었고, 분명한 소속을 두고 있는 명사찬으로선 이 정도가 해줄 수 있는 최선일 것이다.

현백은 그저 고개를 끄덕이며 신형을 돌릴 뿐이었다. 더 이상 이곳에 있어봤자 별다른 일도 없고 하니 대청으로 나가 차라도 마실 생각이었다. 그런데 그때 귀에 익은 음성 하나가 잡히고 있었다.

"허허허, 장 방주께서 이리도 편히 대해주시니 이 사람, 감읍할 따름입니다."

"사해가 동포입니다. 하물며 화 장문의 화산과 저희는 오래도록 친구 사이이지요. 어찌 제가 이견이 있을 수 있습니까?"

"……."

현백의 마음속에서 작은 파문이 일고 있었다. 분명히 그가 기억하고 있는 목소리였다. 십이 년 전 그가 화산을 떠나 충무대의 일원으로 운남으로 가기 전 화산에서 들은 목소리였다.

그땐 이 목소리가 바로 자신을 향했었다. 얼마가 될지 모르지만 강호의 무인으로서, 화산의 대표로서, 그리고 영예로운 충무대의 일원으로서 긍지를 보여달라고 말했었다.

그리고 그에게 한 벌의 옷을 선사했었다. 돌아오는 날 이 옷을 입고 오라면서 말이다. 옷소매에 새겨진 매표를 선명하게 들어 보이며 충분한 자격이 생길 것이라면서 말이다.

바로 그 말을 한 사람이었다. 아직까지 장문인의 지위에 있을 줄은 정말 몰랐는데, 소리는 이층에서 들려오고 있었다.

"응? 누가 와 있나?"

명사찬 역시 기척을 느꼈는지 고개를 죽 빼고 이층을 둘러보고 있었다. 이곳의 구조는 마치 객잔과도 같아서 이층의 구조를 한눈에 볼 수 있었다. 중앙의 큰 계단을 통해 움직일 수 있고 말이다.

끼이익!

낡은 문짝의 신음 소리가 들려오고 일단의 사람들이 이층에서 보여지고 있었다. 십여 명 이상 되는 사람들이 계단을 타고 서서히 내려오고 있었는데 명사찬이 싱긋 웃으며 한 걸음 앞으로 나섰다.

"집법당주 명사찬, 지금 도착했습니다, 방주님."

"쯧, 손님이라도 와야 네가 이리 살갑게 굴지. 평상시에 좀 그렇게 해봐라."

육 척에 이르는 명사찬보다도 두 치 정도는 더 큰 사람이 퉁명스런 목소리로 입을 열고 있었다. 단단한 얼굴에 남보다 한 치 이상 큰 주먹은 그가 권의 고수라는 것을 알려주고 있었다.

아홉 개의 매듭을 등에 건 채 명사찬의 앞에서 그를 면박 주는 사람은 바로 개방의 방주였다. 세간에 제걸신권(帝乞神拳)이라 불리는 장명산(長明傘)이었던 것이다.

"헛헛, 까불긴 해도 몸은 더 좋아진 것 같구나."

"이놈 몸이 좋아지지 않으면 세상 사람들 다 병자요. 첫째 형님은 이놈을 너무 아끼는 것 아니오?'

장명산의 옆에서 두 노인이 입을 열고 있었다. 먼저 본 모인 장로만큼이나 나이가 든 이 두 사람이 바로 개방삼장로의 나머지 두 명이었다. 토현과 양평산이란 이름을 가진 무공의 고수들인 것이다.

"두 분 장로님도 점점 좋아지시는 것 같습니다. 저 몰래 뭐 좋은 거라도 잡수시는 겁니까?"

화기애애한 분위기 속에서 명사찬은 입술을 비죽 내밀며 말했다. 그러자 토현은 손을 들어 명사찬의 머리에 꿀밤을 먹이곤 다시 입을 열었다.

"예끼, 이놈아! 쓸데없는 소리 말고 여기 계신 화 장문께 인사나 올리거라. 먼 길을 오신 분인데 어찌 고개 한번 안 숙여!"

"욱! 대장로님, 제 나이 서른둘입니다. 후배들 보는 앞에선 좀……."

"시끄럽다, 이놈아! 네놈과 우리가 나이 차이가 어디 한둘이냐? 너보다 어린 놈들은 핏덩이 같아 못 건드린다."

"……."

괜히 말 꺼냈다가 본전도 못 찾은 명사찬은 신형을 돌려 낯선 노인을 향해 섰다. 그는 비록 남루하지만 눈처럼 하얀 백포를 입은 사람이었다. 하얀 수염에 하얀 눈썹은 그가 얼마나 오랜 도인의 수련을 해왔는지를 여실히 보여주고 있었다.

키는 자신보다도 작고 덩치 역시 왜소했지만 명사찬은 감히 함부로 이 사람을 업수이 여길 수 없었다. 검의 조종이라는 무당과 더불어 명문검파의 하나인 화산의 장문인이니 말이다.

화산의 품에… 355

"말학 후배 명사찬, 화산의 장문인을 뵙습니다."

"허허허, 개방에 작은 용 하나가 허공을 날 준비를 하고 있다 하더니 그 말이 사실이군요. 이렇게 만나뵙게 되어 반갑습니다."

넉넉한 웃음과 함께 입을 여는 그는 화주청(華珠靑)이란 이름을 가진 사람이었다. 강호에서는 예호검(藝皓劍)이라 불리었다.

"금번 화산파 측에서 우리 개방과 같이 이곳에 머물게 될 것이다. 다른 녀석들에게 미리 언질을 했지만 특히 넌 이 점 명심하고 그들의 행보에 불편이 없게 하라."

"정말이십니까? 잘되었군요. 그렇지 않아도 소림과 무당은 벌써부터 같이 모여 움직이고 있다 들었습니다. 암요, 저희도 의당 그리해야지요."

벙글벙글 웃으며 명사찬은 환영의 뜻을 밝혔다. 항상 개방은 개방끼리만 모여서 무언가를 하는 경우가 많았다. 하나 다른 문파들은 그리하지 않았다.

두 개, 혹은 세 개의 문파가 모여 회합을 가지니 서로가 무공에 대해 눈이 트이기도 하곤 했던 것이다. 말은 하지 않았지만 무공에 대한 욕심이 남다른 명사찬으로는 내심 기다리던 일이었다.

게다가 상황이 이렇다면 현백은 다른 곳으로 갈 필요가 없었다. 계속 이곳에서 머물며 같이 있을 수 있게 된 것이다.

"한데 못 보던 친구들이구나. 이번에 사귄 친구들이냐?"

"아, 그렇습니다. 오다가 저희 방도인 오유와 이도에게 큰 도움을 준 사람들입니다. 해서 고마움의 표시로 이곳으로 모셔왔습니다."

"오, 그러냐?"

장명산은 앞으로 한 걸음 나가 현백과 지충표의 앞에 섰다. 지충표는 먼저 입을 열며 역시나 친근함을 내세우기 시작했다.

"지충표라 합니다. 무공은 보잘것없지만 호기심은 왕성하여 능력에 불문하고 이곳에 오게 되었습니다. 폐를 끼치게 되었습니다."

"무슨 그런 말을……. 그 골칫덩이 두 녀석을 도와주었다는 것 하나만으로도 난 감사할 지경이오. 물론 무슨 도움인지는 아직 모르지만 말이오. 하하하!"

화통하게 웃으며 장명산은 지충표의 어깨를 두드렸다. 아마도 두드리면서 살짝 내력을 알아보는 듯했는데 순간 그의 눈이 반짝이고 있었다. 아마도 뭔가를 느낀 것 같지만 지금은 말할 때가 아니었다.

"그럼 이 친구는……?"

이어 현백에게 신형을 향했던 장명산은 눈을 동그랗게 떴다. 현백은 어딘가로 시선을 고정시킨 채 그를 지나쳐 가고 있었다.

장명산의 입장에서 볼 땐 아주 무례한 행동이었다. 분명 명사찬 또래 정도로밖에 보이지 않으니 후배도 한참 후배일 텐데 한마디 인사도 없이 가니 말이다. 하나 이어 나온 현백의 말에 그의 행동을 수긍할 수 있었다.

두근.
가슴이 뛰고 있었다. 지난 십이 년 동안 이 순간을 얼마나 기대했는지 모른다. 도를 들며 운남의 현토병을 벨 때도, 그리고 하고 싶지 않았던 살인을 할 때도 그의 머릿속은 오직 이 순간만을 생각하고 또 생각했다.
스릉.
오른손을 들어 자신의 도를 뽑아 든 현백은 양손으로 그 도를 공손히 잡아 올렸다. 그리고는 화주청의 앞에 섰다.
털썩!
오른 무릎을 땅에 꿇으며 현백은 자신의 손을 내렸다. 그의 손에 들려진 기형도는 어느새 한쪽 무릎을 꿇은 현백의 앞에 가지런히 놓여 있었다.
"……."
이제 말을 해야 했다. 이 현백이 돌아왔노라고 이야기를 해야 하는데 왠지 말이 잘 나오지 않았다. 마른침만 계속 넘어가고 있었던 것이다.
지난 십이 년 동안 이 순간을 생각하고 또 생각하면서 할 말은 수백, 수천 번을 되뇌어왔건만 현백의 입은 여전히 떨어지지 않았다. 그저 작게 턱만 떨 뿐이었다.

"화산의……."

하나 용기를 내었고, 이내 입술이 떨어졌다. 현백은 다시금 뛰는 가슴을 진정시키며 입을 열었다.

"화산의 사십이대 문도… 칠, 군 자, 향 자를 쓰시는 사부님을 모시던 문도… 장문인께 인사드립니다."

"……!"

화주청의 눈이 커졌다. 전혀 뜻밖의 상황에 놀란 것도 있지만 불현듯 그의 기억 속에서 한 가지 일이 생각나고 있었던 것이다.

이십대의 영준한 청년, 재지는 있으나 배경이 좋지 못했던 아이, 사부 또한 무가 아닌 문으로 정해진 자, 하나 무공에 대한 동경으로 날마다 연무장을 기웃거리던 청년…….

그리고 스스로 사지로 지원해 떠난 청년, 세월이 흘러 기억 속에서 완전히 지워진 영준한 청년 하나가 머릿속에서 확연히 떠오르고 있었던 것이다.

"충무대로 귀속되었던 제자 현백… 이제… 귀환했습니다."

"현백! 너로구나! 칠 사제의 제자였던……!"

화주청의 양손이 현백의 어깨에 얹어지고, 현백의 신형이 일으켜지고 있었다. 일어선 현백의 눈에선 맑은 눈물이 찰랑이고 있었다. 지금 이 순간 지난 십이 년간의 모든 고생은 다 잊혀지고 있었다. 오직 어깨에 전해지는 장문인의 따뜻한 체온만이 느껴질 뿐이었다.

『화산진도』 1권 끝

다세포 소녀 원작 만화 출간!!

2006 부천 국제만화상 일반부문 수상!!

전국 서점가 최고의 화제작!
OCN 슈퍼액션 드라마 시리즈 방영!
왜? 사람들은 다세포 소녀에 주목하는가!
상식을 뒤엎는 기발하고 엉뚱한 상상력!

『다세포 소녀』의 숨겨진 힘!!

다세포 소녀 원작만화 (전 5권 예정)
B급 달궁 글·그림 | 값 9,000원 / 부록 예이츠 시집

몇 페이지만 읽어도 좌중을 휘어잡을 이야깃거리가 넘쳐난다!
둔감해진 머리에 영감을 주는 아이디어가 마구마구 솟구친다!
원작을 더욱이 빛내주는 기발한 댓글 퍼레이드!
300만 다세포 폐인을 열광시킨 상식을 뒤엎는 엉뚱한 상상력!

또 하나의 이야기! 또 하나의 재미!
소설 『다세포 소녀』

초우 장편소설 | 값 9,000원 / 원작자 B급 달궁

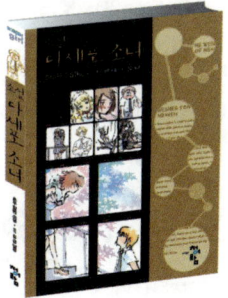

"그건 모르겠고, 나는 외눈의 사랑이야. 사랑을 줄 수는 있어도 마주 할 수 없는 사랑이지. 두 눈을 가진 사람은 주고받을 수 있지만, 나는 주는 것만 할 수 있어. 나는 주는 사랑으로 족해. 외사랑이지."
-외눈박이

잠들어 있던 거대한 공룡, 중국이 깨어나고 있다!

세계의 중심으로 우뚝 부상하고 있는 중국.
그들을 알지 못하고서 어찌 글로벌 시대에
경쟁력을 갖췄다 할 수 있겠는가.

한 권으로 끝나는 중국 고전 시리즈

한 권으로 끝내는 중국고전 길라잡이
■ 모리야 히로시 지음 / 장선연 옮김 | 값 12,000원

각 세계의 지도자들에게 지침서로 읽혀온 명저에서 핵심만 추출해 낸 입문자를 위한 실천적 고전 안내서!

한 권으로 끝내는 춘추전국 처세술
■ 마츠모토 히로시 지음 / 김미선 옮김 | 값 12,000원

예측 불허의 변수 속에 풍랑을 만난 조각배처럼 표류하는 현대인들에게 등대가 되고 나침반이 될 처세술의 비전!

한 권으로 끝내는 중국고전 언행록
■ 미야기타니 마사미츠 지음 / 연주미 옮김 | 값 12,000원

자기 계발과 경영 전략 등 현대 생활에 도움이 되는 내용을 명쾌하게 풀어낸 이 책은 지적 자극이 넘치는 최고의 실용서이다.

장대한 역사의 영고성쇠 속에서 태어난 실천적 지혜의 핵심!

군주는 현명하지 않아도 현인에게 명령을 하고, 무지해도 지식인의 기둥이 될 수 있다.
신하는 일의 수고를 더하고, 군주는 일의 성공을 칭찬하면 된다.
그 일만으로도 군주는
지혜롭다는 평가를 받을 수 있다.

한권으로 끝나는 중국 고전 시리즈

한 권으로 끝내는 중국 고전 일일일언
■ 모리야 히로시 지음 / 계 일 옮김 | 값 12,000원

자신도 모르는 사이에 인생의 시계(視界)가 넓어지고, 인간관계의 폭이 넓어졌다면 본 서의 내용을 적어도 반 이상은 이해한 것이다. 삶을 윤택하게, 보다 지혜롭게 살고 싶어하는 모든 사람들에게 이 책을 권한다.

한 권으로 끝내는 노자의 인간학
■ 모리야 히로시 지음 / 장선연 옮김 | 값 12,000원

오늘날 사회적 혼란보다 더 큰 문제는 우리의 심신 모두가 너무나 약해져 있다는 점이다.
당장 힘들다고 쉽게 약해져 버리는 모습을 많이 볼 수 있다. 이렇게 되면 이토록 삼엄한 현실 속에서 살아남기 힘들다. 그래서 『노자』다.

한권으로 끝내는 중국 재상 열전
■ 모리야 히로시 지음 / 김현영 옮김 | 값 12,000원

중국의 방대한 정치 비결이 축적된 역사책은 정치에 뜻을 둔 사람은 물론이고 조직 안에서 고군분투하는 여러분에게 시대에 따라 변하지 않는 정치의 요체를 알려줌으로써 '정치'뿐 아니라 널리 조직을 운영하는 데 큰 도움을 줄 것이다.

잘나가고 싶은 사람은 읽어라!

그에게 한눈에 반했다! 그것은 분위기 탓?
애인과 나란히 걸어갈 때 당신은 좌, 우 어느 쪽에 서는가?
이성은 왜 서로 끌리는 걸까? 그 심층 심리를 해명한다!

30초의 심리학

■ **30초의 심리학**
아사노 하치로우 지음 / 계일 옮김 | 값 8,500원

처음 본 사람인데 와 닿는 느낌이
너무나도 강렬한 사람이 있다.
흔히 하는 말로 '필이 꽂힌 사람',
그래서 잊혀지지 않는 사람,
한눈에 반했다고 하는 것이 바로 그것이다.
이런 인간의 감정을 논하는 데
남녀의 구분이 있을 수 없다.
사랑하는 그, 혹은 그녀를
생각하는 것만으로도 가슴이 두근거린다.
이상할 것 없다. 당연히 그럴 수 있는 것이다.
그렇기에 인간을 감정의 동물이라 하지 않는가.
그러나 그렇게 좋아하는 그 사람이
어느 날 갑자기 싫어지는 경우는 왜일까?